クロフツ短編集　1

F・W・クロフツ

狡猾な完全犯罪をたくらむ犯罪者や殺人鬼は，手口を偽装して現代警察の目を欺こうとする。一見，平凡な日常茶飯事や単純な事故の背後に，こうした恐るべき犯罪が秘められている場合がすくなくない。本書はクロフツの数々の長編で活躍するアリバイ破りの名手，足の探偵フレンチ警部のめざましい業績を全二巻に収録した本格短編集。本邦初訳作品多数を含むクロフツ・ファン待望の逸品ぞろい。

クロフツ短編集　1

F・W・クロフツ
向後英一訳

創元推理文庫

MANY A SLIP

by

Freeman Wills Crofts

This book is published in Japan
by TOKYO SOGENSHA Co., Ltd.
by arrangement with A. P. Watt & Son
through Charles E. Tuttle Co., Tokyo

目次

クロフツ短編集　1

ここにおさめられている話は全部『イヴニング・スタンダード』（ロンドン）に掲載されたものである。紙面の関係で、ほんのあら筋だけを書いたのだが、本書におさめてあるのは、それに筆者が肉づけをしたものである。

いずれも殺人事件であって、しかも、犯人は必ずまちがいをして、そのためにつかまっている。そのまちがいに、読者が事前に気がつけば読者の勝ち、気がつかなかったら、筆者の勝ちというわけである。

F・W・クロフツ

床板上の殺人

息苦しい八月のある日、午前十一時五十五分リーズ発の急行列車が、北方のカーライル駅に向かう上り勾配《こうばい》をあえぐようにして走っていた。両側には、森と野原と、農場と農家と、そして庭つきの小別荘という光景がつづいていたが、まもなくそこを過ぎて、ペナイン山系の小丘に出てしまえば、列車ももっと新鮮な空気が吸えるというものであった。そしてやがて、その頂上にのぼりつめてしまえば、そこからカーライルまでは下り坂だったから、なんの苦労もなく走れたのである。

機関士のディーンは、機関車の床板にすわったままじーっと前方を見つめていたが、ときおり、複雑な目盛や、計器や、ハンドルのならんでいる計器板に目を落としていた。ところが、機関助士のグローヴァーにとっては、いまが一番いそがしいときだった。――列車がこうした上り勾配にさしかかると、機関助士の手は休まるひまがなかったのである。

この機関車は、性能はなかなかよかったのだが、古い型のものだった。運転室は、最近の型のよりもあけっ放しで側窓がなかった――ということには、汽罐からくる熱気と太陽の熱とがいっしょになることを防ぐという利点はあった。その代わりに、機関車と炭水車の間の両側に小さな扉がついていて、機関士は運転室の右側で運転するようになっていた。

うち見たところ、この列車についてはすべてがうまくいっていそうだったが、それが必ずしもそうではなかった。この機関車の床板の上にも、一般の世間なみに、恩讐のほのおが燃え上がっていたからである。かなり前から、機関助士グローヴァーはあることをたくらんでいた。はじめのうちに、そんな考えを捨ててしまえばよかったのに、そうしなかったものだから、いまや彼はそのたくらみのとりことなってしまっていたのだ。こんどのこの運行で、列車がもっと先までいってしまわないうちに、機関士のウィリアム・ディーンを殺害してしまおうと、彼はたくらんでいたのである。

彼にこうした殺意を抱かせたわけは、ごくありきたりのものであった。三月ほど前、彼は仕事のことでリーズにあるディーンの家を訪ねたことがあった。そこでディーンの妻と会った彼は、ひと目で惚れてしまったのである。その後、彼は、理由をこしらえては何度か彼女と会った結果、彼女のほうにも充分に反応があることを知った。

ロージー・ディーンは、若くてひとのいい女だったが、その結婚は失敗だった。彼女は不幸な家庭に育ったので、ディーンがかなりの年上だったにもかかわらず、ひとつの逃避の手段として、彼の求婚を承諾したのであった。だが、彼女は彼をだましたりはしなかった。彼に事実を打ちあけて、彼を好きで尊敬はできるが愛してはいないとはっきりいい、しかし彼を幸福にするためには最善をつくすことを約束した。ディーンはそれを納得したので、ふたりは結婚したのである。

それから数年の間、彼女は約束どおりにしてきたのだが、ディーンのほうはだんだん失望するようになった。つまり彼としては、妻はそのうちに彼を愛するようになるものと思っていたのだが、事実はその逆だったので、彼はしだいにおもしろくなくなってきたのだ。その結果は、つい言葉が荒くなることもあり、彼女を疑いの目で見るようにもなった。ロージーにしてみればそれが不愉快で、自然とその気持が行動の上に現われるようになった。こうして、ふたりの仲は、しだいにまずくなっていったのである。

こうしたときに、グローヴァーが現われたのである。ロージーを愛していた彼は、彼女のことを本気で考えるようになり、そしてすぐに彼女が不幸だということに気がついた。そして、彼女の夫のディーンこそは彼女の不幸の原因であり、あの男がいたのでは彼女の不幸はいつまでも解消されないと考えたときに、彼のディーンに対する憎悪感はどうしようもないところにきていた。

はじめから殺意をもったわけではなかったが、じーっと考え込むことが多くなっていくうちに、殺してやろうという気持が強まってきた。彼は、その方法についてあれこれと考えた結果、まちがいなくディーンを消すことができて、しかも彼自身は絶対安全という方法に考えついたのだが、ディーンの運命はこのときさまったのである。

グローヴァーの友だちのひとりに、さる精神病院につとめているのがいて、彼はときどき、この男と入院患者のことなどを話し合ったものである。いろいろ話し合ったなかで、その友だちが、患者があばれてしかたのないときには、ある種の害のない睡眠薬を使用するんだ、といったことを、グローヴァーは覚えていた。そうして、その必要のない者にその薬をあたえると、しばらくの間はむっつりとして不機嫌で、ゆううつになっているかと思うと、急にあばれだしたりすることがあるんだよと、その友だちが教えてくれたのである。グローヴァーは、この友だちの言葉を思い出して、そいつを実行してやろうと思い立ったのである。

ロンドンのセント・パンクラスの駅でひまがあったときに、彼は包みにして持っていっておいた私服に着がえて、とあるお客の大勢いる薬局にはいっていって、いささかうわずった調子で、例の薬を小量売ってほしいといった。だが、なにもろうばいすることはなかった。薬局のひとは、別に彼を怪しむようなようすもなく売ってくれたのである。というわけで、まずこの件はうまくいった。

次の問題は、ディーンが短いあごひげを生やしていたということだった。それはいかにもむさ苦しそうに見えたが、それが、ディーンのほおにある古傷をかくすためのものであることを、グローヴァーはとうに知っていた。うまく薬を手に入れた彼は、こんどは芝居用具を売る店にいって、「子供たちを遊ばせるんだ」といって、ディーンのあごひげと同じ色のつけひげを買った。そして、ひとりっきりの部屋で、そのつけひげをディーンのそれのようになおして、手早く自分のあごにつけられるように練習したのである。

最後の問題は、計画の決行にうまく合うように列車を走らせることだった。つまり、機関車の中で起こっていることをどこからも目撃されないようにするため、なるべく人家の少ないところを走っているときでなければならないし、しかも、なるべく時間の余裕のあるような区間であることが必要であった。それには、このペナイン山系のふもとの小丘の上り勾配のところが、ぴたりと条件に合っていたのだ。

グローヴァーは決行の準備として、二、三週間にわたってディーンに例の薬をのませてきた。発車する前に、ディーンは機関車を点検して、ところどころに油をくれたりしたが、その間グローヴァーは、いつもただひとり床板の上で、汽罐の火をたくことになっていた。従って、相手のコップに毎日少しずつ薬を入れておくことなどは、いたってかんたんなことだったのである。

そうしてつづけているうちに、薬の適量というのがわかったので、彼は喜んだ。ディーンには予想どおりの反応が現われはじめ、彼はいよいよむっつりと不機嫌になってきて、彼が怒りっぽいということは、みんなの知るところとなったのである。

それから六週間ほどして、グローヴァーはいよいよ決行することになったが、彼はそれでこそロージーは自由になり、彼自身の幸福のためにも新しいページをめくることになるのだと思った。そしてその前日、彼はディーンに特別に多量の薬をあたえたが、その効果は誰の目にもわかるほどはっきりしていた。

彼らの列車は、文明の最後のとりでともいうべきスリートという小さな町に近づきつつあったが、ここでよく耕された緑色の谷間がつきて、列車は荒野の中をつっ走ることになるのである。その小駅を通りすぎたころから、グローヴァーは石炭をくべはじめた。それが終わるころには、列車は信号所と待避線とを通りすぎていた。そして、信号係りのところからは、機関車の中はまったく普段と変わりないように見えたはずであった。やがて列車が構内を出ると、あたりは何も生えていない坂道で、グローヴァーが念を入れて見まわしたが、人っ子ひとりいなかった。

彼は、シャベルを投げ捨てて、石炭の中に隠しておいた重いスパナーをとり上げた。そしてディーンのほうに近よってかがみ込むと、騒音が激しかったので「ガスケットが、変な音をたてているようだな」と、大きな声でいった。

ディーンが、聞こうとするような格好をした。その瞬間、グローヴァーは相手の頭をめがけて、力いっぱいスパナーを打ちおろした。ディーンは、音ひとつたてなかった。ほんのちょっとのあいだ動かずにいたかと思うと、ゆっくりと前向きに倒れた。彼は、ひざをついた姿勢で汽罐の端にぶっかかり、頭と胴体がほんの少し回転したかと思うと、運転室の隅にぐったりとなってしまった。

グローヴァーは、息が切れからだが震えたが、勇をこしてかがみ込んで、ディーンをしらべてみた。死んでいることにまちがいはなかった——帽子をかぶっていたので外傷こそできてはいなかったが、ディーンの頭はぐったりとなっていた。そのうえ、死体の位置がもってこいのところにあった。少し前に出しておきさえすれば、次の駅を通るときに信号室から見られることもなかったし、またグローヴァーが身の安全をはかるための芝居をするための場所も、狭くるしい床板のところにつくることができた。

なにしろ彼は、急がなければならなかった——あと二マイルほどのとこにあるオッターショー駅に着く前に、彼の芝居の準備をしておかなければならなかったのだ。彼は大急ぎで扮装用のあごひげをつけて、ポケットから鏡を出して、その位置をなおした。それから彼は、ディーンがやっていたように帽子をかぶって、運転室の窓からのぞいてみた。

列車はちょうど、オッターショー駅の遠方の信号のところを過ぎようとしていた。そして、さらに列車が駅のプラットホームと信号所に近づいたときに、グローヴァーは酔っ払いみたいにおどったり、腕を振ったり、歌ったりしてみせた。そうしながら彼は、待避線のむこう二十ヤードほどのところにある信号室に気をつけていた。彼は、胸をわくわくさせた——彼の計画どおりにことは運んでいたのである。

信号士が、窓からからだをのり出して、機関車を見つめながら、夢中で赤い旗を振っているのが見えた。

このときが、グローヴァーにとって一番心配なときだった。もしも、車掌がその赤旗に気がついてブレーキをかけるようなことがあったら、彼はできるだけ早く、そして巧みに行動しなければ、すべては露見してしまうのだ。おどりつづけていながらも、彼はぐっしょりと冷汗をかいていた。

駅を出てから、信号が危険信号に変わったのが見えたが、彼はかまわずに続行した。それは、信号士が車掌の注意をうながすための二度目の行為だったのだが、列車にブレーキもかからずその場を切り抜けると、グローヴァーはほっとはしたものの、あまりにも緊張したために、頭がどうにかなってしまいそうだった。だが彼は、がんばって仕事をつづけた。最悪のときこそ過ぎはしたが、仕事はまだ終わっていなかった。ここで少しでも弱るということは、絞首刑になることを意味したのだ。

急ぐということがなによりも大切であるということに、変わりはなかった。彼は、つけひげをむしり取って汽罐の火室の中に投げこみ、そのあとがきれいになっているかどうかを鏡に写して確かめた。それから、この仕事の中で最も恐ろしいところになった。彼はスパナーで、われとわが左肩を力いっぱいなぐりつけたのである。あまり強くなぐりつけたので、怪我をしやしないかと思ったほどだった。いや、そのほうがいいんだと、彼は苦い顔をしてひとりごとをいった。そして、スパナーを投げ捨てて、わざと炭水車にからだを強くぶっつけた。それから帽子をぬいで、固い鉄板めがけて、もうそれ以上はできないというところまで、何度も何度も自分の頭を打ちつけた。

やがて、ふらふらっと立ち上がった彼は、もう一度運転室の窓からそとを見た。あと一マイル足らずで、列車は信号室だけで駅のないグラモンドに着く。そして、オッターショー駅の信号士からは『停車させて列車を点検せよ』という電報がきているにちがいないから、グラモンドで調べられることになるだろう。このことと、このグラモンドに着くには、左から大きくカーブするところがあるから、一マイルくらい離れたところからでも、信号所と信号が見えるという事実とが、彼の計画の重要なポイントだったのである。

それから数秒して、列車はそのカーブのところに差しかかった。予想どおり、信号は全部危険信号を示していた――すべては完全に、彼の希望どおりに運んでいるのだ。いまひとつの問題を克服しさえすれば、この恐ろしい仕事は完了する。

いま一度、彼は慎重にあたりを見まわした。目撃者とおぼしきものは、ひとりもいなかった。彼は身をかがめて、ディーンの帽子を拾い上げた――変なところに落ちていてはまずい。それから、死体の両脇の下に手を入れて、床板のうしろのほうへ引きずっていった。機関車と炭水車のあいだのドアは閉まっていたので、彼はありったけの力で死体を持ち上げて、その頭と胴を左側のドアごしにそとに出し、足は中側にあるようにしておいた。

その行為は、危ないところで間に合った——列車がグラモンドの遠方信号を過ぎたときに、死体をやっとその場所に持っていけたくらいだったから。さあ、これからが大切なのだ！　彼は、死体の足を持ち上げて、頭のほうからそとへほうり投げた——死体は地上に落ちて、線路わきの土手をころがった。彼はすぐに、帽子をも投げ捨てた。そうして、ふらふらした足どりで、計器板のほうへもどっていった。

このときまでに、列車は場内信号と信号室に近づいていた。グローヴァーは、彼の停車させようと努力した光景は、信号士が目撃したにちがいないと思いながら、場内信号を通りすぎるまではじっとしていた。しかし、ちょうど列車が信号所のところへ差しかかったときに、圧力計がいっぱいになってブレーキがかかった。車掌もこんどは危険信号に気がついて、非常ブレーキをかけたのであった。そこでグローヴァーも、予定より少し早かったけれども、蒸気の口をとめた。そして次に火室の扉とダンパーをふさいで、インゼクターを働かせておいてから、運転室の席にへたへたとなって身を震わせていた。

列車は、四分の一マイルほど信号所を行き過ぎたところで、とまった。グローヴァーは、そのままじっと動かずにいた。彼が希望していたとおりのことをほかのひとたちに思い込ませるために、もうそれ以上の芝居をする必要はなかった——自分でやったことによるショックと、自分でなぐりつけた頭の痛みとで、彼は本当に弱りきってしまって呆然としていたからである。すっかりあわてた車掌が床板にのぼってくるまで、彼はそのますわっていた。車掌のあとから、ほかのひとたちものぼってきた。グローヴァーは、かねて考えておいたことのあらましを、みんなに話して聞かせた。それを聞いた彼らは、いずれも彼に同情してくれた。そして、彼はプラットホームに助けおろされ、頭に包帯をしてもらって、最初の列車で家に送り届けられた。

その晩、グローヴァーは自分のいったこと、やったことの全部を、頭の中で何度もくりかえし考えてみた。そして、考えれば考えるほど、彼はいよいよ自信を強めていった。彼のやったことには、全然欠点はなかった。誰も彼を疑わなかったし、今後も疑うものは出ないだろう。彼の話がまた、うまくつくってあった。その話のとおりを何度でもくり返していれば、いっさいは無事にすむだろう。

翌日、警察からくわしいことを聞きたいといってきた。いってみると、彼らのほうが言いわけをいった。「やらんわけには、いきませんのでね」と、彼らはいった。「形式だけのことですよ」

グローヴァーは、うなずいた。そういう警察のしきたりについては、彼も聞いて知っていた。彼は、彼の話をくり返した――微に入り細をうがって、何度も何度も話してやった。

「ここ二、三週間、ディーンのようすがどうも変だったんですよ」と、彼は説明した。「あの男は何かを気にしていたようで、それがだんだんまずくなっていたらしいんですね。あの男に何かいおうものなら、すぐ頭からどなりかえされるんですからね」

スタートはきわめて好調だった。彼の供述は、多くの証人が確認してくれた。

「こんどの運行のときが、彼の最低でしたね」と、グローヴァーは話した。「わたしは、ほかの機関士に組をかえてもらおうかと、思ってたくらいですよ。リーズを過ぎるとすぐに、リグレットの遠方信号が出ているよって、いってやったんですけど、やっこさん平気で危険を冒していくんです――こいつ、急に目が見えなくなったんかな、と思ったほどでしたよ。はじめは、気がふれたなどとは思わなかったんですが、こいつは考えなきゃいかんなと思うようになったんです。そして、わたしが代わってやることにきめたんです」

　警察側は、なるほどもっともだという調子で、合槌を打っていた。

「しばらくすると、彼はおとなしくなりました。いつものように、席にすわって前方を見ていました。ところが、スリートに着いたとたんに、また始まったんです。わたしは石炭をくべていたんですが、列車がスリートを過ぎると、彼は席を離れて両手を上げて、気違いみたいに笑い出したんです。その笑っている姿は気味が悪いくらいで、おかしいなどとは思いませんでしたよ。最初はわたしもだまっていましたが、少ししてから、冗談はよせよといってやったんです。これがいけなかったんです。彼はおどり上がると、わたしにわめき立てました。物凄い人相になってきましてね。ああこいつは、本当に狂ったなと思うと、正直のところ、わたしは恐ろしかったですよ。するといきなり、わたしの頭をめがけてなぐりかかってきました。そいつを避けようとして、肩をやられたんです。わたしは、はずみでうしろに倒れて、炭水車に頭をぶっつけたんです。もうそのころは、彼は完全に狂っていましたよ。わたしが、半分気を失って倒れているあいだ、彼は床板のところで歌ったり、どなったり、おどったりしだしたんですよ」

　自分のこの供述については、オッターショー駅の信号士が確認してくれるだろうというグローヴァーの予想は、当たっていた。警察側は、彼にもっと話してくれといい、彼はいよいよ自信を深めて話をつづけた。

「わたしは、本当に気が気じゃなかったですよ。この線では、停止信号にぶつかるなんてことは、めったにないんですが、その準備だけはしておかなきゃなりません。停止信号があっても彼が列車を止めないとなると、わたしにはどうしようもないのです。

わたしは、肘をついて起き上がって、運転室のドア越しにのぞいてみました。列車は、グラモンドの手前の大きなカーブのところに差しかかったんですが、あすこは一マイルくらい手前から信号機の見えるところなんです。すると停止信号が出ていたんです。列車も大切だが、自分の命も大切だし、時間は少ししかない。いいか悪いか考えているひまなんかなく、わたしは箱の中からスパナーをとり出して、ディーンが背中を向けたときに夢中で彼の頭をなぐりつけたんです。ただ、彼をおとなしくさせとこうと思ってやったんですが、彼はふらふらっとドアに倒れかかったと思うと平均を失ってしまって、わたしが押えようとしたときは、落ちてしまっていたんです」

このへんのことについても、かなりの確証があった。信号は確かに彼が述べたように見えたのだし、しかもその信号は停止信号であった。死体の発見された場所は、グローヴァーの話の中の時間とつじつまの合うものであったし、打撲傷という証拠もちゃんとあった。なかなかうまくできている話だったし、しかもほとんどすべての点で確認されていた。警察側から丁重に礼をいわれて引き上げたときのグローヴァーは、まさに得意の絶頂にあった。

彼の最初の衝撃、しかも全身の血行が止まってしまうような衝撃は、死体の検死裁判が延期されたときにおそってきた。警察のひとたちが引き上げていってから、数日のあいだは何も起こらなかった。ところがある晩のこと、また彼らがやってきた。このときは、時間も短くてかんたんにすんだのだが、しかし彼は、「逮捕……殺人の容疑で……あなたのいうことはみんな……」という、自分の耳を疑いたくなるような言葉を聞いて、呆然自失した。

「グローヴァー事件は、わたしがよくいうように、複雑な犯罪というものには必ずといっていいくらい、その全体を暴露してしまうようなつまらぬミスがあるということを示すものなんだね」と、フレンチ警視はいった。「わたしがいろいろと教えてきたケアンズ警部が、この事件を担当したんだが、彼がロンドンにきていたあいだ、ふたりでいろいろと話し合ったんだ。

彼がいうには、この事件の捜査を始めるとすぐに、これは殺人事件でホシはグローヴァーだと確信したというんだ。というのは、グローヴァーは、わたしがいったようなミスをしたんだね。小さなミスではあったんだが、結局それが彼の話を根底からくつがえしてしまったというわけさ。

ケアンズは、そのことをおくびにも出さずに、いつものように正攻法の捜査を開始した。彼は医者に会って、ガイ者のからだから相当量の薬物が検出されたこと、その薬は規則正しく連用すればディーンのような怒りっぽい性質になることもありうるということを、聞いたんだ。だが、彼にはホシがそれを使ったということが、証明できなかった。彼は、グローヴァーとロージーが親密な関係にあったことと、グローヴァーがつけひげを買ったことを突きとめた。いずれも、かなり有力な手がかりではあったが、もう少しというところで証明できなかったんだね。グローヴァーのほうに見落としがなかったら、彼はうまくごまかしおおせたかもしれなかったんだよ。

ところで、その見落としとはなんだったか？　それは、こうなんだ。グローヴァーは、ディーンが倒れたときの位置を、充分に調べておかなかった。ディーンの肩も腕も汽罐には触れていなかったが、グローヴァーは急いだあまりに、それ以上ガイ者のからだに注意しなかった。ガイ者の足に大きな火傷があったことに、気がつかなかったというわけだ。実験によると、少なくとも六分間は焼けた鉄に触れていなければ、あんな火傷はできないということが、わかったんだね。

これを知ったケアンズ警部は考えたんだね。列車がスリート駅を通過したころは、ディーンはまだ元気で生きていた——床板の上の状態がいつもと変わらなかったことは、あすこの信号士が目撃しておる。だから、そのときはまだ、ガイ者はなぐりつけられてはいなかった。それから八分ほどして、列車がグラモンドに近づいたころ、死体が機関車からころがり落ちた。ということは、その八分のうちの六分間を、ガイ者は足を汽罐にくっつけたまま倒れていたことになるんだが。にもかかわらず、そのあいだもあごひげを生やした男が、床板の上でおどっていたということになるんだな！」そういって、フレンチは肩をすぼめた。「どうかね？」

上げ潮

ジュリアス・ホーンは、自宅の脇玄関のところに立ち止まって、あたりを見回した。まっ暗な夜だった。海のほうから激しく吹きつける風が、陰にこもったような砕け波の音を運んできた。ホーンは、きちんと立っていられないほど疲れきってはいたが、うまくやったという確信だけはもっていた。最悪のときは過ぎて、少なくともいままでのところは大丈夫だ。

彼は中にはいって、ドアに鍵をかけて、家の中には他に誰もいないのに、本能的に足音をしのんで寝室へ上がっていった。仕事は成功だった。すべて計画どおりに、寸分の狂いもなくやってのけたのだ。彼は、いつもの時間にベッドにはいってから、午前四時に起きて海岸までいって、あの恐ろしい仕事をやりおおせて、六時少し前のたったいま、ふたたびベッドにもどってきたのであった。彼がそとに出たのを見たひとがいるわけがなかった。あの恐ろしい二時間に彼がやったことを、知っているひとがいるはずはなかったのだ。

ホーンは弁護士で、コーンウォール地方のセント・ポルズというきれいな町で開業していた。仕事の規模は小さかったが、それでも、妻と若い娘といっしょに幸福な家庭をもち、ときおりはプリマスやエクセターへ芝居を見にいったり、夏休みに大陸へいったりするくらいのことはできた。そうして何年かのあいだは、そうした身分相応の生活を楽しんできたのが、三月ほど前にふとした不幸に見舞われたのだが、その不幸は、よくある型どおりの経緯で起こったものであった。友人のひとりが、相談があるといってやってきた——仕事の売り物があるということであった。それは、経営がまずくてすっかりだめにしてしまったので、売り値はまるで二束三文だったが、経営を近代化してやり直せば、充分に採算はとれるようになるという小さな金鉱だった。その値段というのが一万ポンドで、友人は五千ポンドしか持っていないので、ホーンに仲間にならないかという話だった。

ホーンは、果たして友人のいうとおりかどうかまず充分に考えた。そして、ひとりで調査してみた結果、非常に有望な企業であるという確信を得た。かなりのもうけを見るにちがいなかった。そこで彼は、自分の財産をしらべてみたところ、惜しいことに必要な金額に千ポンドだけ足りない。だが彼は、この好機を絶対に逃がしたくなかった。彼は、どこかに金の出どころはないものかと考えているうちに、モリストンのことが頭に浮かんだのである。

エズラ・モリストンは、セント・ポルズから一マイルほど離れたところの寂しい入江の岸に住んでいたが、ホーンの家からは近かった。彼は、かなり前に官吏を退職して、気楽に暮らしていたが、息子と娘はそれぞれ結婚して、いずれも国外に出ており、妻は三年前に死んだので、ひとりぼっちなのであった。この妻の死ということが、かなりの打撃だったとみえて、それからの彼は内向的となり、隠遁生活に近い生活をしていた。そして彼は、珍しい種類の海草の研究という道楽にほとんど全身全霊を打ちこんでいて、やがてはその研究を本にする心算でいた。土地の女が毎朝やってきて朝食をつくり、家の掃除をしてくれて、晩食をととのえておいてくれたが、昼食は外でたべることにしていた。

だがそんなことは、いまのホーンにはどうでもいいことだった。モリストンは、かなり前からホーンの依頼人で、その投資については、ホーンが見てやっていたのである。その投資の額は九千ポンドほどで、その中にはインド政庁の公債があった。あれを売れば、ちょうどいま必要な千ポンドができる、とホーンは胸算用をした。

この危険を冒したものかどうか？　このあいだの友人の話だと、近々のうちに、おそらく三、四カ月もたてば、その金鉱の経営が好転して採算がとれるようになるということだったから、もちろんその借金も返せることになるだろう。この機会を失ってはいけない——彼は、ついに誘惑に負けたのである。

彼が、実際に不幸に見舞われたのは、それから何週間かたってからのことであった。ある朝のこと、モリストンから電話があった。「わしは、年金収受権《アンニュイテイー》を買っとくことにしたんだが」と、彼がいった。「それには、インド政庁公債を売るのが一番いいと思うんだよ。きみが、銀行から預り証を出しといてさえくれれば、あとはきみのところへいって相談すればいいんだから」

ホーンにとっては、これはまさに青天のへきれきであった。なんとか手段を講じなければ、万事は終わりだ。ホーンの目の前に、刑務所がちらついた——ホーンのような地位にある者が刑務所行きというようなことになれば、それは完全な身の破滅を意味する。とても、そんなことはできん。

まもなく彼は、事態が彼が思っていたよりも、はるかに複雑なことに気がついた。かりに彼の身がどうにかなったとしても、自分でまいた種だからしかたがない。しかし、彼の妻や娘にとっては、このうえもない迷惑なことだ。そこで彼は、どんなことをしても、妻子は救わなければならないと考えた。

最初彼は、モリストンのところへいって、いっさいをぶちまけて許しを乞おうかと思った。金はすってしまったわけではなくて、まもなくかなりの利息がついてもどってくるということは、実際にいえることだったのだ。しかし、理屈はそうであったとしても、そんなことは彼としてはいいにくかった。モリストンが、とたんに警察に電話をするであろうことは、充分に考えられることだ。

ホーンの考えは、もっと陰険なやり方のほうに進んでいった。モリストンが、どうしてもだまっていてくれないとしたら、そうさせるよりしかたがないんじゃないか? そして、少しずつ、その計画ができあがっていった。そうして、何度も考えなおしているうちに、計画は完璧なものとなり、そのひとつひとつひとつが安全であるという自信がついてきた。

計画は、モリストンのひとり暮らしと、彼の道楽と、そして彼の家の真下の海岸の地形という、三つのことがらの上に打ち立てられた。入江は、ぐるりとまわりが絶壁になっていて、そのあいだに一ヵ所だけ岩のあいだを抜ける谷があって、そこから川辺に出られるようになっていた。岸はでこぼこで小石が多く、ほとんど毎日のように、波が物凄い音をたてて絶壁のすそを洗っていた。そこにはいくつかの洞穴ができていたが、そこまでいけるのは引き潮のときだけで、一日のうちに何時間もなかった。モリストンは、こうした洞穴によくいったが、そこにはいくつかの珍しい種類の海草があったからだった。ホーンは、洞穴にいったモリストンが海草をとりたい一心から潮時を忘れて、そのまま帰れなくなるという状態を考えたのである。

ホーンは、自分の帳簿からインド政庁公債に関する部分を、抹殺する操作をした。それから彼は、潮の干満の状態を調べて、ことを行なうのにつごうのいい日を選んでおいて、その日までモリストンが家にいるようにしておく方法を考えた。ホーンは、ロンドンにいかなければならない仕事をつくり、それには妻と娘も連れていくことにした。そしてロンドンからモリストンに手紙を出して、自分の居所を知らせておいて、一日か二日したら年金収受権《アンニュイテイー》のことを話し合うためにもどるからと伝えておいた。それから彼は、突然の用事ができたということにして、セント・ポルズにもどったが、妻と娘には、まだ観光のプログラムが終わっていないのだから残っていなさいと、親切にいってやった。妻や娘にとっては、ロンドンに行くなんていうことはめったになかったから、彼女らは一も二もなく賛成した。これによって彼は、計画遂行の要件のひとつである、自分ひとりだけで家にいるという状態をつくりあげた。

計画決行の日、彼はいつもより早目に昼食をすませて、車で家にもどり、そこからヒースのしげった荒野越しに、モリストンが昼食からもどってくるのを確かめておいた。それから彼は、正面から堂々とモリストン宅を訪ねた。そのとき彼は、かねて準備しておいた小型の砂袋を、オーバーの下にかくして持っていったのである。

「ロンドンからもどったということを知らせるためと、それから預り証を渡そうと思ってね、寄ってみたんだよ」と、彼はドアをあけたモリストンにいった。

「いいときにきてくれたよ」と、モリストンが腕時計を見ながら答えた。「ちょうど、家にいたところだったんだ。はいらんかね？」そういいながら彼は、先に立って居間のほうへ歩いていった。

あとからついていったホーンは、いきなり一撃加えた。それは、殺すためではなく、失神させるための力を抜いた一撃だったが、それなりに成功した。モリストンは、倒れて意識を失ったが、しかし息はついていた。

さていよいよ、計画のうちで最も恐ろしいところに来たが、ホーンは歯をくいしばって実行した。小柄でやせているモリストンをかかえあげると、階段をあがって浴室へ運んだ。そして、モリストンのポケットから鍵束をとっておいて、水を出した。

三十分ほどたって、彼は恐るべき目的が達成されたことを知った。モリストンは、死んだのである。だが、万が一生きかえるようなことがあってはと、彼はそのまま死体を水につけておいた。そして、さっきとっておいた鍵をもって居間にいって、机の引出しの中の書類を調べて、彼が売ってしまった公債に関する一件書類を抜いてしまった。そうして彼は、こうしておけば証拠になるものは何ひとつ残っていないと確信した。それから彼は、表玄関から車で帰ったのだが、誰にも見られなかったという自信はあったし、もし万一見られたところで、どうということはなかったのだ。

この段階では、ある程度の危険《リスク》は避けられなかったが、しかし大した危険《リスク》ではなかった。万が

一、誰かがモリストン宅を訪ねたとしても、返事のないところから留守だと思っただろう。またかりに、お手伝いの女がもどってきたとしても、浴室にいくことはまずないだろう。

三時十五分には、ホーンは自分の事務所にもどっていた。

「モリストンのところへ、いってきたよ」と、彼は事務員にいった。「遺言書を訂正したいんで、来てくれといわれたんでね。金曜日の午前十一時にサインをしに来るから、その約束をメモしておいてくれたまえ」

その日の残りをどうして過ごしたか、ホーンはほとんど覚えていなかった。彼は、いつもの時間までずーっと事務所にいて、折りをみてはアリバイをこしらえておくために、いろいろなひとのところへ電話をかけていた。それからクラブにいって、そこで夕食をすました。彼が帰途についたのは、午後八時をまわった頃であった。その日の午後を通じて、絶対に破りえないアリバイが、彼にはできていたのである。

その夜は、彼が一睡もしなかったということ以外には、いつもと同じように過ぎた。それまでのところでは万事うまくいっていたが、ひとつだけ気に入らない要素が彼の計算を狂わせようとしていた――それは、彼の所期の目的を、根本からだめにしてしまうようなものだったのだ。風が出てきた。ベッドの中でその激しい音を聞きながら、ホーンの心は海辺にいっていた。海が荒れたら……彼は、いやな気分になった。

午前四時が決行の時間である。置時計が四時を打つと、彼はむっくりと起き上がって、こっそりと家を出た。こんな時間に道を歩いている者がいるわけはなかったのだが、それでも彼は、どこからも見えないようになっている脇玄関から出た。それから、モリストンのところまで歩いていって、例の鍵を使って中にはいった。

その次の仕事はまったく恐ろしいものであったが、しかし刑務所にいくことを考えれば、どうしてもやりとげなければならない。失敗したら命がないのだ。独房で過ごす最後の夜と朝の恐ろしさというものが、彼の心を鬼にした。

彼は、風呂の水をあけて、鍵束をモリストンのポケットにもどしておいた。そして、かなり骨を折って、モリストンの死体を、彼が海に行くときに着ていた古いレーンコートに着かえさせた。モリストンの帽子を、ホーンは自分の頭にのせた。それから、金槌と標本箱をみつけて、それを自分の首にぶら下げた。それからモリストンの両手首を柔らかい布でしばって、その中に自分の頭を入れて死体を背負い、よろめきながら階段を下りていった。

彼は、家の中に証拠が何ひとつ残っていないことを見きわめてから、表玄関から出て、ヒースの荒野を通り抜けて海岸に向かった。三日月が出ていたので、道ははっきりわかった。しかし、恐ろしいほどの風であった。重い死体を背負った彼のからだが、風の力で右に左によろめいたが、それは大したことではなかった。それよりも、ちょっとでも風が吹くと大西洋独特の大うねりが起こったから、引き潮のときでも波が岸まで寄せてきて、洞穴までの道を遮断してしまうのだ。もしも、死体を洞穴まで持っていけなければ、ホーンの運命はつきる——なぜなら、岩のあいだの谷で事故があったなどといったところで、誰も信用するひとはいなかっただろうからだ。

やっとのことで、ホーンは海岸にたどりついた。情況は、まさに彼が心配していたとおりだった。絶壁のふもとは、さかまく白い波でかくれてしまっていた。彼がしばらく眺めていると、泡立つ波のひいたあとには、黒っぽくぴかぴか光る道ができていた。彼がそこへ出ていくと、またもや大きな波が寄せてきた。彼は、そこにつっ立ってがんばった。すると情況は、そんなに悪くはなかった。あわ立った波が彼の足首くらいまできたが、それ以上は水は押してはこず、水のひくのを待って彼は前進した。

やがて間もなく、彼は目ざすところに到着した。そこは大きな洞穴で、モリストンといっしょに彼が何度も来たことのある場所だった。しろうと目にも、海草の量と種類がたくさんあることがわかった——海草に夢中になっているようなひとにとっては、実に誘惑にみちた危険な場所だった。非常に静かな日でも、うねりが絶壁のふもとまで押し寄せてきて、潮の干満によって差はあっても、一定の期間通れなくなるのだが、その日は十二時間のうち十時間は通れなくなった。上げ潮には、洞穴の九フィートの深さまで、水がきた。この洞穴には岩棚はなかったから、そんなに水が来たら、溺れ死んだも同然だった。

その朝の潮のぐあいでは、四時に引いて六時に上げてくるはずだった。そして、もう五時だったから、ホーンは、水が深くならないうちにもどらなきゃならないと思って、気が気ではなかった。洞穴の中でやらなきゃならないことは、そうたくさんはなかったのだが、しかし、彼は急いだ。彼は、なるべく海草のたくさんついている洞穴の壁に死体をもたせかけて、そばに帽子と金槌と標本箱をおいた。それからモリストンの手首をほどいてやって、全部計画どおりにやったことを見きわめてから、急いでそこを出た。またもや大波が寄せてきて、彼の足のくるぶしまで水びたしにしたが、とにかく無事に谷間までたどりつき、そこからふらふらになって家にもどった。

彼は、自分のなしとげたことに、満足だった。そして聞かれたら、こういうふうに説明するつもりだった——死ぬ前日にモリストンを訪ねると、老人はあとで海岸へ標本を集めにいくんだといっていた。これは、まったくあたりまえのことだった。海草を捜すのに夢中だったモリストンが、上げ潮に会って退路を断たれるのはきわめてありうることで、しかもいったん退路を断たれたら、どうしようもないのである。かりに死体が発見された場合、検死の結果は死因は溺死であり、頭部の打撲傷は生前に受けたものということになるだろう。洞穴のつるつる滑る壁をよじ登ろうとして落ちたときのものだといえば、説明がつくだろう。また死体が海に流されてしまった場合でも、説明はつく——少なくとも金槌が発見されるだろうからだ。さらに、それでもなお疑念がもたれたとしても、その疑念がホーンに向けられるはずがない。公債を売却したことを知っている者はいないし、しかもホーンは、モリストンの遺言による受益者ではない。おまけにホーンは、故人が考えていた慈善事業への遺贈の詳細を記したものを、ちゃんと所持していたのである。


しかし、幾多の犯罪人が経験してきたように、事態はホーンが考えたとおりには運ばなかったのである。

お手伝いのおばさんが朝になってやってきて、家には誰もおらず、ベッドに寝た跡もないことを知ると、彼女はすぐにホーンのところへいった。その理由はひとつには、近くの家といっては彼の家しかなかったということと、いまひとつは、ホーンが彼女の雇い主の弁護士であることを、彼女が知っていたからであった。ホーンは彼女といっしょにいって、家の中を見まわしてから、すぐに警察に電話した。やがてまもなく、フレンチ警部が部長ひとりを連れてやってきた。

「あのときわたしは、ほとんど即座にこれは殺人だ、ホシはホーンだと思ったんだよ」と、フレンチはあとでいった。「もう何年も前のことで、わたしはまだ警部だった。当時偶然にコーンウォールにいっていたのが、あるわけがあって、その事件を手伝うようにいわれたんだ。ホーンのやつはまったくえらいミスをやらかしてね、それでせっかく苦心をしてつくり上げた計画をだめにしてしまったというわけさ。

わたしは、モリストンの家へいって、ホーンとお手伝いのおばさんのいうことを聞いてみたんだ。それによると、ホーンは、その前日に故人を訪ねている。彼は、三時頃出かけていって、モリストンのところにいるあいだに、モリストンがあとで海岸へ標本を集めにいくんだといったというんだ。一応それらしく思えたし、事実金槌も標本箱もなくなっていたんだね。捜査の結果、彼の外出というのは洞穴へ行ったことだというのがわかった。その問題の午後は、三時半から五時半までは洞穴までいけたが、それ以外の時間は、潮のぐあいでいけなかったんだね。そして帰れなくなったものは、そこで溺れ死にをする以外になかったのだし、七時の水の深さは六フィートと推測されたんだ。

もちろん、潮が引くまではわれわれにもどうしようもなかったんで、引いてから沿岸警備隊員といっしょにいって捜査したんだ。すぐにわかったね――谷のすぐ近くの大きな洞穴の中に、死体があったんだ。ふたつの岩のあいだにはさまって、かなり傷がついていた。医者の報告によると死因は溺死で、頭には生前に受けたらしい打撲傷があり、全身の擦過傷は死後のものだというんだね。これは、おそらく予定の行動だったんだろうと、わたしには思えた。故人は、岩をよじ登ろうとしたが、すべり落ちて頭を打って、洞穴から出られなくなった。上げ潮になって溺れ、そこへ波が寄せてきて死体を海に運んでいくはずだったのが、岩のあいだにはさまっていたために、そうならなかったというわけだね。ところで、金槌と標本箱は、おそらく故人が何度もよじ登ろうとしたと思われる洞穴の壁のふもとにあったんだね。

すべての証拠からみて、事故死らしかったので、わたしは不本意ながらそのとおりの報告書をこしらえようとしたんだが、そこでこいつはおかしいぞと思ったんだよ。事故とは、とても考えられないようなあることが、頭に浮かんでいたんだね。それはまだ、結論が出るまでには至らなかったんだが、しかし、わたしは、考えざるをえなかったんだね。それからしばらく考えているうちに、わたしには事件の真相がわかったように思えたんだ。そこで、医者にいったんだ。『ねえ、先生』と、わたしはいったよ。『うるさいことをいうようですけど、どうもわたしはふに落ちない。検死解剖をしていただけませんかしら』

『検死解剖だって？　とんでもない！　きみは、どうかしてるんじゃないかね、フレンチ？　これまでの事件は、これまでわしが手がけたうちで、いちばんかんたんなものだよ』

『そうかもしれませんが、先生、ひとつだけ知りたいことがあるんです』そして、わたしはその知りたい点を説明したんだ。

医者は、いかにも気が進まなかったようだったが、わたしが発見したことを彼に述べたところが、やっとその命令を下した。そうして、それで事件が解決したんだ。

あとで先生がわたしのとこへやってきて、あきれたような顔をして、弁解するようにいったもんだ。『どうしてあんたにあれがわかったのかね、警部』と、彼が大きな声でいったね。『だが、あんたの考えたとおりだった。ガイ者の肺臓は、真《ま》水でいっぱいだったんだからね！』

とにかく、その発見によって、わたしは見当をつけたんだ。それによって、ホーンがホシだということも予想できたんだが、はっきりした証拠がなかった。だが、そうした予想から、証拠もまもなく出てきたというわけだ。ＣＩＤ（犯罪捜査部）の調べで、ホシがやっていたこともわかり、一定期間における彼の銀行の利子から、その理由がわかったんだよ。

そこでその、わたしに疑念をもたせて、実際にホーンの有罪を証明したことになったものは、いったいなんだったかということなんだが。それがなんと、これはモリストンのはめていた腕時計だったんだね。時計は三時十分過ぎで止まっていたんだが、これはホーンの説明によると、彼がガイ者といっしょにいたという時間なんだよ。これは、致命的な手ぬかりだったね！　もしもホーンが、その時計の針を、七時のところに合わせておいてあったら、彼はうまく逃がれていたろうがね」

自署

ギルドフォードの人通りの多い本通りからほど遠くない袋小路に、赤レンガと白い木造部のまじった、古くはあるが品のいい家が建っていた。そのゆったりとした外見からいって、さぞかし楽しい家庭生活が営まれているだろうと思われたのだが、残念ながら事実はまったくそれと反対だったのだ。そこには、恨みと、不安と、憎悪という、ひとつまちがえば殺人事件をも起こしかねないいくつかの要素が同居していたのであり、事実それはついに殺人事件となってしまったのである。

事実、かなり前から、この家は家庭生活というものとは縁が切れていた。そしてある建築会社の事務所になっていたのだが、問題はその経営者のひとりを中心として発生した。

ジョン・キーンは、もともと一製図工だったのが、思いがけない遺産がころがり込んできたので、それで会社の経営者の株を買ったのであった。しかし、彼の地位は、それによってあまり変わらなかった。他のふたりの共同経営者たちが、若い彼をさんざんにこき使い、しかも若くて気の弱い彼は、自分の思うとおりのことをいうことができなかったのである。最年長のサイラス・ワッグは、もう七十を越えており、とっくに勇退しているべきはずだった。キーンが彼を嫌ったのは、彼がいつまでも会社をやめずにいばっていたからということだけでなく、若いキーンが仕事をもっと近代的にしようとしても、それを全然受けつけなかったからであった。

次の経営者ハンフリーズは、もっといやなタイプの男だった。彼は、ことごとにキーンにいばりちらし、キーンを無視して、いかにも、ワッグがやめたらおれがそのあとにすわるんだというそぶりを見せた。あのふたりがいるあいだは、おれはとてもうだつが上がらないなと彼は思ったのだが、それならどうしたらいいかとなると、まったく見当がつかなかった。

そうしているうちにある問題が起こって、彼が消極的な憎悪という態度から、ついに積極的で恐ろしい決意をすることになったのである。会社の経営者ということでぼーっとなっていた彼は、自分の収入というものを考えずに、金を使っていた。そして、五百ポンドという負債ができたことを知ってはじめて彼は、ことの重大なのに気がついたのであった。彼が支払い不能になったことを知った債権者たちは、彼をおどかすようになった。キーンは、友人に援助を頼んだがだめだったので、どうにもならなくなった彼はついに、こっそり会社の金を流用しようと考えたのだ。

しかし、会社の帳簿をうまく操作して金をつくるということは、結局、甲から盗んで乙に払うということにしかすぎないということに、彼は気がついた。一時はそれでごまかせても、いつかはばれてしまうし、決算のときにはどうしても逃がれられないだろう。

とすると、切り抜ける方法はないということか。ワッグは、こちこちの責任観念から、そしてハンフリーズはやがて自分の競争相手になる男をいまのうちに除いておこうという気持から、決して見逃がそうとはしないだろう。ということは、彼が罪をきるということであり、その結果は失業と生活難ということになるにきまっている――別の言葉でいうなら、彼は世にもみじめな敗残の身となってしまうということだ。

それは、キーンにはとても耐えられないことだった。しかし、なんとかしなければならない。どんなことでもいい、殺人だってかまわない！　ワッグとハンフリーズを消すことができれば、彼は会社の代表となれるし、借金の返済もできる。そういうことを考えていくうちに、彼の心はいよいよ重苦しくなってきて、自分でも頭が変になったのではないかと思うほどだった。そうしているうちに、ひとつの具体的な考えが浮かんできたと思うと、その瞬間から彼は、すっかりそれにとりつかれてしまったのである。彼は、自分が現場にいて直接に手を下さずともワッグを殺すことのできる方法、つまり時限的な装置を思いついたのである。さらにそれを、ハンフリーズがその犯人にされてしまうような方法でやることができる。つまり彼は、一時にふたりを除いてしまおうとしたのだ。

方法はかんたんで、確実で、そして安全なものであった。しかし、彼はひとつの大事な点ではたと当惑した――ハンフリーズのもっともらしい動機というものが、思い浮かばなかったのだ。しかし、それもついに、彼の悪知恵の克服するところとなった。彼が盗んだことにするんだ！　ハンフリーズがやったことにすれば、いいではないか？　ワッグがハンフリーズを疑っていたというふうに、話をつくればいいではないか？　こうして、道徳的には狂っても、頭の働きは少しもにぶらない彼は、証拠事実の作成に着手した。

彼は、いろいろと調べた結果、二枚の小型計算書を作成した。その一枚は、なくなった金額をごまかして記入してある元帳の写しというふうにつくっておいて、いかにも事件の調査をしようとしているように見せかけた。また、いま一枚のほうは、なくなっている金額と、それと関係のあるページというふうにこしらえておいた。そして、はじめの一枚はワッグの筆跡をまねて、二枚目のほうはハンフリーズのをまねて写しておいた。それから、自分の指紋をふきとって、必要なときにはいつでも出せるようにしてしまっておいた。

次に彼は、殺人のための装置とわなについて考えた。やり方ははじめから考えておいたのだが、その細部については、経験を思い出していろいろと考えなければならなかった。それをつくり上げるには、三つの買い物をしなければならなかったが、彼はそのいずれにもちゃんと筋書をこしらえておくことを忘れなかった。彼にはなかなか役者的なところがあったので、その三つの買い物をするときに、歌を歌っているようなかん高いハンフリーズの声をまねたのである。そして、ウォータールー停車場近くにある三軒の薬局で、『うがいをつくるための』塩素塩酸カリウムと、『自分で火傷につけるための』粉末ピクリン酸と、『わたしの車のバッテリーに使う』硫酸とを買った。彼はまた、薄いガラスの壜を若干と、中型ボルト用のナットを少し買った。

彼は、しろうと大工としてはかなりの腕をもっていたので、自分の仕事場で古い荷造り用の箱の材料を、古いマークなど全然わからないように充分にカンナで削って、それで小さいが頑丈な箱を造った。その箱のてっぺんに、強力なバネのねずみ取りをはめ込み、そのバネの下から箱を通して、二インチの釘がささるだけの穴をあけた。

彼は、硫酸を詰めた壜を箱の中のその穴の下に入れて、それ以外の部分に塩素塩酸カリウムとピクリン酸の混合物にいくつかのナットを入れたものを充塡《じゅうてん》した。最後に彼は、その穴に釘をさし込んで、その先が壜に触れていて、その頭が半インチほど箱から出ているようにしておいた。ねずみ取りのバネがはねると、それが釘に当たり、釘が下の壜をこわす。硫酸が他の薬品とまじって爆発を起こし、入れてあるナットがとび散って致命傷をあたえるという仕掛けであった。

ところでキーンは、この爆弾をなるべく早い木曜日に使用しようと思った。会社には、ワーシングに支店があって、だいたい木曜日にはワッグが、仕事の連絡のためにそこへいくことになっており、その場合には、彼がギルドフォードの事務所に現われることは、まずなかったのである。キーンはオートバイでワッグの家にいって、ワッグにきていた手紙を渡し、オートバイをワッグのところのガレージにおいといて、ワッグの車でいっしょにワーシングへいって、そこの仕事を手伝って、それからまたワッグ宅までいっしょにもどることになっていた。だから、木曜日こそはことを行なうのに、いちばんいい日であった。

とはいうものの、木曜日ならどの木曜日でもいいというわけではなかった。ハンフリーズもまた事務所を出ていて、ワッグと同じ方向にいっているという、そういう木曜日でなければならなかったのだ。ワッグ邸から三マイルほどいったところに、会社で監督している十戸ほどの家を建てている工事現場があって、週に二、三回ハンフリーズがそこへいくことになっていた。二週間ほどはキーンの思うとおりにならなくてがっかりしたが、三週目になると、その週の木曜日に、ワッグとハンフリーズの双方が出かけることになった。やっとその日が来たという安心感と、彼が決行しようとしている恐ろしい仕事に対する恐怖感の交錯した気持の中で、彼はいよいよ計画を実行に移すことに決心した。

水曜日の午後、彼は事務所の廊下でハンフリーズの行動を注意して見ていて、ハンフリーズが事務室を出ていくと、その部屋にしのび込んで手袋をはめ、例のハンフリーズの筆跡をまねて書いた計算書を、彼の机の引出しの底のほうに入れておいた。誰も見ていたものはいなかったし、またハンフリーズのその後のそぶりからも、彼が全然気がついていないことはまちがいなかった。

ワッグの場合はそうかんたんにはいかなかった――老人は、仕事中はほとんど事務室を離れなかったし、夕方引き上げるときは、必ず机の引出しに鍵をかけたからである。キーンは、できるだけの手段をつくした。そして、やっとワッグの出ていったのを見すまして、彼の部屋にはいっていって、また手袋をはめて、引出しの上の隙間から計算書をさし込んでおいた。

いよいよサイが投げられたとなると、彼は非常な恐怖におそわれた。ベッドにはいるまでの時間は、なんとかごまかして過ごしたが、ベッドにはいって、いつまでも眠れずに転々としているうちに、恐怖感はどうしようもないほどに強まっていった。いや、こんな悪いことは絶対にやってはいけない、と自分にいいきかせてみた――何をやってもいい、人殺しだけはやってはいかん。

だが、しばらくするうちに、そうした状態も過ぎ去った。起きて冷たい水を浴びて、ほとんどコーヒーだけの朝食をすませると、恐怖心が消えて、とても愉快な気持になってきた。いまでこそ、おれは貧乏だが、もうすぐに金持になれるんだ。それに、もっと自由になれる。いまのような給仕に毛の生えたような地位から、一足とびに社長になれるんだ。冷静に、がっちりと実行しさえすれば、万事はおのずからうまくいくんだ。

彼はオートバイを出して、その荷掛けにズックに包んだ手製爆弾をくくりつけた。事務所についた頃は、彼はすっかりいつもの彼に立ち返っていた。そうして彼は、ワッグあての手紙とワーシング用の書類を集めると、事務所を出た。

ギルドフォードから三、四マイル離れたところにあるワッグの家は、ぽつんと一軒だけ離れている、小さなかわいい家だった。それは、荒野の端のほうに建っていて、周囲を木でかこまれていた。老人は、妻と年配の女中とだけで、ひっそりと暮らしていた。ワッグ夫人というのはリューマチが持病で、歩行はかなり困難であった。夫がワーシングにいく日でお天気のいいときは、彼女はよく海岸までいって、桟橋で日光浴を夫といっしょに楽しんだが、きょうもかなり古い型のモリスが車回し《ドライヴ》に出してあって、中にはすでにワッグ夫人が乗っていた。

キーンのノックに、ワッグが出てきてドアをあけた。「おはよう」と、彼が口をもぐもぐさせながらいった。「きょうは、いいお天気になりそうだね」そういいながら、彼がガレージの鍵を差し出した。「きみのオートバイ、ガレージに入れとくんだろう?」

キーンは、このガレージへは何度もきてよく知っていたのだが、ここの扉は二枚扉になっていた。片方は垂直のボルトで、下の床と上のまぐさ《リンテル》にそれぞれ差し込まれるようになっており、いま一枚のほうは、目の高さくらいのところで長い横のボルトで前の扉に締めつけられて、それにナンキン錠をおろすようになっていた。中に車が入れてあるときは、そのボルトがいつもおろしてあったが、車がないとワッグは絶対に鍵はかけなかった。彼は、ボルトは締めてはおいたが、ナンキン錠はおろさなかったのである。だから、ワッグが鍵をさしたのは、ガレージの扉をあけるためではなくて、オートバイを入れたあとの扉をしめるためだったのである。

しかし、キーンは鍵には手を出さなかった。「ありがとうございますが、きょうはこのまま乗っていかせていただきます。実は友だちが二、三人ブライトンにきて泊まっておりますので、仕事がすみましたら会いにいってやろうと思うんです」

「それならそういうことにして、書類をホールデンのところへもってってくれんか。彼にも意見があるだろうからね」

「はい、そうします」

ワッグのぶつぶついうのを聞きながら、キーンはオートバイで出かけた。すべてが計画どおりに進んでいった。ワッグ夫人が在宅だということは、別に計画のじゃまにはならないだろうが、邸内のことをよく知っておくに越したことはない。お手伝いが、終日家の中にいて庭には出ないことは、彼はよく知っていた。

彼は、そう遠くまではいかなかった。ワッグ家から四分の一マイルほどいったところに、森にはいる小道があった。彼は、その小道にはいって、オートバイを見えないようにして本道のほうをうかがっていた。まもなく、例のモリスが走っていくのが見えた。そして、車が見えなくなってしまうと、彼はオートバイをとばしてワッグ家にもどった。誰かに見られるという危険はあるにはあったが、しかし、なにしろそのへんはひと通りのないところであったうえに、彼はまったくそのあたりに知人がなかった。

彼はガレージにいったが、このガレージは、母屋よりももっと木にかこまれていて、道路からは完全に見えないようになっていた。彼は、ガレージの片方の扉をあけておいて、オートバイに積んであった爆弾をとり出した。そして、それをもう一枚の扉のかげにおいて、針金で爆弾の引き金を扉の下のボルトにつないで、ボルトをはずすとそれが爆弾の上のバネをはずし、爆発させるように仕掛けておいた。そのボルトをはずすためには、ワッグはどうしてもかがみこむことになるから、爆発の効果をもろに受けることになるだろう。もしかしてほかのひとが扉をあけるようなことがとも考えたが、彼はすぐにそれを打ち消した。ワッグ夫人はリューマチがひどかったし、お手伝いはガレージの扉には全然近寄らなかったし、そのほかには誰もくるものはいない。それに、ワッグは車のことになるととてもやかましくて、決して他人にやらせるようなことはなかったのだ。

以上のことがすむと、キーンは爆弾にとりつけたバネを仕掛けて、釘を穴に通し、あけた片方の扉をもとどおりにしめておいて、オートバイを飛ばしてワーシングにいった。ワッグがいつもホールシャム街道を通るのを知っていた彼は、ワッグの車と会わないようにアルフォード、ブルバラー、アランデル経由の道筋を選んだ。ワーシングに着いた彼は、オートバイを立てかけておいて、急いで事務所にはいった。ワッグの運転がゆっくりだったのと、夫人を桟橋で休ませていたおかげで、キーンは老人よりもかなり前に事務所に着くことができたのである。

事務所での仕事はいつものおきまりのもので、とくに気を使うようなことはなかったが、それだけに時間のたつのがおそくて、いかにももどかしかった。そのあいだに彼は、何度迷ったかしれなかった――ワッグの家へとんで帰ってあの爆弾をとりはずそうと、何度腰を浮かしたかしれなかった。だがそのたびに彼は、もうやめるには遅すぎると自分にいいきかせた。計算書を引出しに入れてしまったのだ！　ワッグがハンフリーズに有利な証言をすれば、キーンはやはり泥棒ということになる。その結果は、彼にはとうてい忍びえないことになる――彼は実行の決意を新たにしたのである。

やっと会社の仕事から解放され、つまらぬ世間話をしたあとで、ワッグは桟橋へ妻を迎えにもどっていった。書類のあと片づけにしばらく残ったキーンは、やっとほっとして自由な気持になれた。

しかし、彼が思っていたほど自由にはなれなかった。計画が完全に終わるまでには、まだまだかなりの緊張の時間がつづいた。アリバイをつくらなければならない！　彼は、ブライトンへいって友だちと会った。もちろん彼は、そのひとたちを知ってはいたが、単なる知り合い以上のものではなく、わざわざ訪ねていくほどの特別の理由もなかった。

「急に思い立って、ブライトンへいってきたんだよ」と、彼は玄関に出迎えた下の娘に言いわけをした。「ジョーンを連れて、パパと食事をして、それから、パレス・ピーア劇場へいってみないかい？　いま、おもしろいのを演《や》ってるそうじゃないか」

彼は、娘について家の中にはいった。突然のことで、家族のものははじめは驚いたが、そのうちになんて親切なパパだろうということになった。娘たちは、劇場へいくことには、喜んで賛成したが、外で食事をすることは承知しなかった。反対にキーンは、みんなといっしょに家で夕食をとることを、承諾させられたのである。

何をしてみても、キーンには同じことだった――彼はいやな予感に見舞われ通しだったのである。それをどうしてがんばり通したか、自分でもわからなかったが、十一時頃になるとおさまった。やがて彼は、家族のものにお休みをいって寝た。

現在自分が無事だということに、彼は満足だったが、しかしひと晩じゅう聞こえてきた、重い足音とドアをノックする音の幻聴に悩まされ通しだった――実際には、誰も来なかったのだが。

翌朝、彼が会社にいってみると、何も変わったことはなかった。瞬間彼は、計画が失敗に終わったのではないかと思って、ぎょっとした。そして、もうだめかと思った彼は、会社のひとたちには、つとめていつもと変わらない調子で話しかけたりした。なかには、変だなといった顔をして彼を見たものもいたが、彼にはそれ以外にはどうしようもなかったのだ。そして、いかにも仕事をしているような格好をしていた。

やがて、ハンフリーズが出社するにおよんで、火に油がそそがれることになった。前の晩に、ワッグのところで爆発があって、老人は死んだというのだ。いまのところ、ほかに知ってるものはいないが、警察では捜査を開始したということだった。

そうなると、キーンも楽になった。興奮したり、そわそわしたりしていても、怪しまれずにすむからである。彼は、ワーシングで別れたときのワッグのこと、いつもと全然変わっていなかったことなどを、みんなに話した。そうしているうちに、彼には自信がついてきた。見たところ、彼を疑っている者などはひとりもいなかったからである。

正午ちかくなって、ドルビー警部とグレー部長がやってきて、事情の聴取を行なった。ふたりとも丁寧で、愛想がよかった。キーンは、質問に対しては、すらすらと答えた。ワッグ氏のところへ、彼あての手紙を持っていってやった。彼がワッグ邸にいくと、ワッグ夫妻はワーシングにいく用意をしていた。いつもだと、彼は老人の車に乗っていったのだが、あのときは彼はブライトンの友だちを訪ねることになっていたので、オートバイで出かけた。彼は、ワッグ夫妻より先に出て、まっすぐにワーシングにいった。彼がワーシングの事務所に着いてかなりたってから、ワッグ氏が現われた。ワッグ氏と別れてから、事務所を出てブライトンに行き、それから家にもどった。ワッグ邸で起こったことについては、彼は、まったく見当がつかない。このキーンの供述にドルビー警部は満足したようで、キーンが供述書にサインをすると、礼をいって帰っていった。

翌日になると検死裁判が開かれ、キーンはふたたび尋問を受けた。彼以外の誰に対して殺人の評決があったところで、彼の知ったことではない。それこそ、彼の意図していたところだ。すべては、計画どおりに進展していた。

事務所には、警察がつれてきた経理士がいたところから、キーンは、警察が盗賊のしわざと睨んでいるのにまちがいないと考えた。しかし警察は、彼には何も尋ねようとはしなかった——するところこれは、計画どおり、予想どおりにいくのだな。その翌日も翌々日も、何事もなくてすんだときには、彼はいよいよこれで危機を切り抜けたと思ったのであった。

「わたしは、この事件にはほんの間接的にしか関係しとらんのだよ」と、あとになってその話が出たときに、フレンチ警視はいった。「わたしが、ほかの事件でギルドフォードにいっていると、そこへドルビー警部がやってきたんだ。彼はきちんとした男で、よく自分の担当でもないのにわたしの仕事を手伝ってくれたものだった。だから、その彼から新しい事件のことでたずねられると、わたしとしては、むげに断われなかったというわけさ。

彼は、くわしく話してくれた――なかなかおもしろい事件だったね。彼は、こういうふうに説明した。『ワッグ邸にいってみると、さかんに燃えていて、いま医者がきたところだということでした。ワッグは、ガレージの前にあお向けになっていましたが、顔と胸をひどくやられていました。二枚の扉の一枚は中のほうへあけられていて、もう一枚は少し焼けてこわれていました。そのこわれた扉の少し奥のところの床の上に、八インチと六インチくらいの大きさの木の板があったんです。上のほうはこげていましたが、コンクリートの床にくっついていたほうの裏側には、傷がついていません。ガレージの裏のほうに、ねずみ取り器に使うようなバネが、熱で変色したまま落ちていました。手製の爆弾が扉の中側に仕掛けてあって、ワッグがその扉をあけたとたんに爆発したということらしいです。これが、その板とバネでありますが』

わたしは、それをよく見てから返した。『確かに殺人だね』と、わたしは賛成した。『で、動機についてはどう思うかね？』

『それが、会社のなかで盗難があったんです。五百ポンドの金が紛失しておりまして、そこをうまく帳簿がごまかしてありました。そのうえ、ガイ者の机の中から発見された計算書によりますと、ガイ者はそれを問題にしようとしていたことが明らかなんです。そうだとしますと、やがて取調べが行なわれて、本人が見つかることになるわけであります』

『動機も、あったわけだね』

『それが、まだはっきりしないのですが。あの計算書は、わざと入れたものではないかと思うのです。筆跡鑑定人は、あの筆跡は偽造だというんです。ハンフリーズの机にも、別の計算書がはいっておったのですが、これも偽造して入れておいたものと思われます。少なくとも、それを見せられたハンフリーズは、そういっております。これらの二枚の書類からみましても、どうも動機は窃盗らしく、そのためにあんなことをしたのだと思うのですが』

『容疑者はいたのかね？』

『専門家の見るところでは、帳簿の操作ができるのは会計係と、共同経営者のひとりだけだというのです。そのうち会計係は、もう年寄りですし、生活も楽ですから、わたくしはこれは除きました。ところが、共同経営者のほうは、ハンフリーズにしましても、キーンにしましても、若くて元気で、しかも金に困っておりますし、それにふたりとも、あまり香ばしくない噂もあるようであります。そのうえ、どちらも、計算書を入れておくことくらいはやりかねません——おたがいにおとしいれようとするためにであります。ハンフリーズが、疑惑をいまひとりのほうにかけさせるためにやったということも、ありうることです』

『すると、きみはそのふたりのうちのひとりをホシと見るわけだね？』

『はい、そうであります。ところが、爆弾となりますと、ふたりとも仕掛けることができる立場にあります。キーンのほうは、ワッグ夫妻がワーシングに出かけた頃を見はからって引き返してきて、仕掛けることができますし、またハンフリーズのほうは、ワッグ夫妻が出かけてから一時間後に、現場の視察に出かけております』

『するときみは、ふたりのうちいずれともきめかねているってわけか?』

『残念ながら、そういうところであります』

『いいかね、きみ』と、わたしは彼にいった。『頭を使うんだよ。わたしには、はっきりしたことはまだわかっていないが、きみは確かな証拠を握っているんだ。もう一度、考えなおすんだな』

彼は、いろいろと考えていたが、わからなかったんだね。『じゃあ、こうしてみたまえ』と、わたしはいって、彼にヒントをあたえてやったんだよ。喜びに顔を輝かせて礼をいうと、彼はとんでいったっけ。

しばらくすると、彼はにこにこ笑いながら、帰ってきた。彼は、ハンフリーズとキーンの仕事場へいってきたんだ――ふたりとも大工仕事が好きだったんだね。『警視殿、ありがとうございました』と、彼はいった。そして『キーンの自署をとってきました』といって、二枚のうんと大きく引き伸ばした写真をわたしに見せたんだ。その一枚は、爆発でこげた木片のカンナで削った表面の横断面で、いま一枚はキーンのカンナの刃だったよ。一枚の写真に出ている不ぞろいと同じものが、もう一枚の写真にも表われているのを見たわたしは、そうだ、犯人はキーンだよ、といってやったよ」

シャンピニオン・パイ

こんな状態がもっとつづいたら、わたしは気違いになってしまうだろう。心配のあまり死んでしまうにちがいない。わたしの計画は、成功したのか、失敗だったのか？　成功すればわたしは、いまのような重労働、貧乏、不安という状態とはうって変わって、自由で、豊かで、そして安定した身分になれるだろう。失敗したらどうなる？　失敗した場合なんて、考えるのもいやだ。逮捕、裁判、有罪判決、そしてそのあとは……

　わたしの計画の前半は、かなり手はかかったが、とにかく成功した。わたしの継父《ちち》は死んでしまった。だが、後半はどうなるだろう？　継父の後妻のナンシーが犯人ときまるか、それともわたしが？　こんなに不安な状態になるということがわかっていたら、わたしは決してこんなことはやらなかっただろう。

　わたしの母が、ハロラン氏と結婚した頃は、ものみなが本当に楽しかった。どっちかというと、わたしは彼がきらいだったけれども、しかし彼とわたしにはあまり接触する機会はなかった。彼はわたしに対しては、いつも丁寧で遠慮していたけど、わたしにはそれをどうすることもできなかったし、また別にどうしようとも思わなかった。わたしは、母の家事の手伝いをしながら、わたし自身のお友だちとつき合っていたんだし、毎日は楽しく過ぎていった。

そこへ母が死んでしまったので、はじめのうち、わたしはどうしたらいいかわからなかった。継父《ちち》も困ってしまったけれども、彼はわたしに、そのまま家にいて家事をみてくれるように頼むことで、双方の問題を解決した。彼はわたしになにがしかの給料を払う約束をしたし、もちろん食事と寝泊まりはただであった。そのうえ、わたしが彼が死ぬまで手伝うという条件で、遺言の中にわたしの分としてかなりの額を残すようにするという約束までした。わたしには、願ったりかなったりの話だった。そのうえ運のいいことに、すばらしいコックさんが見つかったのだった。彼女は、本当に料理が上手だったうえに、家の片づけ仕事の大部分をやってくれ、そのうえとてもほがらかなひとだった。そういうわけで、わたしはまったく呑気《のんき》な身分で、家事は自分の思うように切りもりしたし、ゴルフやテニスをする時間も充分にあった——万事うまく運んでいったのである。

この間に、わたしが継父と顔を合わせる時間はいよいよ少なくなっていった。継父は歴史小説を書いていたのだけれど、資料あつめのためにロンドンにいくか、書斎で執筆しているかのどちらかだった。まったくふたりが顔を合わせるというのは、夕食のときぐらいのもので、そのときでもほとんど話はしなかった。しかし彼の態度は、遠慮がちながらも相変わらず丁寧で、わたしたちの関係は依然として平穏であった。

ところがまったく突然に——というのは、わたしのほうで、ことが進行していたのを知らなかったためなのだけれど——継父はある日、ロンドンへいったと思うと、その晩新しい妻を連れて帰ってきたのである。このときから、すべての事情が変わってしまった。わたしは、はじめからナンシーを嫌いだったし、ナンシーはまた義理にもわたしを好きだとはいわなかった。彼女は、すぐに家庭の全権を握ってしまい、彼女の思うようにやっていった。わたしの自由裁量ということは取り上げられ、わたし自身の自由の大部分も奪われてしまった、というのは、彼女は家事の責任は全部わたしに負わせてしまって、自分はそれを命令する立場に立ってしまったからなのだ。わたしは、わたしが同居人の立場にあって、仕事に対する給料も彼女からもらっている以上は、彼女にそうする権利はあるのだろうとも考えた。ところが、彼女はだんだん横暴になってきて、わたしをまるで召使のように扱うようになり、継父までが彼女に引きずられて、同じような態度をとるようになってきた。

わたしの立場は、急にみじめなものとなってきて、コックさんがとても同情してくれたけれども、それでどうなるというものではなかった。わたしは、何度、家を出てしまおうかと思ったかしれなかったが、ふたつの理由でそれが果たせなかった。第一に、わたしにはいい仕事にありつくだけの才能がなかったこと、そして第二には、辛抱して手伝いをしていれば、やがてかなりの遺産がもらえるということだった。

遺産のことについては、継父が約束してくれた以上、わたしはまちがいなくもらえるものと信じていた。わたしは、そのことが彼の遺言に記されていることを知っていたし、彼の考えどおりにするものならば、この約束は必ず実行するだろうと思っていた。しかし、情勢がこうなってくると、彼が果たして自分の考えどおりに実行するかどうか、わたしには疑わしくなってきた。ナンシーが彼をつっついて、遺言の書き直しをさせやしないだろうか？　そう思うと、わたしはとても不安になってきたが、といってわたしには、どうしたらいいのかわからなかった。

そうしているうちに、わたしはあることから、ナンシーという女の正体を知り、そのためにわたしの心配はいよいよ大きくなった。継父がロンドンにいったある日のこと、わたしはふと昼食のときに、午後、村へ買い物にいってくるといったのだ。ところが急に頭痛がしてきて、昼食がすんだ頃にはそれが激しくなってきた。わたしは、買い物にいくのをやめて、庭の木陰で休もうと思って、椅子のあるところを捜していた。わたしが、ゆっくりと芝生を歩いていると、しげみのかげからひとの話し声が聞こえてきたのだ。わたしは、本能的に立ち止まったが、その話の要点はすっかり聞いてしまった。話していたのはナンシーで、相手はわたしもかすかに知っている競売人だったのである。ふたりが前からの恋人同士であることがすぐにわかった。なぜかというと、彼女が金のために継父と結婚したのに、継父のほうでは全然気がついていないといって、声を立てて笑っていたからである。

わたしはびっくりした。どうやら相手に気《け》どられないように引き返しはしたが、ナンシーに疑いを持たせるようなきっかけをつくらないためにも、村へ買い物にいったほうが賢明だと思われた。こうなってくるとわたしには、彼女を攻撃する口実ができたわけなんだけれど、といって、その口実をどう利用したらいいか、わたしにはすぐにはわからなかった。彼女を恐喝してみようかという漠然とした考えが浮かんだことは、たしかに事実である。もちろん、わたしにはそんなことは実行できなかったけれど、なんとかして庭で聞いた事実を役立てることが必要だった。わたしはいろいろと考えたが、さっぱりいい考えは浮かんでこない。ある日のこと、世にも恐ろしいことにふと思いついた——わたしは突然、継父が現金を握っているうちに、ナンシーと継父を殺すことを思いついたのである。

最初のうちは、それはほんの漠然とした考えにすぎなかったのだが、しだいにひとつの計画の形をとり、詳細にわたった完全なものとなっていった。わたしは、その嫌疑がナンシーにかかるようなやり方で、継父を殺そうと思ったのである。そして、庭先で聞いたあの競売人との話が、その計画を可能にするものと考えた。その計画は、すぐに警察に見破られて、ナンシーの動機というものが圧倒的と考えられることになるだろう。そして彼女は有罪の判決を言い渡され、わたしは無事なんだ——無事で、しかもお金持になれるんだ！

わたしの計画というのは、シャンピニオンを使うもので、少なくともシャンピニオンと継父の健康状態とに、その成否はかかっていた。最近、彼はリューマチに悩みだし、歩行困難を訴えていた。それが一時的なものなのか、永続的なものなのか、わたしは知らなかったけれども、この点は利用できると考えた。彼はシャンピニオンが大好きで、専門的な知識さえ持っていたが、ナンシーとコックさんとわたしは、手を触れたことがなかった。継父は日頃から、シャンピニオンは店で買ったものよりも、自分でとった新鮮なもののほうがはるかにうまいんだといっており、リューマチになって自分でやれなくなってからは、ナンシーが代わりにとってきていた。彼は彼女に、いいシャンピニオンの出ている場所を教えていたが、彼女はとってきたのは全部継父に見せていた——継父は、極度に毒のことを心配していたのである。わたしは、継父の部屋にあった本の写真から得た知識で、近くの雑木林に、外見は食用シャンピニオンとよく似ているが、実は猛毒があるというキノコのあることを知っていた。これらの事実をもととして、わたしは計画を練ったのである。

わたしは、計画の実行に役立つこともあろうかと、ナンシーがお皿に入れて持ってくるごとに近づいてみた。そうしているうちにある日のこと、わたしにつごうのいいことが起こった。九時に朝食がすむと、ナンシーが十時頃に出ていって、バスケットにいっぱいのシャンピニオンを持って帰ってきた。彼女は、それを継父に見せてからコックさんに渡し、コックさんがそれを昼食に出すために、お皿に移して戸棚にしまっておいた——このやり方は、家のしきたりだったのである。

わたしは、引きつづきナンシーの行動に注意していた。それはとてもお天気のいい朝で、彼女は例によってシャンピニオンを渡すと、庭いじりをしに外に出た。彼女は、庭仕事が得意で好きだったし、なにかしら春咲きの草を植えていた。彼女は、十一時半頃まで一所懸命にやっていたが、強いにわか雨が降ってきたので家の中にもどってきた。雨は十分ほどでやんだが、もう着替えてしまった彼女は、そのまま庭には出なかった。やがて彼女が継父に、これから外出しますがお昼までには帰ってきますから、といっているのが聞こえた。

それを聞いたわたしの胸の鼓動は、いよいよ高まってきた。とうとうチャンスが到来か？　わたしは、ちゅうちょすることなしに、計画を決行することにした。わたしは二階の窓から、ナンシーが家を出ていって、その姿が見えなくなるのを確かめた。それからのわたしは、急にいそがしくなった。まず、誰にも見られないように戸棚のところへいくと、シャンピニオンの数をかぞえて、その大きさも頭に入れておいた。それから玄関の間《ま》のとなりの便所にいって、ナンシーがはいて庭いじりをしたり、シャンピニオンをとってきたりしたゴム長をはいた。それから雑木林へ走っていって、ナンシーがとってきたのと同じ数のキノコをとった。

そこまではすんだのだが、家にもどる前にもう少しはっきりした証拠を、残しておきたかった。わたしはそのときまで、注意して草の上ばかりを歩いてきたが、その後も二、三百ヤードほど同じように草の上だけを通って、キノコの出ている場所へいった。それから回れ右をして、いろいろなキノコの出ているところへもどったのだが、このときにはわざわざ砂地のところだけを選んで歩くようにした。そして、足跡を残しながら家にもどってきた。さっきのにわか雨のおかげで、足跡はとてもはっきりと残っていたが、これは確かにナンシーの行動を示す証拠になると、わたしは思った。そして、またわたしは戸棚にいって、シャンピニオンをとりのけて、代わりに毒キノコをおいておいた。

わたしは、いくつかの毒キノコを加えるということはせずに、全部をとりかえてしまったのだ。というのは、外見こそ似てはいるが全然別の種類のものなのだから、もしコックさんがそのちがいに気がついたら、いろいろたずねるだろうと思ったからである。とりのけたシャンピニオンは、ストーブにくべて燃してしまい、さらにその上に、新しい薪をのせておいた。そして最後に、わたしはもう一度庭に出て歩きまわって、あとで話のつじつまを合わせることができるように、ナンシーのゴム長に砂をつけておいた。わたしのねらいは、警察がナンシーは同じ数のいいシャンピニオンと毒キノコとをとってきておいて、いいほうの検分がすんでから、それを毒キノコとすりかえておいたものと見るだろう、ということにあったのだ。

わたしのやったことは、ひとつのことを除けば、なかなかうまくやったように思えた。誰かに見られていたかもしれない？　わたしは、見られたとは思わなかったけれど、絶対に大丈夫とはいえなかった。この難点をおぎなおうと思ったわたしは、ナンシーのゴム長を自分のとはきかえて、近所のひとに貸す約束をしてあった本をもって、それを届けに出かけた。いく途中、わたしはキノコの出ている雑木林を通りかかったが、かりに誰かに見られていたとしても、この近所のひとを訪問したことで説明がつくという自信をえたのである。

運よく近所のひとは在宅だったので、わたしはそこでしばらくのあいだおしゃべりをしてから、ちょうど昼食に間に合うようにもどったが、コックさんはとっくにキノコの仕度を始めていた。かなり心配にはなったが、それまでのところでは、万事わたしが考えたように運んでいった。

昼食に、継父はキノコを食べた。すぐには反応は現われず、それからわたしは、自分でも驚くほど落ち着いて話をしたあとで、村の図書館へ本の交換に出かけた。お茶の時間に帰ってくると、継父がぐあいが悪くなり、ナンシーが医者を呼んだところであった。ラム医師は、二階に上がっていったきり、ずいぶん長いあいだおりてこなかったが、おりてきたときの彼の顔は、非常に心配そうだった。それから彼は、また二階に上がっていって、一時間ほどおりてこなかったが、彼の顔色は見るたびごとに厳粛さを増していった。やがて、彼の電話をかける声を聞いたが、意外なことに、土地の警察のハワード警部が部長を連れてやってきた。最初このことが、わたしにとっていいことなのか悪いことなのかわからなかったが、やがてそれがわたしにとっては、ほとんど奇跡といっていいくらいの好運であることがわかってきた。わたしは、継父はすぐに死んでしまうものと思っていたのだが、事実はそうではなかったので、警察の捜査があまりおくれると、せっかくわたしがつけておいた足跡が消えてしまうというおそれがあったのだ。その心配も、いまやほとんどなくなった。それにもかかわらず、わたしには警察のひとが来たわけがわからなかった。彼らは、わたしたちにごくありふれた質問を二、三して、そのまま帰っていった。翌朝、彼らはまたやってきたが、わたしには話しかけなかった。そして昼食時までには、彼らは引き上げてしまったのである。

この間に継父の容態は悪化していったが、それでも一週間ほどもったので、その間、わたしは、驚いたり心配したりした。彼を見るたびに、わたしは後悔の気持にさいなまれた。毒キノコの中毒というものが、こんなにもひどいものと知っていたら、わたしは自分の手を切断してでも、あんなことはしなかっただろう。だから、彼が死んだときは、わたしはほっとした――ほっとしたのはわたしたち全部であって、おそらく継父自身もそうだっただろう。

事件が早く片づかなければ、緊張のあまり頭がどうかなってしまうと思ったのは、ちょうどこの時期であった。警察のひとがやってきたのは、殺人事件と睨んでいるからだと感じながらも、一方では、しかしこれまでのところでは、万事が計画どおりに運んでいるじゃないか、と思い直したりした。どうしたら、この場を切り抜けられるか？　警察が殺人事件ときめた場合、誰がやったと見るだろう？　それを教えてくれたら、わたしの遺産を半分あげてもいいと思った。

そして、いよいよそれがわかってしまったときには、せめてはっきりわたしだということでなかったら、わたしの持っているものは全部あげてもいいという気持だった。葬式のすんだ翌日、警官たちがまたやってきた。三人の警官が、黒い車にのって車回し《ドライヴ》をやってくるのが見えた。それから四、五秒たったときは、彼らはわたしの部屋にはいっていた。わたしは、立ち上がって彼らを迎えようとしたのだが、彼らの表情を見たわたしのからだは、すっかり硬直してしまった。そのときわたしは、すべてを知った――警部の正式の声明をまつまでもなく、事態ははっきりしていたのである。わたしは、そのまま気を失ってしまったらしいが、気がついたときには留置場にいた。そうしていまはこうしている――これでおしまいなのだ。

「ローラ・ブレントなる女性が、いま少し慎重だったら」と、あとでフレンチ警視がいった。「彼女はつかまらずにすんだかもしれんのだよ。だが、この種の知的犯罪によく見られるように、彼女もそれをやったんだね――とるに足らんような見落としが、翌朝の朝食の頃になって悲劇的様相を呈してくるというやつさ。

リオ・ハロレン老人もばかじゃなかった。彼は、やってきた医者に、自分の病気の原因をつきとめるように迫ったのだ。医者のラムは、検査の結果、毒キノコによるものだと確認した。それを聞いたリオ老人は自制心を失って、これは殺人にちがいないというので、警察に連絡をさせたんだね。わたしは、ハワード警部に捜査を担当させた。リオがハワードにいったところでは、彼の妻が彼に見せたシャンピニオンは毒キノコなどでは絶対なかった、従って誰かが取りかえたにちがいないので、その犯人をみつけてくれといってきかなかったというだ。

事故死とも、自殺とも考えられなかったので、われわれは殺人事件として捜査を開始した。一応捜査の結果は、妻とまま娘の双方に、かなり有力な動機があったんだね。このふたり以外には、動機のありそうな者はまったく見つからなかったのだが、それは別としてもわたしには、このふたり以外の者を調べる必要はまったくないと思えたんだね。というのは、ホシはこの家のようすや毎日の生活を、よく知っているものでなければならなかったからなんだ。そのうえに、ふたりともシャンピニオンによく似た毒茸《だけ》が出ている雑木林へ、誰にも見られずにいくことができたからだ。しかし、これは嫌疑に過ぎなかったし、嫌疑だけで証拠がなくては、われわれとしてはどうにもならんのだ。

もちろん、ハワードはすぐに足跡を見つけて、はじめのうちはこの足跡にだまされていたんだ。つまり彼はその足跡から、リオの妻が実際にいいのと毒のと二種類のキノコをとってきておいて、検査がすんでから取りかえたと思いこんだんだ。しかし、わたしの読みのほうが深かった。彼の判断がまちがっていることをわたしは知っていたし、それにわたしにはホシの見当がついていたんだよ。どうしてというのかね？　つまり、わたしはだね、いつも若いものにうるさくいってやらしていることを、自分でやっておいたということなんだ――それは、事件全体の時間表をつくるということなんだがね。

事件の捜査に当たって、その時間表なるものがいかに重要であるか、ご存じかどうかは知らんが。とにかくこの時間表が、妻ナンシーのシロと、このまま娘のクロを証明してしまったんだ。

もうおわかりだろう？　まだだって？　もうわたしは、いってあるはずだよ。ナンシーがシャンピニオンをとりにいったのは朝の十時で、十一時三十分には激しいにわか雨が降ったんだから、ナンシーの足跡は完全に洗い流されてしまって、残っているわけなどなかったんだよ。十一時四十分から午後一時まではナンシーは村へいっていて、これは彼女に証明できた。その間にあの足跡をつけることができたものはローラだけ、またナンシーのゴム長を使うことができたのも、彼女だけということになるわけだ。

　ほんの小さな見落としなんだがね……」

スーツケース

二月も終わりごろの午後、ソープ駅のプラットホームに吹きまくる冷たい風に、アルバート・ランクは身震いをした。薄いよごれたレーンコートだけで、小さなスーツケースをさげた彼は、旅客手荷物の山のかげに身をちぢめていた。彼はひとに見られたくなかったのだ――こともあろうに、彼の敵だったデーヴィッド・ターナーを殺しての帰り道だったのである。

ランクは、ロンドン北区にある小さなホテルのボーイ兼靴磨き兼雑用係だった。彼は、気が小さくてよく働くひとり者で、三カ月前までは、ひとのいい快活な男だったのだが、それが急に何か手違いがあったらしく、不運が次から次と重なって、このような不幸な羽目となってしまったのである。

ことの起こりは金であった。ランクの友だちに競走馬のうまや番をやっているのがいて、その友だちから、内情さえよく知っておれば競馬というものは必ずもうかるものだと聞かされた。そしてその内情なら、おれがよく知っているよと友だちはいうのであった。とうとうランクは、その友だちの言葉にのることになった。

はじめのうちは、いわゆる初心者の幸運というやつでうまくいったが、そのうちにご多聞にもれず、だんだんまずくなっていった。そしてとどのつまりは、わずか数ポンドのことで、彼は現在の職を棒にふったうえに、大切にして持っているものを全部手放さなければならなくなるかもしれないという事態に当面してしまったのである。

重なる不運に、彼はすっかり頭にきてしまった。ちょうどそのころ、ロンドンの北区一帯でショー・ウィンドーを破って、なかの貴重品をかっさらうという犯罪がはやっており、それがあるギャングのしわざであると見られていた。ランクも、それをやってみることにきめ、世間ではそのギャングのしわざと見るにちがいないと考えていた。もちろん、ばかな考えではあったが、彼としては、それでなんとかやっていけるものと思い込んだのである。

彼が目をつけたのは、小さな新聞売店だった。前もってそのへんを調べておいた彼は、その店の主人が毎日午後になると若い女の子に店をまかせて、自分はお茶の時間を過ごしに出ていってしまうことを知っていた。そして、ある風の強いどんよりとした十一月の午後に、ランクはその店にはいってタバコを買い、女の子がお釣りを出そうとしてレジを開けたところを、いきなり中にはいっていた札束をわしづかみにした。

ことは、彼が予期していたとおりには運ばなかった。札束をつかみ出すあいだに女の子が騒ぎ立てたので、主人がかけつけてきたのだ。そしてランクは、その老人にしがみつかれた。逃げようとしたランクは、夢中で老人をなぐり倒した。逃げながら振り返ると、老人があお向けに倒れるのが目にはいった。とにかく彼は、その場は無事に逃げおおせたが、翌朝の新聞を見ると、老人は倒れたはずみに頭部を強打して死んだと出ていた。

彼は仰天した——人を殺そうなどとは、彼の夢にも考えていなかったことで、この老人を生き返らせることができるなら、どんなことをしてもいいと思った。だが、その殺人という恐怖感が薄れていくと、こんどは彼自身のことが心配になってきた。彼は、彼が勤めていたホテルにふたりの大きな男が彼を訪ねてくるシーンを想像すると、たまらないほどこわくなってきた。しかし、一日、二日そして三日と、何事もなく日はたっていき、彼の心配もだんだんと薄れていった。

ところが、ちょうど三日目の晩に、彼が恐れていたような形でではなかったけれども、災難はやってきた。彼が、休憩時間でホテルを出ようとすると、見知らぬ男が近寄ってきた。

「ターナーというんだが」と、その男がいった。「デーヴィッド・ターナー。あんたはアルバート・ランクさんだね？」

ランクは、そうだといった。

「火曜日のこと、わたしは見てたんだよ」とターナーはつづけた。「女の子の叫び声も聞いたし、あんたが逃げていくのもちゃんと見た。だからわたしは、警官がくるまであすこにいて、全部教えてやったのさ」

ランクは、息をのんだ。それから、声を震わせながらいった。

「それは、何かのまちがいだ。わたしは、店になんかいかなかった」

「そうだ」と、相手がいった。「ことしだいによっては、あんたは警察でそういうふうにいうことができるんだ」

わずかに残っていた勇気が、ランクの身内にもどってきた。「あんたのいうことは嘘だ」と彼はいい返した。「あんたが本当にそういったのなら、警察はとっくにわたしを尋問しにきたはずだ。警察は来ていやしない」

「わたしは、そんなことするほどばかじゃない」と、ターナーが答えた。「わたしは警察のひとには、あんたの顔はちゃんと覚えているが、どこの誰かは知らんといってあるんだ。だが、まちがっちゃいけないよ。わたしは、あんたが誰かも、ちゃんと知っているんだ——こうして夜の八時に散歩に出ることだって、知っているんだからね」

ランクは、相手の顔をちらりと盗み見た。その顔は、貪欲《どんよく》とよこしまな興味にあふれていて、ひとに同情するなどという柔らかい影は薬にするほどもなかった。この男は、やるといったことは、なんでもやる男だ。「いったい、どうしろというんだ?」ランクが心配そうにたずねた。

「そうこなくっちゃあ」ターナーが、急になれなれしい口振りに変わった。「奪った金の半分と、それから毎週一ポンドずつくれれば、いっさい見なかったことにしよう。つまり、その一ポンドがつづくあいだはね」

ランクは、相手の強要ぶりに、思わず声を上げた。彼は哀願してみたり、高飛車に出たりして、とてもそんなには出せないといってみたが、全然効果はなかった。そしてとどのつまりは、いわれたとおりにいうことをきくよりしかたがなかったのである。

ターナーが行ってしまうと、彼はとほうに暮れてしまった。これからはずーっと、ターナーのいうとおりにしなければならないのだ。そしていずれは、要求の額はふやされることだろう。ひょっとあいつに口外されようものなら、それでおしまいだ——おれの幸福どころか、命までももっていかれてしまうのだ！　そして、ターナーがこの世にいるあいだは、彼には安全で楽しく生きていくなんてことは、とうていできないのだということは、はっきりしていた。ターナーのやつがこの世にいなければという考えが、しだいに彼の頭にこびりついてきた。

そこで彼は、ターナーの日常について、充分に調べた。ターナーは、旅客列車の車掌をしていて、ロンドン＝エディンバラ間の東海岸線《イースト・コースト》の普通列車勤務だった。そして彼は、勤務を終わっての帰り道に、いつもホテルの前を通るので、しばしばランクを見ているのであった。

そうなるとランクは、なにか列車事故でも起こらんもんだろうかと考えたりしたが、そうしているうちに、ふと、ひとつの計画が頭に浮かんだ。ターナーの勤務している列車に乗ってみたら、どうだろう。そして、彼が車掌車にひとりでいるところへはいっていく。そしてそれから……！

ランクがソープ駅で、服の下に太い棍棒を忍ばせて、ロンドンからの列車を待ち受けていたのは、この目的のためだった。五時半きっかりに、列車ははいってきた。彼は前もって調べておいたので、その列車は後部から六両目が食堂車で、その食堂車と車掌車の間の五両の客車は片側通路式で、網棚と便所は各車両の端にあることまで知っていた。彼はまた、乗務の車掌はたったひとりで、それが彼の敵デーヴィッド・ターナーそのひとであることも知っていた。

ランクは、なるべくひと目につかないように乗客のなかにまぎれ込んで、列車に近づいていった。そして、いちばんあとから、食堂車の次の客車に乗り込んだ。そしてスーツケースを網棚にのせると車外に出て、最後部の客車までプラットホームを歩いていった。列車に乗った彼は、音のしないように車掌車のわきの便所にはいって、中から差し錠をさしておいたが、ドアのハンドルはちゃんとハンカチで包んでおいた。その数秒後に、列車は出発したのである。

　ソープ駅から、ランクが三等の切符を買った次のセルカスター駅までは、一時間ほどかかった。彼は、そのあいだは通路にはひとは出てこないものと、計算しておいた。というのは、この季節には列車はかなりすいていたし、夕食の時間はセルカスターを過ぎてからだったからである。

　いよいよ行動開始の時間となると、彼は便所を出て連廊（客車の前後にある出入用の小室）から車掌車にはいっていった。彼を見たターナーは、とび上がらんばかりに驚いた。

「ランクじゃないか！　いったいどうしたっていうんだ？」

「ちょっと話したいことがあってな、ターナー」

「ここじゃだめだよ。あんたといっしょにいるところを見つかりでもしようものなら、わたしがひどい目にあうよ」

「いや、一分とはかからんさ。実は金が手にはいる話なんだが、それにはふたりでないとまずいんだ。相棒になってくれないかね？」

　このもちかけ方には、ターナーも断わるわけにはいかなかった。彼がもじもじしていると、ランクがポケットから紙片を出した。いかにも、その計画が書いてあるように思えたのだ。

「その家には、金目のものがいっぱいあって、しかもひとがいないんだよ。そのうえ、ひと目にたたないところだ。これが略図なんだがね」

　ターナーが、その紙片を見ようとかがみ込んだところを、ランクがいきなりなぐりつけた。

ターナーは、そのままうつ伏せに倒れて、動かなくなった。直立したまま棍棒を投げ捨てたランクは、急に恐怖におそわれた。いまがいちばん危険なときだ——万一乗客がこの車掌車にやってこようものなら、おれは死刑にされたも同然だ。一刻も早くこの場を立ち去らなければ、と彼は思った。

彼は、はやる心を押えた。当初の計画どおりに実行しないと失敗する。とにかく、車掌車からできるだけ遠ざかることだが、しかしそれもただやみくもにやってはまずい。便所ではまだ安全ではない——セルカスター駅に着けば、車掌車のところには赤帽が集まってくるから、逃げ出すところを見られやすい。だから、ひとに見られないように、通路を通っていかなければならないんだ。彼は、そのやり方を考えだした。

彼は、紙片をポケットにしまって、ゴム手袋をはめた。それから、一大決心をして、そこにひざまずいて死体の制服をぬがせはじめた。それは、予想したよりむずかしい仕事だった。あわてているので、時間がかかったのである。しかし、やっと終わった。彼は手早く、その制服を着たままの服に重ねて着た。彼が薄っぺらなレーンコートで震えていたのは、実にこのためだったのだ。ターナーは、背こそ彼と同じくらいだったが、彼よりもずっと太っていたので、重ねて制服を着た格好《かっこう》は、さほどおかしくはなかった。このことは、彼がこの計画をたてるときに、ちゃんと考えておいたのである。さらにゴムの含みわたをふくんで、制帽を目深にかぶると、うすい暗い通路では怪しまれるようなことはないという自信が出てきた。

もうひとつ、やっておかなければならないことがあった。車掌車を出る前に、彼は手荷物をかたよせて、そこへ死体を引っ張っていって、その上にいくつかの手荷物のスーツケースをのせたのである。列車がセルカスター駅に着けば、どうしてもこの犯罪は発見されるが、しかしそれは、彼が駅を出ていってしまってからでなければならないというのが、彼の計算だったのだ。

いま一度、急いであたりを見まわして、手ぬかりはないとわかると、彼は車掌車を出て、あらん限りの気力をふるい起こしてゆっくりと、しかしいかにも勤務中であるように通路を歩いていった。ありがたいことに、その間、彼は誰とも会わなかった。彼はやっと五両目の客車の端まできて、ドアをしめた。そこは、荷物棚と便所と、食堂車に通ずる連廊とがいっしょになっている狭い場所だった。彼は、自分のスーツケースを持って便所にはいった。そして中から掛け金をかけると、やや気持が落ち着いてきた。最悪のときは過ぎて、それまでのところでは、ことはまず順調に運んでいたのだ。

彼のスーツケースには、オーバーと帽子が入れてあった。彼は、それを取り出して、いままで着ていた車掌の制服をぬいで、制帽と棍棒とレーンコートとをいっしょにして、そのスーツケースに詰め込んだ。彼の計画では、スーツケースにはおもりをつけることになっていたが、ただしそのおもりは、あまり場所をとるものであってはならなかった。彼は、勤めていたホテルにおいてあったストーブの鋳鉄のふたが格好だと思って、とっておいた。このふたは、使い古してすっかりエナメルがはげてしまったので、とりはずしてくず屋に持っていかせるばかりになっていたものであった。ランクは、ここでもちゃんと、足がつかないように考えておいた。かりにふたがなくなったことが知れても、それはくず屋がもっていってしまったということになる筈であった。

列車がスピードを落として、まもなくセルカスター駅のプラットホームにとまった。ランクは列車からおりて、急ぎもせず、といってとくにゆっくりとでもなく、歩いていった。彼は、ほかの乗客にまじって改札口で切符を渡して、駅を出ていった。ほっとして大きく息をした――もうだいたい大丈夫だ、もうひとつだけ慎重にやれば、これが絶対大丈夫になるのだ。

彼は、セルカスターの町を知っていた――本当のことをいうと、彼はこんどのことに備えて、実地踏査をしておいたのである。彼は、川にそって歩いていくと、やがて郊外の橋のかかっているところに着いた。風こそやんではいたが寒かったので、道にはほとんどひと通りはなかった。橋を渡ったが、誰にも会わなかった。橋の中ごろにきたときに、ランクはポケットからひもをとり出して、それをスーツケースの握りのところに通して、欄干《らんかん》からおろしていった。スーツケースが水面に達すると、彼はひもの一方を放したので、スーツケースは水しぶきも立てずに静かに沈んでいった。やがて、町の中心にもどった彼は、そこから南方に十五マイルほど離れた鉄道沿線のレックスバラという町までバスでいき、そこからロンドン行きの列車に乗ったのである。

三等の客車に腰をおろした彼は、それまでやったことをふり返ってみた。そうだ、もう大丈夫だ！　手がかりとなるものは、なにひとつ残しはしなかったのだ。こうしておけば、どんな腕利きの刑事だって、彼を捕えることはできやしない。彼とターナーの関係を知っているものはひとりもいないのだし、タバコ屋の娘は彼の顔は見ていないのだ。彼をこんどの犯罪に結びつけるものは、なにひとつないのだ。

殺人の補助的な行為についても、彼は同じように周到な注意を払っておいた。スーツケースと帽子とレーンコートは、それぞれイースト・エンドのべつべつの店で、変装をしていって買った。ロンドンにまる一日いなかったということについても、もっともらしい説明がこしらえてあった。出生地のノットフィールドにいって、一日じゅうその町のホテルというホテルを片っ端から訪ねて、職を捜していたというのである。その理由は、ロンドンではばくちの借金がたまってしまって、生活が楽しくないので、どこか別の土地でやり直そうと思った、ということにしておいた。ノットフィールドのホテルのひとたちは、彼のいうことを確認してくれるだろうし、ターナーの列車に乗るために、夕方に一時間ほどノットフィールドからソープまで乗ったバスの中で、乗客の誰かに顔を覚えられたということは、まずありえなかった。

列車は、九時五十五分にキングズ・クロス駅に着いた。何かいわれたら、彼はノットフィールドからまっすぐに、十時十分にセント・パンクラス駅に着いたというつもりでいた。そのために彼は、わざわざセント・パンクラス駅まで歩いていって、十時十分の列車の着くのを見きわめてから、ホテルに帰ったのである。ホテルにもどった彼は、コックに夜食を頼むことで帰ったことを認めさせておいて、もうこれで心配なことは全然ないのだと思った。

ランクとしては、世間を向こうにまわして大いに戦ったわけだが、まずいことには、彼の場合の世間というのは、ロンドン警視庁のフレンチ警視によって代表されたものであった。事件がフレンチのほうにまわってきたのは、セルカスターの警察長から電話で事件の報告があったのち、車掌のターナーがロンドン在住だったところから、事件を警視庁のほうにまわすことにしたといってきたためであった。「こちらのカットラー警部が列車でまいりますので、十時ちょっと過ぎには着くと思います」ということだった。

フレンチが、十時に警視庁にもどると、まもなくカットラーがやってきた。「やあ警部、まあかけたまえ」と、フレンチは彼を迎えた。「セルカスターでは、厄介なことが起こったらしいね」

カットラーはうなずいて、新しい車掌が来しだい、列車を調べるように命令されているといった。

フレンチはうなずいた。「いままでに、どういう捜査をしたか、聞かせてもらいたい」

カットラーはまず、食堂車の係りのひとたちに事情をたずねたことから、話をはじめた。彼らははっきりと、ソープとセルカスターの間では、誰も食堂車を通ったものはいなかったといった。従って、ホシの行動は食堂車につづく客車のなかということに局限される。そのとおりに捜査してみたが、何も出てこなかったので、カットラーは客室にはいっていって乗客を尋問して、その名前を書きとっておいた。そうしているうちに、列車はキングズ・クロス駅に近づいていた。

二、三の乗客のいうところによると、列車の進行中に車掌が通路を歩いていくのを見かけたが、もどっていく姿は見なかったということだった。男はまちがいなく姿を消したのだった。そのうえ乗客の中には、二、三分以上席をあけたものは、ひとりもいなかった。

「その点は、確かに問題だね」と、フレンチがいった。「さて警部、きみのほうでそこまで調べたのなら、こちらはこちらでやってみよう」

フレンチは、いったとおりに実行した。そして、それから一日か二日、丹念に捜査した結果、かなりの新事実を発見した。殺された車掌はひとりで下宿屋に住んでいた。彼は、あまりひととはつき合いがないほうで、金の面では評判がよくなく、全体からいっても評判はあまりよくなかった。しかし、そう深刻な敵がいたという事実もなかった。

セルカスター署からは、制服の行方を捜したが徒労に終わったという連絡があった。列車から投げ捨てられたとか、鉄道構内にかくされたという形跡もなければ、誰かが着ているのを見かけたというものもいなかった。

フレンチは、ロンドン市内の捜査をラッドロー警部に担当させてあったが、そのふたりがいま協議をしていた。フレンチがいった。「ターナーだけしか乗務車掌はいなかったんだし、その彼の制服が消えたところを見ると、通路を歩いたという男がその制服を着ていたのであって、従って彼がホシということになるね」

「そのとおりですな」

「そのへんのことから、何か出てこないかな？　ホシは、ターナーと同じくらいの身長で、それより少しやせていた。でなければ、服の上に制服を着るわけにはいかなかったろう」

ラッドローが、はたとひざをたたいた。「そうですよ、警視！　わたしは、そこまでは気がつきませんでした」

「それからいまひとつ」と、フレンチがつづけた。「ホシは、セルカスター駅で列車をおりた。なぜそれがわかるかというと、列車の進行中には、誰も便所にいったり通路を歩いたりはしていないし、それに新しく客車にはいってきたひともいなかったからだ」

「わかります」

「制服が列車の中で発見されない以上、ホシがそれを持って下車したにちがいない。見ず知らずの車掌が現われたんではひと目に立つので、彼は下車するときにはそれを着ていなかった。かかえておりるわけにいかなかったので、彼は何かに入れて持って出た。何に入れただろう？」

おそらくスーツケースだろうという点で、ふたりの意見は一致した。こうしてフレンチは、まず事件解明の一歩を踏み出した。

「さらに一歩を進めよう」と、彼はつづけた。「きみ自身が殺人を犯したと仮定して、その制服をかかえていたとしよう。きみは、それで平気でいられるかね？」

「ニトログリセリンのはいったカンをかかえていたほうが、もっと平気でいられるでしょうね」

とラッドローが、にやりと笑っていった。

「そこなんだよ。見つかれば絞首刑だ。誰だってそんなもの、すぐにセルカスターにいるうちに処分したくなるだろうな。とても、ロンドンまで持っていく気になんかならんさ。だから、そのスーツケースを捜すんだ。これは、セルカスターの警察の仕事だ」

フレンチは、セルカスターの警察長に電話を入れた。

「もうとっくに始めましたよ、フレンチさん」という返事だった。「徹底的にやるつもりです。かなりの懸賞金をはずんでありますから、外部のひとが見つけたとしても、必ず届け出ますよ。われわれは、その地域を一般には秘密にして捜しているんです」

「ごみ捨て場なんか、どうでしょうかね？」

「怪しいところは全部掘りかえさせています」

「川は？」

「ひとに見られずに落とせる場所というのは、桟橋かふたつの橋くらいのもので、ごく少ないですから、これも全部さらわせています」

フレンチは、それ以上はやりようがないと思った。「そいつはすばらしい！」と、彼はほめてやった。「物がありさえすりゃあ、必ず見つかるでしょう」

彼の予言は、まもなく的中した。川をさらったことが成功して、翌々日の朝、彼が警視庁に出勤してみると、机の上でスーツケースが彼を待っていた。そしてそのわきに、この仕事は極秘にしてありますというメモがおいてあった。

解決への第二歩を踏み出したのだ！

ここで捜査は、新局面を迎えた。スーツケース、レーンコート、帽子、棍棒、ストーブのふた等の物件の出所を、フレンチは部下に洗わせた。はじめの四つはわからなかったが、最後の物件については進展があった。

「ストーブのメーカーから最近、これと同じものが取り替え品として発送されたかどうかを、調べてみたまえ」と、フレンチはラッドローに指示した。そのリストがまもなく取り寄せられて、ラッドローはそれに従って、ロンドン市内の購買者のところをたずねてまわった。そしてランクの勤めているホテルにいくと、そこのひとたちが、その形から判断して、ホテルのストーブのものにちがいないと確認してくれた。そしてラッドローは、そこにいたボーイが、だいたいターナーくらいの身長で、ターナーよりはやせていたうえに、なにかしらそわそわしていたのと、殺人のあった日には休暇をとっていたことを知って、うれしさで胸がどきどきしてきた。部下のひとりにランクをつけるように命じておいて、彼は急いで警視庁にもどった。

「よくやったね」と、フレンチがいった。「おそらくその男にちがいないが、しかし裏づけになる証拠が要《い》る。やつはきっと、殺《や》った日のアリバイをいうにちがいないから、こっちはそれを逆用するんだ。やつを連れて来たまえ」

かくて、三番目の里程標は過ぎた。

ふたつの殺人を犯したランクは、それ以来毎晩のようにうなされた。借金のことで苦しんだうえに、いうにいわれない不安がおおいかぶさって来たのだ。ホテルにひとがくるたびに、警官に会うたびに、彼は心臓をどきどきさせ、手が震えてしかたがなかった。こんなときには誰でもがそうであるように、彼はこんなことをしなかった前にもどれるものならば、何をくれてもいいと思ったが、そう思えば思うほど絶望的になっていった。

ある日、ホテルに出勤した彼は、ふたりの大きな男が自分を待っていたのを知ると、からだじゅうに冷たい重いものがかぶさったような気持になった。しかし、そのふたりの男は、丁重で親切であった。彼らは、警察のものだと身分をあかしてから、彼らが捜査している事件について協力してほしいといった。そして、事件を捜査しているフレンチ警視のところまでご同行願えないだろうか、といった。

だまって車で連れていかれるあいだ、ランクはありとあらゆる勇気をふるい起こした。おれには、完全なアリバイがあるんだ。あとは、鋼鉄のような神経で、おれが考えた話をくり返していればいいんだ。

フレンチの話の切り出し方が、アリバイのほうをむずかしくした。フレンチはまじめな口調で、いま進行中の捜査は、デーヴィッド・ターナー殺しに関連するものだが、これから行なう質問には、答えたくなければ答えなくてもよろしいのだ、といった。彼は言葉をつづけて、「犯行があった日には、あなたは仕事は休みだったようですね。どこへいっていたか、いっていただけませんか？」

ランクは、気が楽になった。彼は、この質問に対しては充分に準備がしてあったので、四時と八時のあいだという時間の点以外は、彼の答えたことは真実であった。彼は、その日は、ノットフィールドでいくつかのホテルの支配人を訪ねて、そのあとで、あるカフェで夜食をとったことを説明した。そして、それからそのあとで、少年時代の思い出なつかしい場所を散歩した、ということもつけ加えた。

説明はうまくいったように思えた。フレンチは、うなずきながら聞いていたが、ふと話題をかえた。「ノットフィールドで仕事の口を捜していたんですね？　なるほど。それで、もしいい口があったら、そのまま現在の雇主にはだまったままで、向こうに居残るつもりだったんですか？」

ランクには、質問の意味がよくのみこめなかったが、あわててすぐに答えた。「そんなことはありませんよ。帰ってちゃんとそのことを伝えますよ」

フレンチが、またうなずいた。「とすると、あなたはノットフィールドに泊まるつもりはなかったんですね？」

「もちろん、なかったですとも」

「じゃあなぜ」と、フレンチがゆっくりといった。「あなたは、あんなものをもっていったんです？」

そういいながら、彼が指さした部屋の隅には、スーツケースがあった。それを見たランクは、恐怖でからだが動かなくなった。その汚れたスーツケースの中に、あの棍棒と制服がはいっているのが見えたような気が、彼はしたのである。彼はうつ伏せになったまま、だんだん気が遠くなっていった。

薬　壜

ジョー・グレスリーは、かなり前から、だんだんとやりくりがむずかしくなってきて、近頃ではもう、にっちもさっちもいかぬようになっていた。

問題は金であった。彼は、浪費家だったのである。彼にはいくつかの道楽があったが、とりわけ女出入りが多かった。しかも、まずいことには、彼の収入ではとてもそれに追いつかない。そこで、金がなくなった彼は、借金をした。その返済期日がきているのに、とても払えるどころではなかったのである。

グレスリーは、名目だけは共同経営者の中にはいっていたが、実際には彼の継父《ちち》であるガブリエル・ハインズの事務員と小使をかねたようなものだった。グレスリーの母親がハインズと再婚したときに——ふたりともすでに中年だったが——この現在の地位が、いわばその結婚の条件のひとつとして保証されたわけであった。グレスリーは、この継父《ちち》に親近感などもったことがなかったし、彼が経済的苦境にたち至る四年ほど前に母が死んでからというものは、むしろ積極的に憎むようになっていた。ただし対外的には、ふたりの関係はいかにも親密そうに見えていた。

ハインズの商売は委託売買人というやつだったので、グレスリーは給料こそ少なかったが、口銭がもらえるものと見られていた。確かに彼は口銭をもらってはいたが、その額は少ないもので、大部分はハインズのふところにはいってしまい、おかげでハインズはかなり裕福だったのである。しかしグレスリーも、彼が自分で言いふらすほど不当な扱いを受けていたのではなかった。彼には、給料の足りないところを充分におぎなえるだけの、ふたつの財産権があった——その第一は、継父の家にただでおいてもらえたこと、第二は、ハインズが彼を相続人にきめてあったことである。

この事実が、グレスリーの頭の中でだんだんと広がっていった——おれは、継父の相続人なんだ！　その継父のハインズは、もう老人であるうえに病身で、かなりまいっていた。最近も、彼はインフルエンザにかかり、そのまま回復できないのではないかとさえ思われた。数週間というもの、彼は家から一歩も出なかったし、そのうちの幾日かは寝たっきりだった。そのうえ彼は、毎晩睡眠剤を飲まないと眠れないようになってしまっていた。グレスリーは、いよいよ終わりが近づいたなと思った。

ところが、グレスリーの当てがはずれてしまった。継父は、どうやら危険期を脱したうえに、少しずつではあったが、元気を回復してきたのだ。グレスリーにとってまったく残念なことに、遺産相続の件はまたもや振り出しにもどってしまったのである。

彼の頭の中に殺意が生じたのがいつ頃からだったか、自分でもわからなかった。もちろん、漠然とした考えは、かなり前からあったので、それがしだいに希望となり、そして意図となっていったのである。そして、いったんはっきりした意図にかたまってしまうと、彼は、ほかの仕事をするときと同様の用意周到さで、その実行に着手した。彼はきわめてドライな性格な男で、彼にとっては殺人行為さえ、充分な準備と冷静な態度で実行する、ひとつの企業にすぎなかったのだ。まもなく彼は、ひとつの計画を考え出した。

ハインズの邸は狭かったし、男たちふたりのほかには、彼らの身のまわりの世話をしている、トーイ夫人という、もう老齢で、少し耳の遠い家政婦がいるきりだった。庭は、毎週土曜日に庭師がきて手を入れていった。

グレスリーは、彼の計画はかんたんで、安全で、そして確実だと思った。しかし、ひとつだけ障害があった。その実行の時期が、彼の力ではどうすることもできない事情によって、左右されるということだったのだ。そのために、彼が希望するときには実行できず、もっぱら適当な機会の到来を、待っていなければならなかった。実際のところ、彼はもう一ヵ月近くも待ったので、実行の機会は永久にこないのではないかとさえ思ったほどだった。だから、十月のある晩おそく帰宅した彼が、とうとう計画を実行に移せるような情勢になったと知ったときには、思わず息をのんだ。

「先生が往診に見えまして、薬を取りかえるといってらっしゃいました」と、トーイ夫人がいったのだった。「だんな様は、あなた様が寄って取ってきてくれないかなと、おっしゃってらっしゃいましたが」

「もちろん、いくよ」グレスリーは、興奮で少しからだを震わせながらいった。それから彼は、自分の計画を思い出しながら、言葉をつづけた。「だが、今夜はちょっとクラブへいこうかと思っていたんだ。その薬は、急ぐんだろうかね」

「いいえ、帰っていらしってからで大丈夫だと思いますよ、そんなにおそくならなければ。最後のお薬は、夜中にお飲みになるんですから」

グレスリーは、うなずいた。「それじゃあ、いま一服飲ませておいて、あとは帰ってきてからにしよう。あなたは、もういいよ。好きなときに寝ていいからね」

グレスリーは、この手をちょいちょい用いたことがあるので、トーイ夫人が喜ぶことを知っていた。彼女は自分のその日の仕事は終わったと思っているので、ハインズの部屋にはいってくるようなことはないことを、ちゃんと知っていたのだ。夕食をすませたグレスリーは、老人を見に二階に上がっていった。

「気分はどうです?」と、彼は朗らかな調子で言葉をかけた。

「大して悪くもないが、よくもない。どうもひまがかかるらしくて、はかばかしくいかんよ」ハインズの声には、元気がなかった。彼は、とても疲れているらしくて、いつものように仕事のことをたずねることもしなかった。しかし、グレスリーは、ハインズの言葉でふと思い出していった。

「ウォーレン先生に会ったんですよ」と、彼は嘘をいった。「先生は、薬をとりかえようといっていましたよ。どうも、前のはきかないようだって」

「あの先生がそこに気がついたというんなら、こんどは少しはましなのをくれるだろう」

グレスリーは、喜んだ。こんど飲む薬は、味がちがうわけだ。ハインズにも、そのことはわかっているのだから、別のものをあたえても疑わないはずだ。

グレスリーは、しばらくそこでしゃべっていたが、そのあいだに継父の睡眠薬の壜をそっと抜き取った。ハインズはいつでも、自分で錠剤を壜から出していたから、その壜には彼の指紋がついていたわけで、グレスリーはそれを持つときに、上のふたのところを持つようにした。

「ぼくは、ウォーレン先生のところへいって、新しい薬をもらってきますよ」と、彼がいった。「一時間ほど、クラブに顔を出しますが、九時までには帰りますから。それならまに合うでしょう?」

「ああいいとも、充分まに合うよ」

グレスリーは、抜き取った壜を浴室に持っていった。六錠残っていたのを砕いてこね混ぜて、前もって手に入れておいた薬を飲むグラスのミルクに混ぜた。そして、空壜と溶液を戸棚にかくしておいて、下におりていった。彼がハインズの小さな車で出かけたのは、七時をたいしてまわってはいなかった。

彼は、車をゆっくり走らせて、ウォーレン医師のところへいって、玄関の中の棚においてあった薬をとった。新しい薬も前のと同じように、底のほうに白色の沈澱物があって、それを震盪すると、上のほうの透明な液体と混ざって、彼がさっき手がけた牛乳のようになることを知って、彼はほっとした。ここのところが、彼の計画の重要な部分であって、彼はミルクを、震盪した薬に見せかけるという手を、用いようとしたのである。その薬壜を胸のポケットにしまった彼は、ゴルフ・クラブまで車を走らせて、ひとに見られるようにわざと大きな音をたてながら、駐車させた。

クラブ・ハウスは、いわば土地の名士の集会所になっていて、バーのほかに読書室と娯楽室がひとつずつと、社交室《ラウンジ》がふたつあった。グレスリーは、彼がクラブにきたことはわかっている以上は、ちょっとのあいだ誰にも気づかれずにクラブをあけることができるだろう、なぜなら、クラブにいるほかのひとたちはおそらく、彼がどこか別の部屋にいったものと思うだろうからだと、そういうふうに計算をした。

彼は、その考えどおりに実行した。一時間ほどクラブのバーで飲んでいた彼は、さてカードでもやるかななどといいながら、廊下のほうへ出ていった。そして、クラブの横の入口から暗いそとに出て、自転車置場へといった。彼は、玄関のあかりを避けながら、最初に目にはいった自転車を借用して、音をたてないようにペダルを踏んで、道路に出た。まず誰にも見られなかったなと、彼は安心した。

クラブから継父の家までは一マイルとはなかったので、五分ほどで着いた。トーイ夫人に気づかれないように、こっそりと家にはいっていった彼は、そのままハインズの部屋に上がっていった。

「薬をとってきましたよ」と彼はいって、壜を老人に渡した。

ハインズは薬のことにうるさくて、用法は必ず自分で読んだ。

「前のと変わらんようだな」と、気むずかしそうにいって、壜を彼にかえした。

「いや、ちがうんですよ」と、グレスリーは嘘をついて、念入りに壜についたハインズの指紋をふきとって、自分のをつけておいた。「ウォーレン先生がそういったといったでしょう。ぼくは、先生の伝言を忘れていました。これにも睡眠剤がはいっているから、とくに睡眠剤を飲む必要はないということでした」

「前のより利《き》くといいがな」

「先生は、そういってましたよ。ところでぼくは、クラブにもどらなきゃならないんだが、その前に一服飲んでおきますかね？　もう九時になる」

「そうだな、注《つ》いどいてくれんかね」

グレスリーは喜んだ——すべてが、計画どおりだ。彼は、テーブルの上の薬用グラスをとり上げたが、そこで立ったまま聞き耳をたてた。

「まさか、いま頃ひとがくるわけがないんだが」と、彼がひとり言をいった。「ちょっと見てきますからね」

部屋を出た彼は、階段のほうへいくふうをして、実はこっそりと浴室へいった。そこで彼は、例の睡眠剤をミルクにとかしたものを薬用グラスに注いでから、自分の指紋をぬぐいとっておいて、そのふちのところをつまむようにして持った。そして、それといっしょに空《から》になった睡眠剤の壜——これも、この前同様、ふたのところをつかんだ——を持って、寝室にもどってきた。

「誰もいやしません」と、彼はいった。「ぼくの聞きちがいだったんですよ」

彼は、新しくとってきた薬壜を振って、薬を注《つ》ぐようなしぐさはしたが、実際には栓もとらなかった。そして、例の睡眠剤を混ぜたミルクを注いだグラスを、継父のところへもっていった。

ハインズは、だまってそれを飲みほした。

「こいつは強いな。確かに前のとはちがうよ」と、彼はいいながら、グラスをかえした。

ハインズは、そのまま横になって目を閉じた。グレスリーは静かに、グラスのふちと睡眠剤の壜のふたをぬぐった。そしてあたりを見まわして、全部きちんとしているのを見きわめてから、そっとそとに出た。あのトーイ夫人が、台所で本を読んでいたかもしれないが、耳が遠いから大丈夫なんにも聞こえやしない、と彼は思った。それから彼は、急いでクラブにもどって、自転車をもとのところにおいて、横の入口から社交室《ラウンジ》にはいっていった。

「誰かカナスタ（トランプ遊びの一種）をやるものはいないかと思って、捜していたんだけど」と彼がなにげなくいうと、二、三人のものがやろうといい出したので、みんなといっしょに娯楽室へいった。

それから、二時間ほどトランプをして遊んでいるうちに、グレスリーはふとある恐ろしいことに思い当たってどきっとしたはずみに、危うく手にしたカードを落とすところだった。彼は、新しくとってきた薬壜を、ハインズの枕元のテーブルにおいてきてしまったのだ。誰かがあの部屋にはいって、あの壜を見たら、彼は絞首刑になったも同然だ。彼がクラブから姿を消した時間に、あの壜があすこにあったとなると、彼は、医者がハインズに水薬を飲むようにといった時間の九時に、家のなかにいたことになる。そうなったら、とても逃がれられない。

しかしグレスリーは、つとめて不安をうち消そうとした。誰も、あの部屋にはいったものはいやしない。トーイ夫人は、そんなことしなくてもいいというので、喜んでいたくらいだったし、夜だから訪問客なぞあるはずがない。だがやはり彼は、とてもそのままではいられなかった。

「本当に悪いんだけど」と、彼はいった。「やはり失礼する。実は、車の中に継父《ちち》の薬をおいてあるんで、彼が寝る前に飲ませなきゃならないんだ」

彼は、家にもどって、車を車庫に入れると、継父の部屋へ上がっていった。ひと目で、すべてがうまくいったことがわかった。薬壜は、彼が出ていったときのままになっていた。そして、ベッドを見た彼は、胸のときめきをどうすることもできなかった。とうとうやった！　長いあいだ念願し、計画してきたことが、ついに実現したのだ。ハインズは、血の気のない顔をして、身動きひとつせずに寝ていた。死んでいることは、明らかだった。

はやる心を押えながら、グレスリーは、いかにもいまはじめて帰ってきたように立ちまわった。彼はまずトーイ夫人の部屋にいって、彼女を起こして、ことのしだいを知らせておいて、これからぼくが医者に電話をするよ、といった。急を知らされたウォーレン医師は、五分ほどしていくという返事だった。

医者がくるまでのあいだ、グレスリーはもう一度、まちがいはしていないということを自分に納得させるために、それまでにやったことを頭の中で整理してみた。ベッドのそばには、強い睡眠薬の錠剤をとかしたおりのたまっているグラスがあって、これには老人の指紋だけがついている。空《から》の睡眠剤の薬壜にも、老人の指紋だけしかついていない。グラスにはミルクがはいっていたことがわかるが、そばのテーブルにはミルクの壜があって、ハインズはそれを飲んでいたということはわかる。彼は一日のうちに何度となく飲んでいたから、そのミルクの壜の取っ手にも指紋がついているにちがいない。新しい薬壜のほうは、ふたをあけずにおいてあって、このほうにはグレスリーの指紋だけついている。グレスリーが、クラブ・ハウスを抜け出して家にもどったことを証明するものは、なにひとつなかった。もちろんさ、おれはそんなへまは、やりゃあせんさ。まずいろいろと情況を判断した結果は、老人の死は自殺であり、その動機は、病弱を苦にしてということになるのではないかな。彼グレスリーは、老人の死によって利益を得ることは事実だが、といって彼に疑いがかかるなどということは、まずありえないだろう。

　ロンドン警視庁のフレンチ警視が、あとでよくいったことだが、彼の手がけた数々の事件のなかで、このジョー・グレスリーによるガブリエル・ハインズ殺害事件ほど、結論がはやく出たケースはなかったそうだ。グレスリーの話を聞いてから、老人の部屋をひと目見たとたんに、これは殺人だということがわかったし、しかもホシの見当もちゃんとついたのだという。グレスリーは、とんでもない手ぬかりのために正体をあらわしてしまった。もちろん、その証拠を法廷に提出するためには、一応の証拠調べが必要だったが、そんなことをしなくても、フレンチの頭の中には、事件の真相がはっきりと写《うつ》されてしまっていたのだ。

　実は彼は、この事件の担当だったのではなくて、ひょんなことから関係してしまったのである。彼は、ハインズ邸の近くで起こった疑わしい死因の件を調査にきていて、ちょうどその晩おそく、そのことでウォーレン医師のところへ事情聴取にいっていたのだった。ウォーレンは、フレンチという男が気に入ってしまって、事件関係のことがすむと、ウイスキーとグラスをもち出してきて、ふたりでストーブにあたりながら、世間話に興じていた。グレスリーから電話がかかったときにウォーレンはフレンチに、あとでホテルまで送ってあげるから、いっしょにハインズ邸までいってみないかとさそった。しかし、ハインズ邸までいったフレンチは、車からおりずに車内で待っていたが、五、六分するとウォーレンが中から出てきていった。

「警視、ここのケースも、わたしたちがさっき話していたあのヘースティングスの事件に、実によく似ているんですよ。運悪く老人が死んじまったんで、原因についてはなんともいえないが。とにかくよく似ているから、中にはいって見てくれませんかね？」

フレンチは、興味がなかったのだけれども、ウォーレンがすっかり張り切っていたので、むげに断わるというわけにもいかなかった。「わたしの出る幕じゃないんですけどね、先生」と、彼はいった。「でも、個人の立場で、見るだけは見ましょう」

そんなこととは全然知らないグレスリーには、なんのことやらさっぱりわからなかった。医者がそそくさと死体を見たあとで、何か口の中でいいながら出ていったと思ったら、やがていかにもひとなつっこい顔はしているが、青い目が非常に鋭い、やや太り気味の男を連れてもどってきた。そして「わたしの友人のフレンチさんだ」と、彼を紹介した。「このひとを、いつまでも車の中にひとりおいとくわけにもいかんからね」

グレスリーには一応の自信はあったのだが、それにもかかわらず、とても神経がいらだってきた。こんな場合に、彼が落ちつかないのは、むしろ当然のことだった。しかし彼の場合は、だまっているのがだんだん苦しくなってきたのである。さっきいったことを、もう一度話してみたら、何かの役に立つかもしれない、と彼は考えた。「ぼくがこの部屋にはいってきたときには、このひとはもう死んでいたんですよ、フレンチさん」と、彼は説明した。「ようすにおかしいところでもあれば、すぐになんとかしたんですが。いや、ぼくが悪かったんです。ぼくが薬をもってまっすぐに帰ってきていたら、継父《ちち》が苦しんでいるうちに先生に電話をして、なんとかまに合ったと思うんですよ」

「そんなことしても、むだだったと思うね」と、ウォーレンが答えた。「あなたのいう薬というのは、わたしがきょう彼のために調合してやったやつのことだろうね？」

「そうです。ぼくは、夕食をすませてから先生のところへいって、それからすぐに家に帰ってくればいいものを、クラブにいってしまったんです。ですから、先生のところへ電話したのは、家に帰ってほんの二、三分してからだったんです。しかしぼくは、継父が薬を飲むのはいつもかなりおそくなってからなのを知っていましたから、まだまに合うと思ったんです」

「そうだとも」と、医者は合槌をうった。「きみが悪いなんてことはないよ。しかしグレスリー、こいつはやはり警察にきてもらわないといけないと思うね。わたしにしたって、警察が目を通してからでないと、死亡証明書を書くわけにはいかないんだよ」

そのくらいのことは、グレスリーも予想していた。大丈夫さ、警察がきたって、自殺と認めるにきまっている。「ぼくも、それを心配していたんですよ、先生。どうぞ、お考えどおりにしてください」

「横から口出しして失礼ですがね、先生」とフレンチが突然いった。「どうせこの死体は、このままにしておくわけにはいかないんですから、グレスリーさんに電話で連絡をしていただいたらどうでしょう？」

グレスリーが、驚いた。医者に物を教えたり、まるで自分の責任のある仕事みたいにふるまっている、この男はいったい何者だ？　彼は、ウォーレンが怒ることを期待していたのだが、ところが医者は、こういったのである。「それはいい考えだ、賛成ですよ。グレスリー、きみやってくれるだろうな？」

電話の返事はぶっきらぼうだったが、警官をひとりすぐよこすということだった。グレスリーは、ふたりのところへ引き返してくると、すぐに彼らの態度、とくに医者の態度が変わっていることに気がついた。グレスリーが、電話の返事を伝えても、彼らはほとんど彼のほうは見ず、ただぶつぶついっただけだった。

それからしばらくは、ばつの悪い時間がつづいた。ふたりのお客は、何もいうことがないようだったし、グレスリーはいろいろと考えることでいそがしかった。彼のほうから、ときおりそぶりを示したが、それはついに話のきっかけにはならなかった。そうしているうちに車の音がして、ふたりの男が部屋にはいってきた。そのふたりが土地の警察のコーンウォール警部とリー部長刑事であることは、グレスリーも知っていた。

それからの問答は、彼が予想していたように進められた。医者は、ハインズが少し前に死亡したことと、彼としては、検死解剖をしてからでないと死因について言明するわけにはいかないということを述べた。グレスリーは彼の行動を、そしてトーイ夫人は彼女の行動について述べたが、どっちにも怪しい点は認められないようだった。やがて、フレンチと呼ばれた男が、コーンウォール警部を部屋のそとに連れ出したが、まもなくふたりがもどってきたときのコーンウォールは、ついさっきグレスリーが電話をかけ終わって部屋にもどったときのウォーレン先生と同じように、緊張した顔をしていた。急に不安に駆られたグレスリーは、いったいどういうことなんだろうと、思いあぐんだ。

だが、そのわけはまもなくわかった。一同が腰をおろすと、コーンウォールが彼のほうに向きなおった。そして形式的な警告をしてから、こういった。「グレスリーさん、もうひとつふたつたずねさせていただきますよ。あなたのまちがいない言明を聞いたということを、はっきりさせておきたいんです。あなたは、今夜の七時ちょっと過ぎに、ウォーレン先生のところから、ひと壜の薬を取ってきたというんですね？」

「ええ、そのとおりです」

「それから、あなたはクラブへいって時間をつぶして、この家に帰ったのは十一時十分前だったんですね？」

「そのとおりです」

「あなたは、その前に一度ここへ来たのではないんですか？」

グレスリーは、急に不安に耐えられなくなってきた——どうして、そんなこと聞くんだろう？しかし、彼はまだ充分に感情を押えていたので、大しておくれずに——と彼は思った——返事をした。「いいえ、前にもいいましたように、ぼくは先生のところからまっすぐにクラブへいって、ここへ帰るまでは、ずーっとクラブにいたんですよ」

コーンウォールは、うなずいた。「その点はよくわかります。で、あなたは、薬をもってきたんですね？」

「ええ、そういいました」

「なるほど、それで、その壜がそれなんですね？」

「そのとおりです」

警部が、その全部を了承したようだったので、グレスリーには少し自信が出てきた。しかしそれでも、なんとなく無気味だった――いまの質問がどういう結果になるのか、彼にはわからなかったからだ。それに、質問はいずれも、彼がすでに答えてあるものの繰り返しばかりだったのである。

やがて急に、結末がきた。コーンウォールが、ウォーレンにたずねた。「先生にうかがいますが、この薬をふりまぜてからどのくらいたつと、薬はもとどおりに沈澱するものでしょうか？」

グレスリーの目が薬壜を見たが、その目はいまにも眼窩《がんか》からとび出しそうだった。その壜の中は、下には白い固型物がたまり、上のほうは透明な液体だった。彼のこの恐ろしい見落としを彼に教えてやるには、医者のいった「約二時間」もかからなかったわけだ。すっかりろうばいしてしまった彼は、じっとすわったまま身動きひとつしなかった。

写真

アーサー・ハーバートの不幸のもとは、あまりにも頭がよすぎたということだった。彼はつねに、単純なことをきらって、複雑で手のこんだことをもとめていた。彼のジャック・フリート殺しの計画がばれて死刑になったのも、この彼の性癖のためだったのだ。ごくありきたりの殺人方法を用いていたら、かえってうまく逃がれることができたのに、あまりにも手のこんだアリバイ造りに懸命になったために、上手《じょうず》の手から水が洩るという結果になってしまったのである。

ハーバートは、若い妻のジョーンと、ブライトン（イングランド南東部の都市）からほど遠くないサセックス丘陵地帯《ダウンズ》の小さな村に、ひっそりと暮らしていた。ハーバートは、職業園芸家として一応成功しており、仕事にも熱心だったのだが、彼の本当の気持はその職業にはなかった。彼は本当は写真が好きなので、その方面でもなかなかの腕前をもっていた。彼の特技は『芸術的な』風景写真で、それを売ってかなりの利益をあげていた。

彼の家は古くて手狭だったが、前の住人が近代ふうに手を入れて、住みよくしておいてくれた。丘陵地帯《ダウンズ》の高いところに一軒だけぽつんと立っていたが、まともに海の遠景を眺めることができた。左後方には古い教会堂があって、こんな場所としてはにつかわしくないほど、大きな塔と時計とで有名であった。この塔にのぼると、長い海岸線が一望のうちにおさまったのである。

ハーバートは、深く妻を愛していたが、それだけに、彼女がこうした田舎の単調さがいやになりはしないかと、そのことばかりが心配だった。妻のジョーンはロンドンっ子だったので、いろいろとおもしろい楽しみを知っていたのである。なんの変哲もないような田舎で、しかも毎日家にいるという生活は、彼女にとっては辛いことだった。彼女はその不満を、はっきりと洩らしたことこそなかったが、彼女の態度から、彼にはそれがよくわかるのだった。

彼のジョーンに対する心配は、ハンサムで裕福な友人のフリートが、彼女に興味をもち始めたことで、いよいよ強まっていった。フリートはショーアハムの工場の持ち主で、大戦中のハーバートの戦友でもあった。彼は大様《おおよう》で、いつもにこにこしている明るい男で、女性に対しても、なかなか如才がなかった。その彼が、とうとうジョーンをくどき落として、慈善演劇会に出演させることになったので、彼には彼女に会う機会がいよいよふえてきたのである。

ジョーンが、このいかにも世なれて魅力的な男にだんだんと惹《ひ》かれていくのが、ハーバートにはよくわかった。彼は、ジョーンを責めはしなかったが、ふたりの親密さが増して、ひとの口にまでのぼるようになるに従って、フリートをなんとかしなければ、彼女をとられてしまうと思うようになった。フリートと正面から絶交してやろうと思ったこともあったが、どうしてもそのふんぎりがつかなかった。たとえフリートがいても、ジョーンが彼から離れることはないと、いい切るだけの自信が、彼にはなかった。

彼は、ついに絶望的になった。そして、不安な気持がこうじて正確な判断力を失ってしまった彼は、フリートを消してしまわない限り、ことは片づかないと思い込んでしまったのである。もちろん、そうした考えに対しては、彼の内部に抵抗もあったが、すべては愛するジョーンのためだと考えた彼は、ジョーンのためならどんなことでもやる心算だったのである。

いよいよその計画を実行することにきまると、彼はまさに水を得た魚のようになった。そして間もなく、頭のいい彼はひとつの計画を考え出した。それは、フリートを彼の家に招《よ》んでおいて殺害し、それを自殺に見せかけようとすることであった。同時に彼は、写真による証拠をつくっておいて、フリートが実際に死んでしまった時間から、なお数時間生きていたという設定にしようとした。その間のハーバート自身の行動に完全なアリバイをつくっておくのは、もちろんのことだった。

この計画には、ふたつの準備が必要だった。第一に、犯罪が行なわれるあいだ、ジョーンはどこかへいっていなければならないということだった。これは、彼のほうからすすんでいい出すわけにはいかなかったので、彼女が自発的に動くのを、待っているよりしかたがなかった。ところが、一カ月とたたないうちに、彼女はヨーク市での結婚式に招かれることになり、彼女の留守中は、トリー夫人という毎日午前九時半から正午まできているお手伝いが、とくに晩もきて夕食をつくってくれることになった。トリー夫人は、朝は自分の子供たちを学校に出してやらなければならなかったので、ハーバート家の朝食をつくりにくるわけにはいかなかったが、その代わりに前の晩につくっておいて、朝になってハーバートが温めさえすればいいように、しておいてくれることになった。

ジョーンが出発する日の朝、朝食がすんでから、ハーバートは写真を一枚とった。それは、彼の家の側面をとったもので、背景には教会堂と、塔と、時計とが写っていた。この写真の重要なところはその時計で、時計の針はきっかり八時五十分を指していたのである。

それからあとで、ハーバートは車でジョーンをブライトンまで送っていって、そこで別れた。その次は、フリートと会うことが必要で、そのために彼は、彼もフリートもメンバーになっていたクラブに出かけていった。彼が、希望し期待していたとおりに、フリートもクラブへ昼食をとりにやってきていた。

「ちょうど、きみに会いたいと思っていたところだったんだよ」と、ハーバートがうれしそうにフリートにいった。「ジョーンが、あしたから二、三日留守になるんだ、ヨーク市の結婚式に招《よ》ばれたんでね。それで彼女、芝居の稽古ができなくなるんで、そのことできみと話したいというんだよ。やってこないかね」

フリートが、けげんそうな顔をしたように思えたが、しかし結局、彼はくることになった。フリートが、彼の家にくるのは、これが初めてではなかった。前にも二度ほど、ジョーンに演技をつけにやってきて、そのまま泊まったことがあった。

ハーバートが、うなずいた。「それじゃあ、六時に待っているよ」

その日の午後、ハーバートはその晩のために一、二の小さな準備をした。フリートがやってくると、玄関に出迎えた彼は、がっかりしたような顔をしていった。「すまなかった、ジョーンはもういってしまったんだよ。さっき先方から電話があってね、結婚するお嬢さんに何かあったというんだよ。ふたりは、大の仲よしだったんで、ジョーンのやつ、ロンドン発の夜行に乗っていってしまったんだ」

フリートは、変に思ったかもしれないが、しかし顔には出さなかった。彼は、そいつは残念だとありきたりの言い方をしてから、その晩の計画はすっかりだめになってしまったのだから、泊まってハーバートに迷惑をかけてもしかたがないので、そのままブライトンにもどると言い出した。

「そりゃあ確かに」と、ハーバートが返事をした。「ジョーンがいるといないとでは、この家の空気はとてもちがうが、しかしトリー夫人がせっかく夕食を用意しておいてくれたのだから、たべてってもらわんと、彼女にも悪いよ。それに、彼女なかなか料理が上手だぜ。せめて、夕食だけはつき合っていってくれよ」

フリートは明らかに、そのまま帰りたいらしかったが、しかしそう強く言い張るわけにもいかなかった。あまり気がすすまなそうな態度で、彼は承服した。

「さあ、そうときまったら、はいりたまえ」そういいながらドアのほうを向いたハーバートは、ふと立ち止まった。「あれが、きみの新車かい？　まるでバスみたいに大きいじゃないか」

それは、フリートとしてはだまってはいられない話題だった。「いい車だろう？」と、彼は気持よさそうに答えた。

「いいどころじゃないよ！」ハーバートは、にやりと笑った。「それで、ぼくにひとつの考えが浮かんだんだ――写真にとろうじゃないか。反対かね？」

「もちろん賛成さ。ただし、ぼくにも一枚くれるという条件でね」

ハーバートが、ちょっと考えるふりをした。「きみさえよければ、この家の裏ではどうかね。あの古い教会が、絶好の背景になるよ」

フリートは、ご機嫌で車をまわした。

「入口のところに立ってくれないか、すぐにすむ」

ハーバートは、もう一枚同じ写真をとった。それには、フリートと車のほかに、教会の塔と時計もはいっていた。おまけに、ハーバートの家の裏の入口の階段まではいってしまったが、この際、芸術的な腕前なぞはどうでもよかったのだ。

「賞金くらいもらえるかもしれないよ」と、ハーバートがまたにやりと笑った。「この写真を建築雑誌に出すのさ、『ジャック・フリート氏と新車モニター』という題でね。異議があるかね？」

「好きなようにするさ。ぼくにとっては、損にも得にもならんことだ」

夕食のために家の中にはいるまでのあいだ、ハーバートはやっとのことでおしゃべりをつづけていた。トリー夫人がすばらしいごちそうをつくってくれてあったが、それをたべながらハーバートは決定的な手を打った。彼は、フリートのウイスキーの中に、前もってすりつぶして準備しておいた睡眠薬の錠剤四つを、こっそりと入れたのである。

「あっちへいって、コーヒーを飲もうや」と、食事がすむと彼がいって、先に立って案内した。

「まあ、すわりたまえよ。ぜひ、きみの知恵が借りたかったんだが、きょうはまたとない機会だ」

彼は、コーヒーをついでから話をつづけた。「実は、園芸のほうがあまりうまくいっていないんで、いっそのことやめてしまって、ブライトンで写真屋をはじめようかと思うんだが。きみの意見がききたいんだよ」

ハーバートは、なるべく時間をもたせるような話をつづけながら、睡眠剤の効果の現われるのを待っていた。するとまもなく、肘掛け椅子のフリートが眠くてたまらなさそうになってきた。そしてそれよりも前にハーバートは、トリー夫人が帰っていくドアの音を聞いたのである。

ひとりっきりになると、ハーバートは急にいそがしくなった。彼は、物置きの中の暗室にいって、さっきとった二枚の写真を現像して、急いで乾かした。そして、非常に注意しながら、それぞれのネガの一部分を塗りつぶしてしまった。自動車の写っているほうのネガからは、時計の文字盤の部分を消し、もう一枚のほうは、時計の文字盤以外は全部塗りつぶしてしまった。そして、その双方をうまくあわせて焼きつけることによって、フリートが八時五十分を指す時計を背景に、車のそばに立っているところの写真を、つくり上げたのである。とったときに曇っていたせいもあって、本当にうまくできあがり、文句のない証拠物件となるものと思えた。

彼は、いずれ警察がネガを見せてくれというにちがいないと思ったので、大事な印画《プリント》だけをとっておいて、二枚のネガを暗室ともども、火をつけて燃やしてしまった。そして、あらかじめ用意しておいたバケツの水で、火がひろがらないうちに消しとめてしまったのである。

さて、それから彼は、ゴムの手袋をはめて、フリートの車にいって、これもかねてこしらえておいた締め具《クランプ》をハンドルにとりつけた。それは、ハンドルの直径よりもほんの少し長い二本の木片でこしらえたもので、それをハンドルの上下に締めつけたのである。こうしておいて運転をすれば、ハンドルのフリートの指紋を消さずにすむわけだった。チェンジ・レバーもブレーキも、上のほうを持たずに軸を持ってやれば、フリートの指紋を消さずにすむ。こんなことでかなり時間がかかったので、全部終わったときは、そろそろ午前二時になるところだった。

そこまでは、大してむずかしいことはなかったのだが、しかしそれからがたいへんだった。これはとても、しらふではできないと、彼は思った。そこでウイスキーを一杯ひっかけて元気をつけておいて、彼はまた前のようにしゃんとして家の中にもどった。

フリートは、ぐったりとして重かった。彼は、あるかぎりの力を出してフリートを車まで運んでいって、やっとのことでリーア・シートにおし込んで、その上にひざ掛けをかぶせた。フリートは、半分目をさましてなにかぶつぶつ言いかけたが、すぐにまた眠ってしまった。

ハーバートは、また家にもどった。うっかりして、見つかるいとぐちになるようなものを、残しておいてはならなかった。フリートがいたという証拠になるものはあったほうがいいが、よけいなものが残っていてはまずい。彼は自分の部屋にいって、スーツケースに物をつめ、玄関の間《ま》の帽子とオーバーをとると、全部を車にもっていってのせた。さらに、十フィートほどある直径一インチのゴム管といっしょに、針金と電気機械工の使うテープをひと巻き積み込んだが、これも前もって準備しておいたものだった。それから彼は、自転車をもち出して、これを車のうしろになわでくくりつけた。そうして、いま一度点検してから、彼はその車で出発した。

車でいく途中にも、危険はありえた。不意に車の一斉検査があって、調べられるかもしれないということだ。危険といえば、それから先もまったく安心はできないのだが、しかし、フリートの脅威を永久に除けるのだと思えば、多少の危険はしかたがなかった。

ハーバートは、注意深く運転していった――なるべく人通りの少ない道をいかなければならなかったし、車がゆれてうしろの自転車で車に傷をつけるようなことがあってもならなかった。目的地は、丘陵地帯《ダウンズ》の北側を二十マイルほどいったところにある砂掘り場で、ここも彼が何度もいって調べてあるところだった。彼は、その砂掘り場の奥のほうまで乗り入れていって、こんもりしたしげみの中に車をかくした。

すべては、急いでやらねばならなかった。彼はまず、自転車をおろした。そして、車のハンドルの締め具をとりはずして、それを自転車のハンドルにくくりつけた。次に、ゴム管をイグゾースト・パイプにつないで、その上を針金でまいて、すき間をテープでふさいだ。そしてそのゴム管を、うしろの窓から車の中に入れ、窓のすきまをフリートのオーバーの端でふさいでおいた。そうして、ほかの窓が全部しまっているのを見とどけてから、エンジンをスタートさせておいてドアをしめると、彼は自転車で帰途についたのである。

ちょうど四時だったから、六時には家に帰れるだろうし、そうすればいろいろとまだ残っていることをすますだけの時間は、充分にあるだろう。ところが、それまではついていた彼の運が、そろそろ尽きようとしていた。家まであと四マイルというところまできたときに、彼の自転車の前輪がパンクしてしまったのである。

修理の道具は持っていたが、水がなかったので、彼はすぐに歩いていったほうが早いと思った。そして、そのとおりにしたが、そのために彼はかなりおそくなった。七時になってやっと、家が見えだしたのである。

彼は、道を避けてたんぼを横切っていったのだが、いま少しで家の庭にはいろうとしたときに、ぎょっとして立ち止まった。牛乳配達が、牛乳壜をもって家の裏口のほうへ走ってきたのである。トリー夫人は、いつも夜帰っていくときに、牛乳の空壜を表に出しておくことにしていて、朝の七時頃になると、牛乳配達が新しいのと取りかえていき、九時半頃にやってくるトリー夫人が、それをとり入れることになっていたのだ。ハーバートは、あわててしげみの中に身を伏せた。牛乳配達は彼のほうを見たようだったが、しかし彼のいることには気がついていなかったようなので、ハーバートはまずまずほっとした。

牛乳配達の車がいってしまうと、彼は庭にはっていって自転車をしまい、それから家にはいった。彼はとても疲れてはいたが、まだすっかりまいってはいなかった。自動車のハンドルにつけた締め具をストーブの中に投げ込むと、二階に上がっていって、いかにもゆうべそこで寝たように、ベッドをくしゃくしゃにしてしまい、いまひとつのベッドにも同じようなことをしておいた。それから、来客用の部屋の洗面器とタオルを使って、顔を洗い、ひげを剃った。空腹のあまり倒れそうだった彼は、量の多い朝食を自分でつくって、ふたり分の食器と場所を使って、それをたべた。また、いかにもふたりでウイスキーを飲んだように、ふたつのウイスキー・グラスに飲み残しのはいっているのをおいといて、灰皿にはタバコの吸いさしをたくさん入れておいた。

いまひとつ、問題が残っていた——絶対に破れないアリバイをつくっておくことだ。彼は、いつも園芸用の材料を買っている近くの農家へいって主人に会い、なにがしかの肥料を注文した。

これによって、九時十五分の彼の現在地が確認された。写真をとったということになっている八時五十分から、二十五分後の九時十五分までの間は、彼は殺人などということとは全然関係がないということの証拠になるはずだ。その農家を出た彼は、こんどはブライトンまで車をとばして、そこでもアリバイをつくっておいた。

ブライトンへの途中で、彼は充分にそれまでにやったことを、振り返ってみることができた。そして、考えれば考えるほど、彼の自信は強まっていった。もう大丈夫だ。フリートは、泊まりつけのホテルを出たときにはもちろん、その晩は帰らないと言いおいてあったにちがいない。トリー夫人も、彼が夕食のときにいたのを見ているのだから、彼女がハーバート家を出たときにフリートがいたという証言をするだろう。と同時に彼女は、ベッドがふたつ使用され、二人前の朝食がたいらげられていたことも証言するだろう。警察から捜査にくるまでには、彼女は食器は全部洗ってしまってあるだろうから、食器などにフリートの指紋がついていないなどということは、問題になりっこない。朝の八時五十分まではフリートがハーバートのところにいたことは、写真が証明しているのだし、それ以後の彼には、完全なアリバイが成立している。写真をとった時間については、次のふたつの理由で疑いをはさむ余地がない。すなわち、第一にフリートが新しい車を買ってからハーバートの家にきたのは、このときだけしかなかったということ、そして第二に、夜の八時五十分には暗くて写真がとれるわけがないから、写真はどうしてもその朝とったことになるということであった。こうして、フリートの死が自殺だったということは、明白なことになるだろう。さて動機については、ハーバートはこういうことになればいいと思った。すなわち、フリートは心からジョーンを愛してしまって、もう彼女なしには生きていけないほどだったのだが、といってハーバートとの友情からよこしまなこともできず、そのジレンマに悩んだ結果でということだ。砂掘り場を選んだのは、見つけにくいのと、生き返るようなことがあってはいけないということから、ということになるだろう。そのひとつひとつが、いかにももっともらしかったし、また、かりにこの事件に殺人の疑いがかけられても、ハーバートは大丈夫だ――彼のクロを証明するものは、何ひとつなかったからだ。そうだ、これでいいのだ。フリートもいなくなって、これからのおれは、あのジョーンとゆっくりと生活を楽しんでいけるのだ。

翌日になって、フリートが事務所に出てこないことがわかると、支配人が調べはじめた。調べた結果に満足できない支配人は、警察に電話をした。

警察では思ったよりも事情にくわしく、フリートとジョーンの噂もちゃんと知っていた。従って、フリートがハーバートのところへいったことはありうることだとされて、担当のオールポート警部がハーバート邸を訪ねた。ハーバートは、ブライトンから帰ったばかりのところだった。彼は、驚いた顔をして、何かまちがいがあったのかとたずねた。オールポートが事情を説明すると、ハーバートは、いかにもふしぎだ、驚いたという顔をした。

「ええ、フリート君は確かにここへ来ましたよ」と、彼は喜んで協力をするといった調子でいった。「ゆうべ、ここに泊まって、けさの九時前に帰っていったんです」

「ここからどこへいくといってましたか？」

「いいえ、別になんとも。事務所へいったものとばかり、思っていましたがね」

それからオールポートは、フリートがやってくるまでの詳細をたずねて、ジョーンが留守だったことを知った。

「ところでですが」と、彼がつづけた。「フリートさんとハーバート夫人はお親しかったし、その芝居にはおふたりとも興味をもっておられたものと思われるのですが。もちろんわたくしは、妙に気をまわしておたずねしているのではありませんが、ハーバート夫人がいらっしゃらないのに、なぜフリートさんが見えたかというわけが、知りたいのでして」

ハーバートは、この疑問にはかねて準備がしてあったので、すらすらと答えた。

「あなたのいうとおりなんで」と、彼は答えて、「フリートと妻のあいだには、何もないんですよ。だが、率直にいわせてもらうと、彼のほうが少し親密の度が過ぎていたと思うんです。それでわたしは、妻の留守中に彼に来てもらって、もっときちんとしてくれるように頼んだんです。おたがいに古くからの友だちだし、それに彼はいいやつでしたから、わたしの気持はわかってもらえると思ったんです。もしだめだったら、わたしは園芸をやめて、どこか遠い町へいって写真屋をはじめる心算でした」

筋は通っている、おそらくそのとおりなのだろう。少なくともそのときは、オールポートは了承した。ブライトンにもどった彼は、人と車の一斉点呼をした。

その夜、人も車も見つかった。砂掘り場で遊んでいた子供たちが、しげみのあいだに光っていたバンパーを見つけたのであった。状況から見て、いかにも自殺らしく、医者の報告によると、排気ガスによる死ということだった。医者が、いまひとつの言明をしていなかったら、オールポートは疑いを起こすことはなかったであろう。それはフリートの死が、彼が想像していたよりも早く起こったということで、午前二時と六時のあいだだということであった。ハーバートのいったことが本当だとすれば、フリートが死んだのは、それよりも五、六時間おそくなければならなかったはずだ。

オールポートはフリートの支配人に会って、故人が工場を出ていったときは、とても元気だったことを知った。それから彼は、ハーバートのところへいった。

「わたしのいうことを聞いた彼は、少し混乱したようでしたよ」と、ハーバートがいった。「しかし、彼の態度はりっぱでした。そして、わたしの妻とのあいだには絶対に何もないのだが、そんな噂が出たのはすまなかった、これからはもっと気をつけようといったんですよ」

「帰るときのフリートさんは、沈んでいましたか？」

「いいえ別に、いやそういえばほんの少しは。わたしには、彼が自殺するなんて、信じられないんですよ。というわけはですね、出ていくときに、彼の新しい車の写真をとってくれっていうんですよ。自殺しようという男が、そんなことというはずがありませんからね」

「その写真、ありますでしょうか？」

「それが、まだ現像してないんだが。でもすぐにやって、一枚送ってあげますよ」

その写真によると、ハーバートの言明は動かすべからざるものであることが、はっきりした。オールポートは、また医師のところへいった。

「何枚写真をもってこようが、おんなじですよ」と、ジョーンズ先生がつっけんどんにいった。「わたしの証言は、故人は八時五十分よりも少なくとも四時間前に、死んでいたということ、それだけです」

オールポートは、またハーバートの家にいって、トリー夫人、牛乳配達、郵便集配人、新聞配達の少年と会って、車を見たかどうかをたずねた。誰も見たものはいなかったが、彼は少なくともハーバート一家の毎朝の行動を、くわしく知ることができた。

やがて、ふと、ひとつの考えが浮かんだ。この自殺は――もしくは、自殺以外のものであっても――前もって計画されていたことにちがいない。フリートは、ハーバートの話を聞いて混乱したのではない。なぜなら、あのゴム管と針金とは、彼がハーバート邸にいく前に準備されていなければならなかったはずだからだ。

オールポートは、どうもおかしいと感じはじめた。殺人の疑いのあるときは、死体解剖をするのがふつうだ。そして、彼の要請によって死体解剖が行なわれた結果、フリートが強力な睡眠剤を飲んでいたことが明らかになると、彼の不審はいよいよ強まった。彼が、じっとすわったままで事件の全体を考えているうちに、やっとハーバートの手口が読めてきた。しかし、写真というものがある。あの写真が本物だとすれば、ハーバートの話も本当だが、にせ物だとすると、話がうそどころのことではあるまい。写真がにせ物であるということだけでも、彼は有罪になりうる。だが、あれはにせ物なのだろうか？

オールポートはかつて、フレンチ警視の教育を受けたことがあるが、彼はこの事件にフレンチ方式を用いてみた。つまり、事件のこまかい事実のひとつひとつを、それが関連のあるものであろうとなかろうと、系統的にならべて考えてみたのだ。やがて彼は、うれしさのあまり、思わずひざをたたいた。

その夜、彼は、またもやハーバートを訪ねた。事件についてしゃべったあとで、彼はいった。

「トリー夫人からうかがったところでは、フリートさんが来られた晩の夕食がすんでから、彼女はいつものように牛乳の空壜を表に出しておいて、翌朝の九時と十時のあいだに新しいのを取り入れたというのですが。そのとおりとお思いでしょうか」

この明らかな事実は、ハーバートも否定することはできなかった。

「としますと」と、警部はつづけた。「朝の八時五十分には、お宅の裏口の階段には、壜がおいてあったはずですが。この写真には、それが写っておりませんね、ハーバートさん？」

そのとき、なんにもない階段を見たハーバートは、心臓に水をかけられたような気がした。

ウォータールー、八時十二分発

三月のある冷たい晩の八時十一分に、ジェラルド・グライムズはウォータールー駅の五番ホームの柱のかげから、ヒュー・ピルキントンが八時十二分発エッフィンガム連絡駅経由のギルドフォード行き列車の、ほかに乗客のいない車室にはいっていくのをじーっと見つめていた。グライムズは、列車の発車まぎわまで待ってから、その老人のあとを追って車室にはいった。

グライムズが、こんなことをするかげには、なみなみならぬ事情があったのだ。数年前のことだが、彼は女関係でまずいことを仕でかしたのだった——そのくわしいことは、ここで説明する必要はあるまい。そのことがばれた場合には、彼は現在の職を失ったうえに、家庭生活にも破綻をきたしてしまうほどのことだったといえば充分にわかるだろう。偶然にも、ピルキントンに、その事件を知られてしまったのだ。しかも、これは事後にグライムズが知ったことだが、ピルキントンという男は恐喝の常習者で、そのやり方も仮借《かしゃく》するところがなかった。要求額もだんだん増してきたので、グライムズはどうにも工面ができなくなり、とてもこれ以上は我慢ができないというので、今晩はいよいよこの事態に終止符を打つことに覚悟をきめたのである。

相手を殺してしまわぬ限りは、とうてい問題は解決しないと考えてから、何週間もたっても、彼には、自分の身も安全でそれを遂行するのにはどうしたらいいかが、なかなかわからなかった。彼は、推理小説は手当たりしだいにあさって、彼の考えを実行するのに適したような計画はないものかと、熱心に捜した。そしてそのために、『イヴニング・スタンダード』の短編は毎日欠かさず読んだのである。結局彼は、その短編のなかのひとつ（著者注＝本書に収めてある『床板上の殺人』である）から、ヒントをえたのであった。

その短編は、機関車の機関助士が、床板の上で同乗の機関士を殺すという話だった。ホシは、そうすればガイ者の頭蓋骨が砕けてしまうだろうという計算で、走っている機関車からガイ者をさかさにしてつき落として、所期の目的を果たしている。グライムズは、機関車に乗り込むわけにはいかないが、相手と同じ列車に乗れば同じことだろうと、考えた。あの機関助士は、まちがいをやって死刑になったが、おれはそんなへまはやらないぞ。

グライムズがすぐに気がついたことは、この短編のアイディアは使えるが、細かいことは全然役に立たないから、全部自分で考えなければならないということだった。それは、なかなかむずかしくて、暇のかかる仕事ではあったが、それもついに完成した。自分のつくった計画を、もう一度ふり返ってみた彼は満足した。

ピルキントンも彼も、国鉄サウザーン・リージョンの沿線に住んでいて、ピルキントンはクランドンの田舎、彼はギルドフォードだった。ふたりとも、毎日列車でロンドンに通勤し、ふたりともよく帰りがおそくなった。そして、ふたりとも、三等の定期乗車券をもっていた。

このへんの鉄道を知らないひとには、説明しておく必要があると思うが、ウォータールー駅発のギルドフォードにいく列車にはふたつの線があって、そのひとつは急行列車の幹線ウォーキング経由のポーツマス行きであり、いまひとつは支線で、各駅停車のエッフィンガム連絡駅経由のものだった。クランドンは、この支線のほうの駅で、ギルドフォード駅とは四マイル半離れていた。

グライムズは、まずかんたんな変装から着手した。彼はなかなかのおしゃれで、いつもいいオーバーを着て、形のいい帽子をかぶっていた。それが、帽子のふちをひん曲げてしまって、ちゃんとしたオーバーの上に着古したレーンコートを着ていた。そのうえ、ふくみわたを入れて顔の形を変え、素通しのロイドめがねをかけた。そして、帽子の前つばを下げて、オーバーの襟を立てて、定期乗車券を使わずに、わざわざ往復切符を買って乗車した彼は、これならおれだってことはわかるまいと、すっかり満足だった。レーンコートの下には、殺人に必要な鈍器——適当の長さに切った鉛管をフランネルの布で包んだもの——をかくし持っていた。

彼の計画ではピルキントンが、ほかに乗客のいない車室に、乗ってくれなければならなかった。もし彼がそうしなかったら、グライムズは次の機会を待つ心算だった。その場合には、彼は、次のギルドフォードからの列車が到着するまでプラットホームにいて、列車が着いたら帰りの切符はむだにして、ほかの乗客たちといっしょに、改札口から出る心算でいたのだ。彼はもし必要なら、幾晩でもそれをくり返す覚悟でいたのだが、一度でうまくいったので、これはしめたと思った。

ピルキントンは、プラットホームの反対側の列に、機関車のほうに背を向けてすわっていた—

ーつまり、客車の左側の列であった。グライムズは、その反対の右の列に腰をおろした。そして、そのまますぐ新聞をひろげて、顔をかくした。しかし、そういう必要はなかった――ピルキントンは、全然気がついていなかったからだ。

列車が発車して、プラットホームをかなり離れた頃を見はからって、グライムズは新聞をおいて大声で笑った。彼らは、そと見は親しそうにしていたのである。

「よう、ピルキントン」と、彼が呼びかけた。「これで、賭けはいただきだ！」

老人は振りむいて、あっけにとられていた。「グライムズかい？　やっぱりグライムズか」と、信じられないといったふうにいった。

「グライムズだよ。どうかね、この格好は？」

「びっくりさせるじゃないか！　いったい、何をしようというんだい？」

グライムズが、また声を立てて笑った。「ちょっとした変装だろう？　わたしだってこと、わからなかったろう？」

「おまえさんのほうを、見ていなかったからね。どうしたというんだい、いったいこれは？」

「実はね」グライムズは立ち上がって、シガレット・ケースをとり出した。そうしながら彼は、相手に気づかれないように、その反対側の席に、色のついた封蠟《ふうろう》を小さく丸めたものを落としておいた。ふたりがタバコをとると、グライムズは自分の席にすわった。彼は、かねて用意しておいた話をはじめた。

「これは、まじめな話なんだよ」と、彼はいった。「ちゃんと証文までつくってあるんだ。十ポンドの賭けごとなんだ。みんなで、コーンウォールのバーで飲んでいるうちに、あの『毒をしかけた花びら』という最近出た推理小説の話が出たのさ。あんたも、読んだと思うが？」

ピルキントンは、かぶりをふった。「いや、わしゃ読まん。ああいうものは、あまり読まないんだ」

「とにかく、その話というのは、ある男が面識のないホテルにはいっていって、ボーイのいないすきに他人の部屋の鍵をとって、その部屋をあけて、中にあった重要書類を盗んで鍵を返して、なに食わぬ顔で出ていく、という筋なんだよ。ライダーのやつは、そんなばかなことがあるもんか、そんなことができるわけがないといったんだが、おれはできるといったんだ。ばからしい話にはちがいないが、おたがいにあつくなっちまってね。そこへジョー・ベートマンがちょっかいを出したんだよ。『おれはいま、ギルドフォードのグランドに泊まっているんだが』と言い出したんだ。『おれの部屋の化粧テーブルの上に、小型のノートがおいてある。おまえたちの中で、こっそりホテルにはいって、そのノートを盗んで、ここまで持ってくるものがいたら、十ポンドやるがどうだい』

ばかげたことだとは思ったが、ゆきがかり上ひっ込むわけにはいかない。『よーし』とおれはいったね。『おれは、やるぜ』連中がみんなおもしろがってね。あののっぽのエディー・グレンジャーが、しかつめらしい顔で文句を書いたんだよ。それがゆうべの話で、おれはこれから、そいつをやりにいくってわけさ」

「そんなまねは、よしたほうがいいな」と、ピルキントンがいった。「そんな格好で、グランドのまわりをうろついていちゃあまずいよ」

「とにかく、おれはやってみる心算だ」

それから、五、六分のあいだしゃべっていたが、やがて話のたねもつきて、ピルキントンは眠くなってきたらしく、目をつむってしまった。しかし、ときどき目をあけていたので、グライムズには、彼が眠っていないことはわかっていた。グライムズには、じっとしていることが、とてもつらかった。やがて決行しなければならない恐ろしい仕事のことを思うと、肉体的につらくてこわくなってきた。口でこそかんたんに殺人などといえるが、本当にやるとなると大ちがいだった。彼は、どうしようもない恐怖感におそわれた。そして、いっそのことやめてしまおうかとさえ思った。すると、この自分の前にいる老人にまき上げられる金のことが思い出されてきて、彼はまた心を鬼にした。この計画なら、寸分のすきもない。おれは、絶対に安全だ。

列車は暗闇の中を走っていた。いくつかの駅で停車をしたが、次はホースリーの駅かと思うと、彼の胸はいよいよ重くなっていった。ホースリーとクランドンのあいだで、やらなければならないんだ。時間は五分ある——決して長すぎない時間だ。

ホースリー駅のプラットホームが、あとにさがりはじめた。グライムズは、例の鉛管を握りしめて、震える手を落ち着かせようとつとめた。列車が完全にホースリーの駅を離れると、とたんに彼は立ち上がった。そして、ふしぎそうな顔をして、ピルキントンの前の席の小さな蠟のかたまりを見つめた。

「これはなんだろう?」と、彼はそれを指さした。「こいつは、とすじはむしみたいだね。いま頃、いるはずがないんだが」

　彼が予想していたとおりに、それを見ようとしたピルキントンが、前かがみになった。いまだ、彼は、あらんかぎりの力で鉛管を老人の脳天めがけて打ちおろした。ピルキントンは、材木のように倒れたが、帽子をかぶっていたのと、鉛管がフランネルで包んであったのとで、血は一滴も出なかった。

　待機の時はすぎて行動に移ってしまった以上、グライムズの頭から恐怖感は抜け去って冷静になり、元気も出てきた。これまでのところはうまくいった。さてこれから、すぐに、いやな仕事をしなけりゃならない。

『イヴニング・スタンダード』の短編の中の機関助士のやったとおりを、やらなきゃならない時がとうとうやってきた。グライムズは、手早く窓をあけた。それから、ピルキントンの帽子をとって席の上におくと、そのからだをうしろから抱えて、窓のそとに押しはじめた。窓が狭いので、予想以上に骨が折れたが、しかし、だんだんにうまく運んだ。からだはしばらくのあいだ、客車の外側に頭を下にしてぶら下がっていたが、グライムズが足をすくうようにして突き出すと、確かに頭を下にしたまま落ちていった。つづいてすぐに、帽子を投げた。それから窓をしめると、さっとあたりを見回した。うまくいったようだ、彼が汗をかいて席にどしんとすわると、クランドンに近づいた列車がブレーキをかけているのがわかった。

　ふたつだけ、やっておかなければならないことがあったが、グライムズは、ギルドフォードに着く前にそれをやった。まず彼は、切符をふたつにちぎった。彼は往きのほうの半分を、不意の検札にそなえてレーンコートのポケットに、そして帰りのほうの半分はまず、いかにも改札口でパンチを入れたように、前もって持って来た携帯用はさみで切りとってから、別のポケットに入れた。次に、凶器の鉛管をウェー川に捨てたが、列車はその川を渡って一、二分すると、ギルドフォード駅に滑り込んでいった。

グライムズは、帽子の前つばをぐっと下げて、列車からおりた。そして、出口にはいかず、いつも姿勢のいい彼がうつむいた格好で、ブリッジを渡って別のプラットホームにいった。九時を少しまわったところだったが、彼は九時二十分にウォータールー行きの列車がはいってくるまで、そのあたりをひと目をひかないようにぶらついていた。そして列車が着くと、乗りかえるひとたちに気づかれないように、それに乗った。

彼はこんども、ほかに乗客のいない車室にはいると、茫然としたおももちで前を見ていた。とうとうやった！　しかも無事だ！　誰にも見とがめられなかったし、何も跡は残していない。どんなに敏腕な刑事でも、いまのこのおれを犯罪と結びつけることはできやしない。ピルキントンの恐喝の前歴《まえ》が出てくれば――彼以外にも多くの被害者がいるはずだが――一応疑いはかかるかもしれない。しかし、疑わしいということだけで犯人にすることはできないのだ、ピルキントンの前歴《まえ》以外には、彼の不利となるようなことはひとつもなかったのだ。

彼はウォータールー駅の改札で、インチキをした帰りの切符を渡した。それから、便所にはいってレーンコートを脱いで腕に抱え、帽子もまっすぐにかぶり直した。そして、ふくみわたもめがねもはずして、ポケットに入れた。便所から出てきた彼は、どこから見てもいつものジェラルド・グライムズだった。

さて、彼が毎日やっているように、次の列車でギルドフォードに帰れば、彼の計画はそれで完了するわけであった。彼がきょうやったふたつの秘密の旅行は、このまま秘密で終わるだろう。彼は、改札口で定期乗車券を出して、駅員に冗談をいいながら、しかし内心はきわめて慎重にプラットホームに出た。列車に乗って席に掛けると、ほっとして、思わず大きなため息をついた。これですんだのだ！　もう、恐喝されることはないんだ！　そして、おれは絶対に無事なんだ！


フレンチ警視が、この事件にまき込まれたのは、まったくひょんなことからだった。彼が偶然ギルドフォードにやってきていて、ほかのことで土地の警察の警視と話をしているところへ、この事件担当の警官がはいってきて、上司に報告をした。それが、彼の耳にはいったというわけである。

「死体はけさ、路線を点検していた工夫長が発見したものです」と、ウィルトン部長がいった。「頭から落ちたものらしく、頭蓋骨はこなごなになっておりました。グランドン警察の調べでは、駅の近くに住んでいるヒュー・ピルキントンのものと判明しました。わたくしも、家にいってみましたが、それに相違ありません」

「ゆうべ、列車のほうからは報告がなかったのかね？」と、クレートン警視がたずねた。

「ないのです。わたくしは、男の事務所にいってたずねたんですが、彼はゆうべはおそくまで仕事をしておりまして、八時十二分の列車に乗るといって、出ていったそうであります。ウォータール駅の改札係も、彼が確かにその列車に乗ったといっておりました。ところで、それも事務所で聞いたのでありますが、故人の仕事は順調であり、事務所を出ていったときのようすも、まったく普段と変わりがなかったということでありました。従いまして、これまでのところでは、自殺の線を示すものは、ひとつもないということになります」

「とすると、何かがあったというのかね？　殺人だとでもいうのかね？」

「いえ、自分はそうは思いません。事故死ではないかと、思うのですが」

「どんな事故かね？」

「つまり、男はひとりで車室にいるうちに眠くなったのではないかと思います。そして、半分眠っているような状態で、通路とまちがえてドアをあけて足を踏みはずしてしまったのでは。こういう例は、しばしばありますから」

「ドアは、あいていなかったんだね？」

「はい。しかし、彼が落ちた横のドアには、そとにちょうつがいがついておりますから、列車の起こす風で、そのドアがしまって、自然に掛け金がかかってしまうということも、ありうると思います」

「それは、あるかもしれんね」

そこではじめて、フレンチが口を出した。「警視、わたしの出る幕ではないが。で、その男は、ときどき旅行をしたのだろうか？」

ウィルトン部長が、彼のほうに向き直っていった。「いいえ。彼の家にいきましたときに、そのこともたずねたのでありますが、毎日ロンドンへ通勤していた以外には、彼はほとんど家をあけなかったようであります」

「わたしは、最近はあまりギルドフォードには来ていないんだが」と、フレンチがつづけた。「しかし、いつだったかここへ来たときの記憶では、あの線の客車は通路のないやつだったと思うが、いまは変わっているのかね？」

「いいえ。ときおりは通路つきの客車を用いてはおりますが、ふつうは通路なしのであります」

「とすると警視、あなたはどう思うかね？　もし故人が、通路つきの客車をほとんど知らなかったとすると、その彼が、さっきいわれたような過失をおかすだろうか？」

しばらくのあいだ、沈黙がつづいた。「きみに何か意見がありそうだね、フレンチ」と、クレートン警視が不審そうに答えた。「いまいったこと、参考になりそうだ」彼は、半ば自信なさそうにだまったが、やがて、「きみの意見を聞かせてくれないか？」

フレンチが、にやにやしながらいった。「いや、これはよけいなことをいってしまったな」

「いや、いや、そういう意味じゃないんだ。何か感じたことがあったら、いってほしいんだよ。本当に、何か考えがあるんだろう？」

「きみが本気でそういうんなら、死体を見せてもらいたいんだが」

「お安いご用だ。こっちへ来てくれたまえ」

フレンチは、だまったまま、ひどくなっている死体を点検してから、着衣を調べ、さらにポケットにはっていた所持品を調べた。銀貨と銅貨で十五シリング、ナイフ、携帯用はさみ、鍵束、シガレット・ケース、ライター、ハンカチ、それに札で四ポンドと、いろいろな書類のはいっている紙入れであった。

「物盗りでないことは、確かだね」と、クレートンがいった。

「ああ、確かだ」と、フレンチが所持品の小山を眺めながらいった。「この所持品の中から、何かおもしろいことが出て来そうな気がするんだがね」と、彼がいった。

クレートンが、けげんそうな顔をした。

「いいかね、警視。人生の大部分を事務所で過ごす男の所持品の中に、万年筆も、鉛筆も、メモ帳もないというこの事実。おかしいとは、思わないかね?」

クレートンが、ひゅーっと口をならした。「これは、大事なところだよ」

しばらく沈黙がつづいたが、やがてフレンチがつけ加えた。「もうひとつ大事な点がある。そうしたものは、十人のうち九人までが、チョッキの上のポケットに入れとくものだ。彼のチョッキを見てみようじゃないか」

服はかなりくたびれていて、上のポケットはだぶだぶだった。紛失したものは、ここに入れてあったにちがいなかった。

「しめた、これはいい手がかりだぞ」そういいながら、クレートンは部長に向かっていった。「ウィルトン君、きみすぐに現場にいって捜してくれたまえ。線路にそって捜してみるんだね」

それから数時間して帰ってきた部長氏が、うやうやしくといってもいいような手つきで、こわれた万年筆と、ばらばらになっているメモ帳とをテーブルの上にならべた。「メモ帳のほうは」と、部長が報告した。「あの線上、四分の一マイルほどウォータールー寄りのところに、また万年筆のほうは、同方向をさらに四分の一マイルほどいったところに落ちておりました」

「フレンチ君、きみに渡しておくよ」とクレートンがまかせきった態度でいった。「きみにいわれなかったら、われわれは気がつかなかっただろうからね」

「いいや、そんなことはないさ」と、フレンチがいいかえした。「しかし、何かの役には立つだろう」

「役に立つともさ。そのおかげで、故人がドアをあけて出たのではないことがわかった。そして、彼が窓から押し出されて、半マイルほど頭を下にしてぶら下がったままいって、そのあいだにポケットから万年筆と、メモ帳と、鉛筆と、そしておそらくそのほかの品物が、落ちていったんだということもね」

「これは、事故じゃない」と、フレンチがいった。「誰かの凶悪な行為だよ」

さてそれからは、警察という組織しかなしえない、うんざりするような捜査がつづけられた。そのもようをくわしくここに述べるわけにはいかない。これだけいっておけば、充分わかるだろう。ウォータールー駅で八時十二分発の列車に乗った男があって、そのとなりの席はピルキントンがすわっていた。その男は、レーンコートを着ており、列車が出る直前にとび乗ってきた。さらに、ピルキントンという男は恐喝の常習者で、彼の犠牲になっていたものは五人いたが——そのうちのひとりが、グライムズだったのだが——いずれも列車で通勤していた、事件当時の居場所をたずねられたグライムズは、ロンドンにいて映画を見ていたといい張ったが、その証明ができなかった。

　そこで、また行き詰まりとなった。容疑者は五人おって、しかも、犯人はその中のひとりだとしても、証拠はひとつもなかったのである。

　そこでクレートンは、ほかの線から考えた。ホシが定期乗車券をもっていたかいなかったかは別として、この恐るべき旅行のために切符を買ったことは、まず確実だ。クレートンはウィルトン部長をウォータールー駅に派遣して、そこの警察の協力をえて、調べるように命じた。するとまもなく、ウォータールー＝ギルドフォード間の往復切符の帰りの切符のほうが、事件のあった晩の十時一分ウォータールー駅着の列車からおりた乗客の中の誰かから回収されていることがわかった。さらに、切符の発行日と一貫番号とによって、それが事件の当日に、おそらく八時十二分頃発行されたことも判明した。そして最後に、克明に調べた結果は、その切符にはパンチがはいっておらず、はさみで印のところを切り取ってあることもわかった。

　ウィルトン部長は喜んだ。それが、殺人犯人の切符であるにちがいないと、彼は思った。残念なことには、回収された帰りの切符からは、はっきりした指紋が検出されなかったが、しかし、それによって捜査の方向がはっきりしてきた。切符の半分が回収されていなかった、そこに、解決のチャンスがあるんだと、ウィルトンは自分にいい聞かせた。

　そしてここにもまた、犯罪研究家のあいだでよく知られている『殺人ということからくる圧迫感のために判断がにぶってきて、つい見落としをする』という現象が示されたわけだ。レーンコートを着た男が、ウォータールー駅でピルキントンの車室にはいってきた。そこで、五人の容疑者のレーンコートを調べたところ、ひとつのものが発見された。グライムズのレーンコートのポケットから、なくなった半分の切符が出てきたのである。その切符と、その発行日とは、さっそくグライムズに示されて、彼はその説明を求められた。恐怖のために口のきけない彼は、ただその切符を見つめるばかりだった。こうして彼は、事件解決の印《しるし》として、その切符を確認したのであった。

冷たい急流

殺人を行なおうとするほどの者は、その選ぶ手段についてはできるだけの知識をえておくことが必要であって、これは常識なのである。ジョン・モーガンと友人のピーター・コリンズのふたりも、その上役《うわやく》を急流に投げ込んで溺死させることにきめたときは、『テーラーの法医学の理論と実際』の溺死に関するところくらいは、読んでおくべきだった。彼らは、それを読まなかった。溺死のことくらいは充分に知っていると、彼らは思っていたのである。人間を水の中にほうり込んで、二度と浮き上がってこなければ、それでうまくいくのだ、くらいに考えていたのだろう。それが、彼らのまちがいだったのだ。テーラーの本にちゃんと書いてあることを読みもしないで、知らないままにやったところに、彼らが絞首台に送られた原因があった。

モーガンとコリンズは、オルガン製造工場の共同経営者で、ここではチャールズ・フランプトンが上役で、ワンマンだった。ふたりとも、非常な努力をして今日の地位についた。彼らは、大学で音楽とそれに関連した学問を学んでいたのだし、オルガン製造の技術者であると同時に、優秀なオルガン演奏者でもあった。彼らは、いくつかの店で実習をしたのちに、製図室勤務となったのだが、そうした彼らの努力が実を結ばないうちに、戦争が勃発したのである。ふたりとも、志願をして出征した。ふたりは、別々の部隊に編入されたが、のちに選抜攻撃隊《コンマンドー》でまたいっしょになった。モーガンは、運よく無事で帰ったが、コリンズは目に負傷して、めがねの離せない身の上となってしまった。

除隊になったふたりは、戦争にいく前にいた会社にもどり、賜金でもってそこの株を買って、共同経営の仲間に入れてもらった。ところがまもなく、フランプトンが独裁的なボスになろうとしていることを、彼らは知ったのだ。彼が、横暴な態度で経営については彼らに意見をいわせなかったので、彼らはまるで給仕みたいであった。とくに選抜攻撃隊《コンマンドー》を経験してきたふたりにとっては、彼の態度が我慢できないものとなり、彼を憎悪するようになっていった。しかし、ふたりが彼をなきものにしようとしたのは、そのためではなかった。それはただ、彼らの決意を固めるために、役立っただけなのである。

理由は、もっとさし迫ったことであった。このふたりの若者は、ひとつの発明をなしとげようとしていた。それは、オルガンを弾くときに、調子を変えたり、楽譜をめくったりするために、手を使うあいだでも、キーが鳴っているようになるととても便利なわけだが、彼らはその要求をみたす鍵盤を考え出したのである。それによると、一度押したキーは、特別の装置である時間そのままになっているというアイディアであった。装置がかんたんなうえに、とても効果的だったので、彼らは一般的に使用されるようになるにちがいないと思った。そして、その特許申請のために、彼らはそれまでやってきたかずかずの娯楽もぴたりとやめて、貯金を全部つぎ込んでしまったのである。

彼らは、その発明の仕事は、彼らの自由な時間にモーガンの作業場でやることにしていたが、実験してみるためにはどうしても、工場のほうで製造しているオルガンにつけて用いてみなければならなかった。フランプトンはそれを許可しはしたが、その代わりそれを利用しようとした。彼は、工場の資材を使ってつくった以上は、その発明は工場の財産であって、モーガンとコリンズに特別の報酬をやるわけにはいかない、と言明したのである。

それを聞いたふたりは、危険の迫るのを感じた。そんなことになったら、一年間の苦心も、毎晩の重労働も、これまで注ぎ込んだ金も、そして犠牲にしてきた娯楽も、すべてが水の泡になってしまう。しかも、もっと悪いことには、彼らが造り上げて、そして彼らが愛しているものを、取り上げられてしまうことになるのだ。フランプトンはお情けで、ほんのわずかの施し物をふたりにしたが、実際には利益の全部が、彼のふところにはいってしまうといっていいのだ。そんなことは、命にかえてもさせてはならないと、彼らは叫んだ。

だがはじめは、ふたりともどうしていいのか、わからなかった。訴訟を起こして彼らの主張を通すという方法はあったが、とてもそれだけの金がなかった。しかも、訴訟で争う以上は、彼らとしても正面の敵となるフランプトンの会社には、いられなくなるだろう。そのときに彼らは、かつての選抜攻撃隊《コンマンドー》時代に受けた訓練を、思い出した。彼らは、邪魔者は除けということを、教え込まれたのであった。フランプトンさえ処分してしまえば、金も、利益も、名声も、すべてふたりのものになるのだ。

彼らは、自分たちが考えていることが、結局残忍きわまる殺人であるということに気がついたときには、さすがにはっとした。まず、コリンズがしり込みをした。

「ぼくには、とてもそんなむごいことはできないよ」と、彼が文句をつけた。「戦争のときはべつさ。無我夢中なんだし、相手をやっつけなければ、こっちがやられてしまうからね。自衛のためだ」

だが、モーガンのほうは強硬だった。「これだって、自衛のためじゃないか？」と、彼はやり返した。「きみは、あいつにぼくらの物を泥棒させておこうというのか？　なぜぼくらは、ぼくらが造り上げたものとぼくらの金を、彼にまき上げられていなければならないんだい？」

そして、かなり激しい議論となったが、結局、強いほうの意見が勝った。モーガンが、はっきりした計画をいうと、コリンズはそれに従うことになった。そして、それについて話し合っているうちに、ふたりとも、計画の成功はまちがいないことであり、しかも彼らは絶対に大丈夫だと、思い込んでしまった。どう考えたって、疑われるはずがないし、万が一疑われたとしても、それを証明するものがないのだ。

計画は、そのへんの地形、とくにフランプトンの家の近くの地形を利用する仕組みになっていた。フランプトンは、町をはなれたまったくの田舎に住んでいたが、その家にはいる手前に橋があって、その下の川は岩にせばめられて、狭い流れになっていた。その川の上流は平地になっており、橋の下手は海までの二マイルほどのあいだが、入江になっていた。海の潮の干満によって、橋の下の水かさが大幅に増減した。この橋は、フランプトン家の専用であったうえに、並木のかげにかくれて、道路からも家のほうからも見えないようになっていた。決行のときには、ひと通りなどはまったくないだろう。

鍵盤の問題は、彼らとフランプトンのあいだだけのことで、ここ数日のあいだは外部に洩れるはずはない。彼らはこの数日間を、フランプトンが自殺を思い立った期間として、でっち上げようとした。そしてそのために、毎日の午後のお茶時に、コリンズの家主の庭からもってきた殺虫剤を、フランプトンがからだのぐあいは悪くなるが、しかし会社を休むようにはならない程度に、ごく小量だけ彼のカップに入れておいた。凶行のあとで警察が捜査したときに、フランプトンが数日前からいつもとちがって元気がなかったということがわかれば、彼らにとっては有利になるだろうという計算だったのである。

この殺人には、たとえば鈍器といったような特別の道具はいらなかったので、例の争いが世間に知れわたる前に、決行することにした。いちばん心配なのは、月齢だった。おりから満月に近かったので、霜のおりた名月の晩にひとに見られようものなら、すぐに誰かということがわかってしまうのは必定だ。彼らの計画が、絶対にひとに見られないということを前提としていたことは、いうまでもなかった。

彼らは、例の鍵盤にもっと改良を加えてよりよいものを造り出そうと、まだそのほうの仕事をしていたが、決行の晩の八時頃に、コリンズが、その仕事のためにやってきた。モーガンは、母親とふたり暮らしだったが、コリンズがモーガンの母に挨拶をしたあとは、ふたりは庭の隅の物置きにある作業場にはいった。十時頃に、彼らが仕事が終わったようなふりをすると、モーガン夫人がいつものように、ココアとビスケットを運んできた。彼らには、この休憩時間にこっそりと物置きを出ていけることがわかっていた――彼女は彼らの仕事中は、絶対に物置きにはこなかったからだ。それに、台所の窓からは物置きのあかりが見えるから、あかりがついているあいだは、彼女はふたりが物置きにいるものと思い込むだろう。従って、そういう必要が起こった場合には、彼女の証言は彼らのアリバイを強めることになるわけだ。もちろん、完全無欠とはいえないだろうが、ないよりははるかにいい。あまりにもアリバイが完璧にすぎると、かえって警察の疑惑を招くということを、彼らは何かで読んだことがあったのだった。

彼らの計画は、地形だけでなく、フランプトンの習慣ということをも考えてのことだった。毎晩九時のニュースを聞いたあと、彼は愛犬のテリアを連れて、散歩に出た。コリンズは、フランプトンがある顧客《とくい》をつかまえて、その散歩をするのは、犬のためではなく、彼自身のためで、これをやるとよく眠れるのだといっているのを、聞いたことがあった。もちろん、その晩、彼が橋を渡らないということもないとはいえなかったが、その場合は延期すればよいのだ。しかし、フランプトン家の側の川岸は土地がでこぼこで、月夜でも歩きにくかったから、まずそんなことは考えられなかった。

モーガンの作業場から橋までは半マイルほどだったので、ふたりは九時少し前に、黒っぽいハンティングをかぶり、黒っぽいオーバーを着て、こっそりと物置きを出た。そして、近くに一軒あるっきりの隣家の庭を抜けるという近道をして、川岸に出た。それから、ほとんど道を通らずに岩の上を歩き、森の中を通り抜けて、ひと目につくのを避けていった。そして、九時十分頃には、橋の近くの自動車道に出て、そこでしげみの中に身をかくして、待っていた。

しんとしずまり返った夜の空気は、乾燥していたうえにとても冷たく、いたるところに霜がおりてきらきらと輝いていた。あたりは昼間のように明るく、道には木々が影を投げかけていた。ふたりの吐く息がまっ白に見えて、橋の下の水音のほかは、まったく静かだった。一時間ほど前から潮が引きはじめたために、橋下の狭いみおを、水が渦を巻いて流れていたのである。

いよいよ恐ろしい瞬間が迫ってくるにつれて、ふたりは思わず身震いがした。計画はしっかりしたものではあったが、しかし、どんな計画にも思いがけない障害というものが、起こることがある。そしてまた彼らは、これからやろうとしていることの恐ろしさを、あらためて感じていた。殺人というやつは、絶対にやり直すわけにはいかんのだ。

彼らがいま少しのあいだこんなことを考えていたら、その決意が鈍ってしまったかもしれないが、ちょうどそのとき、犬を先に立てたフランプトンが近づいてくるのが、彼らの目にはいった。これからやるんだと思うと、彼らの不安も消えてしまって、さてこれからだと、彼らは橋の上で彼と会うために、しげみから出ていった。

「お待ちしていたんですよ、フランプトンさん」と、モーガンが言葉をかけた。「鍵盤のことで新しいアイディアが浮かんだものですから、あなたにお話ししようと思いましてね。こんどは、双方に満足がいくものになると思いますよ」

「困ったね！」フランプトンが、つっけんどんにいった。「こんなところで仕事の話なんて、困るじゃないか」

「まあ、聞いてください」といって、モーガンが、さらに、例の論争のことをつづけようとした。

犬は、けげんそうに、モーガンとコリンズを嗅いでいたが、怪しいものではないと思ったのか、すたすた橋の上を歩いていった。フランプトンが、なおも文句をいおうとするところを、ふたりは選抜攻撃隊《コンマンドー》時代に習い覚えたやり方で、手早く彼を抱き上げて、欄干越しに突き落とした。フランプトンには抵抗するいとまもなく、彼の叫び声はたちまち下の急流に呑み込まれてしまった。すべては、十分の一秒ほどの時間で、すんでしまったのである。

しばらくのあいだ、恐怖感に圧倒されたふたりはそこにつっ立ったまま、たがいに顔を見合っていた。やがて、モーガンがわれに返っていった。

「さあ！」と、彼があえぎながらいった。「作業場に帰るんだ！　とうとうやっちまったけれど、ぼくらはもう大丈夫だよ！」

コリンズも、やっとわれに返った。「大丈夫じゃないんだよ！」と、彼は叫んだ。「ハンティングとめがねを、落としてしまったんだ！」

モーガンが、どなった。「ばかめ！」と、大声でののしった。「わからんのかよ！　それが警察に見つかったら、おまえは死刑になるんだぞ！」

「あいつの腕が、ぼくの顔に当たったんだよ」

「おまえだけが見つかるんなら、しかたがない。おまえが悪かったんだからな！」モーガンは、つばを散らしながらわめきたてた。「このおれも、やられるんだ！　ふたりが、ひと晩じゅういっしょにいたってことは、わかっている。おまえがつかまれば、おれもつかまるんだぞ！」

「橋の上に落ちていると思うんだ。捜してみよう」

「勝手に捜せ！」モーガンは、もうほとんど口がきけないくらいだった。「見つけなきゃあ、帰れないよ！　ふたりの命が、かかっているんだ！　かまわんから、懐中電灯をつけろ！」

できるだけ懐中電灯の光をかくしながら、彼らは、狭い橋の上の道を捜した。犬がもどってきて、いかにも心配そうに主人を捜していた。この犬から足がつきゃせんか、という不安がふたりをおそいかけたが、やがてコリンズがハンティングを見つけると、ふたりの注意はめがねを捜すほうに集中した。それが、なかなか見つからなかった。

「かりに警察が、めがねを見つけたところで、そう心配することはないと思うがね」と、コリンズがいった。「ぼくの物だってことは、わかりゃしないよ」

「おまえ、気でもちがったのか？」と、モーガンがどなった。「なんてばかなんだ、おまえのは二焦点《バイフォーカス》なんだぞ。この近辺に、ほかにそんなめがねがあるもんか。警察がめがね屋にいってきけば、すぐにわかってしまうよ」

コリンズが、ぶるぶる震えた。「そういえばそうだね。ねえ、モーガン、そう重いものじゃないから、もっと遠いところへとんでるかもしれないよ」

彼らは、もっと遠いところまで捜してみたが、やはりなかった。モーガンが、懐中電灯で欄干の上を照らしながらいった。

「川に落ちてしまったんだよ」と、彼があきらめたようにいった。「そうにちがいない」

「そうか」と、コリンズが叫んだ。「それでよかった！　川に落ちたら大丈夫だ、沈んでしまうからね。ぼくは、家にあれと同じのを持っているんだよ」

あと味の悪い話だったが、しかしどうすることもできなかった。ふたりが犬を見ると、犬はようやく不安になって来たらしく、行ったり来たりしながら、くんくんと泣いていた。しかし、彼らを怪しんでいるというようすもなかったので、彼らはこっそりその場を離れて、急いで物置きに帰っていった。

「ぼくは、家にもどって、古いほうのめがねをとってくる」と、コリンズがきっぱりといった。

「きみのおかあさんに、めがねなしで会っちゃ、まずいからね」

彼がもどってきたのは、十時ちょっと過ぎだった。彼が、誰にも見られずに部屋にはいると、ふたりは物置きの戸を閉めて、ココアを飲んだ。彼らはあまり口をきかず、つとめていつものようにしていた。そして、モーガン夫人は気がついていないという、確信をもっていた。

だいたいにおいて、彼らはことの成り行きに満足だった。橋までいく途中でも、橋の上でも、彼らは何も残してはこなかったのだ。フランプトンのからだにも、跡はつけなかったし、最近の彼が気分がすぐれなかったという事実は、彼の自殺説を強めることになるだろう。それに、鍵盤のことについては、外部に知っている者はひとりもいないのだから、彼らがフランプトンの死を望んでいたと見るひともまた、いるはずがなかった。従って、疑いがかかる可能性は、まずない。すべては、うまくいったのだ。

「モーガンとコリンズがフランプトンを殺《や》ったホシだとわかったのは、どうも警察側の捜査の輝く勝利とはいえんようだね」と、フレンチ警視がのちになってその話が出たときにいった。「つまり、彼らの無知と不注意によるものだったんだ。それは確かに、彼らはついていなかったとはいえるよ。しかしだね、彼らに予想できなかったこと、準備できなかったということは、ひとつもなかったんだからね。

わたしが教育したことのあるナイ警部というのが土地の警察におって、あの事件をわたしに知らせてくれたんだ。それによると、その夜の十一時頃に、フランプトン夫人から電話で知らせてきたので、ナイがいってみたというんだ。彼女のいうには、夫が九時のニュースが終わったあと、犬を連れていつもの十五分間の散歩に出たまま、帰ってこない。犬だけが帰ってきて、何か心配そうに吠えていた。彼女は、そとに出ろということかと思って、犬といっしょにいってみたというんだ。すると犬は、先に立って橋の上にいって、そこに立ち止まって、悲しそうな声で吠えていたんだね。一応、夫を捜してみたあとで、彼女は一番近い隣家に電話をして、もしかしていってやしないかたずねてみたが、いっていない。とうとう彼女は、これはたいへんなことになったと思って、警察に連絡をしたという情況だった。

ナイは、さっそく橋にいって捜査をしたが、地面はまるで鉄のように固くって、全然跡などはついていなかった。フランプトンの家に引き返して、フランプトンの書類や最近きた手紙などを調べてみた。手がかりになるものは見つからなかったが、ただ彼は、最近フランプトンが手がけていた仕事について知ることができたんだね。彼の机の上には、会社の使用人による発明に関する法律書がおいてあって、会社の勤務時間中に開発したものに関する会社側の権利というところには、アンダーラインが引いてあったんだ。しかも、ゆくえ不明になったひとがそれを実際問題として考えていたことを示すように、原価《コスト》と利益の見積りまで出してあったんだね。ナイは、それをノートして帰って、工場にいってそれを尋問した。その結果は、まもなく動機が判明したというわけだ。

さて、フランプトンの書斎を全部調べたナイは署にもどって、夜が明けてから現場を捜査する班の編成に着手した。ところが、まだその編成が終わらないうちに電話が鳴ったんだ。電話はある漁夫からで、入江のほうへえさを掘りにいって、死体を発見したというんだ。ナイは、すぐにいってみた。それはフランプトンの死体で、これでモーガンとコリンズがホシだという証拠が出たわけだ。

だが、ナイにはわからないことがあった。橋と海のあいだの二マイルにわたる入江は、大きな半円をえがいていた。その曲線の外は潮流の力で深いみおになっていたが、内側はゆるやかな段段の磯になっていて、水深も浅かったんだ。そして、潮が引いたときに、この磯へ死体をもっていったんだね。

こんなことになるはずがないんだ。こんなことになるのは、海面に浮いているものだけなんだね。溺死体は沈むものなんで、沈んだ物体は水流に流されて海のほうに出てしまうはずなんだね。モーガンとコリンズは、そうなることを計算に入れていたにちがいない。

ところが、死体解剖の結果、やっと真相が判明した。フランプトンは溺死ではなく、その肺の中の空気の浮力で、海面に浮いていたんだ。彼は、非常に冷たい水に落ちたときのショックで即死し、すぐに死後硬直が起こった。この予想外の出来事のために、モーガン、コリンズの両名は、絞首刑になったわけだ。テーラーは、こうした可能性について述べているのだが、彼らはそれを読んでいなかった。

ところで、ナイ警部に証拠を提供することになった彼らの不運というのは何かということになるんだが。それは、いわゆる溺れるものはわらをもつかむというやつで、硬直したフランプトンの指にしっかりと握られていたのが、なんと、彼が橋から突き落とされるときにつかんだ、コリンズのめがねだったのさ」

人道橋

そうだな（と、ホートン警部が、バーの一座を見渡していった）、あれは、ぼくがはじめて手がけた殺人事件で、ホシはうまく逮捕したのだったが。しかし、本当のところ、ぼくの力だけでやったことじゃなかったんだ。世界一優秀な警官のひとりが、教えてくれたんだよ――ロンドン警視庁のフレンチ警視さ、当時はまだ警部だったがね。盗難事件の捜査でこの土地へみえていたのだが、ついでにうちのおやじを訪ねてくれたんだよ。おやじも部長刑事までいったんだが、当時はもう退職していた。フレンチさんが栄進される前は、よくいっしょに仕事をしたらしく、とても仲がよかった。もうやめてしまったむかしの同僚のところを、わざわざ訪ねてくれるということからも、フレンチさんの人柄がよくわかると思うんだがね。

あのときに、あのかたがみえていたということが、まったくの奇跡的だったといえるんだ。なぜなら、この殺人事件があったのは、あのかたがうちにきておられた晩のことだったんだからね。最初に事件を知ったのは、隣りのカウリー夫人がぼくに頼みがあるといって、やってきたときなんだ。当時のぼくは、まだ警官になりたての新米だったんだが、彼女は警官としてではなく、隣人としてのぼくに頼みがあるといって、やってきたんだ。

「ハリー」と、彼女はぼくを呼んだ。「ジョンがまだパブ（居酒屋）からもどってこないんで、あたし心配なんだけど。いつも帰ってくる時間から、もう一時間もたっているのに、まだなんだもの。悪いけど、見にいってもらえないかしら？」

ルシー・カウリーにとっては、ちょっとした心配ごとだった。彼女はいい女《ひと》で、亭主とは、愛していたから結婚したんだし、亭主のほうがまた、ルシーでなければ夜も昼もあけないというぐあいだったんだね。亭主のジョンは小規模な農家で、働き者で、貧乏ではあったが楽しそうに暮らしていた。すべてうまくいっているようだったし、実際に幸福そうだった。ところが、何かまずいことが起こったらしくて、ジョンがよく酒を飲むようになったんだね、農場は荒れるし、収入は減ってくるし、ジョンはいよいよくさってきて、不機嫌になるという情況だった。はじめのうちは、ルシーも一所懸命つとめてみたが、とうとう愛想をつかしてしまったらしかった。その頃から、彼女が憂さばらしに、ディック・オーツと親しくなったという噂が出はじめたんだ。オーツというのは、カウリーのすぐ近くに姉といっしょに住んでいた男で、町の競売事務所の主任をしていた。しかし、彼もルシーも用心深かったので、噂をそのまま本当だと思うひとはいなかった。

その頃のジョンは、鉄道線路をこえて半マイルほどいったところの、たんぼの中にある『スリー・スワローズ』というパブに入りびたりだった。近くにもっといい店があったんだが、ジョンがそこの主人とけんかをしてしまってそっちに河岸《かし》を変えたということだった。夜おそく、彼が泣き声で何か歌いながら帰ってくるのが、よく聞こえたものだったよ。

ルシー・カウリーが心配したのも、決してむりではなかった。たんぼを通っている道は幅が狭くて、雨の降る晩などはつるつる滑ったんだ。そのうえ、そのへんには水はけのみぞがあって、これが割合い深かったから、足元の悪いのが落ち込むと、なかなかあがれなかったんだよ。「もちろん、いってあげるよ、ルシー」と、ぼくはいって、フレンチさんに挨拶をすると、懐中電灯をもって出かけていった。

そとはまっ暗なうえに、いやにしめっぽい風が吹いていた。そのときは止んでいたが、かなり降ったあとなので、地面はぬかっていた。ぼくらの家の近くで本道からわかれた、なかなかよくできている小道が、人道橋で鉄道線路をこえて、隣りの住宅地区に通じていた。そして、線路をこえたところで、『スリー・スワローズ』にいくたんぼ道がわかれていたんだ。だから、その危険な水はけのみぞのあるところへいくには、人道橋を渡ってさらにたんぼ道をいかなければならなかった。

しかし、ぼくはそのとき、そこまではいかなかった、というよりは、まだ線路をこえていなかった。なぜって、人道橋の一番下の段のところに、ジョン・カウリーが倒れていたからなんだよ。彼はもう、どうしようもない状態だった。——階段から落ちたことは明らかで、首が折れてしまっているのが、はっきりとわかったんだ。

しばらくのあいだ、ぼくはどうしようかとためらった。このままにしていくわけにはいかないし、といってやはり、知らせて助けを求めなくてはならない。そこでぼくは、いったん家に帰って、そこから電話で報告することにした。ぼくの話を聞いた家の連中は驚いたよ。もうルシー・

カウリーは帰っていなかったが、ぼくのおやじが彼女のところへいって、急を知らせてやろうといった。ぼくが、署に電話を入れて、現場にもどろうとすると、フレンチさんが、目顔でぼくをよんだ。

「こういう事件には、よく注意しなくちゃいけないよ」と、あのかたはいった。「手をくだす前に、起こったことをよく頭に入れとくことだ」

ぼくは、意外に思ったんだ。ことはきわめてかんたんであると、ぼくは思っていたんだからね。「彼はよろけて落ちたんだと、思うんですが」とぼくはいった。「それとも、何か疑わしいことでも?」

「いや、おそらくきみの考えているとおりかもしれん」と、あのかたは答えた。「ただ、事実をしっかりつかめといったまでだよ。いいかね、きみのおとうさんはわたしの親友で、わたしはずいぶん世話になった。よければわたしもいっしょにいって、かげながら協力してあげてもいいんだよ」

ぼくはとてもうれしかったんで、もちろんそうお願いした。

「ああ、いいとも」と、あのかたはいってくれた。「カウリー夫人が帰ってから、彼女の話が出たんだが、なにかこみ入った事情があるらしいね」

これは、ぼくにはショックだったよ。あのかたのいわれたことの意味は、きわめてはっきりしていたからね。事情を知っているつもりのぼくは、そんなことがあるはずはないと思ったが、もちろんそんなこと口に出してはいわなかったさ。とにかく、ぼくはあまり口をきかなかった、というのは、二、三分で現場に着いてしまったからだ。現場は、さっきのままだった。

フレンチさんが死体を調べるのをみていて、ぼくには非常に勉強になった。あのかたは懐中電灯でからだの隅々まで、丹念に調べた。非常に慎重で、そして決して急がないんだね。それでいて、かりにぼくがやったとした場合、おそらく四分の一以下の時間ですんだと思う。死体の点検が終わると、こんどは人道橋のほうへいかれて、下のほうの階段ひとつひとつと、それから両側の手すりを調べはじめた。手すりは、細い鉄棒で格子になっていた。それからあのかたは、その手すりによじ登って、下の地面をのぞいておられたんだよ。それがすむと、ぼくにこういわれた。

「どうだい、ハリー、どういうことか、わかったかね?」

実をいうとぼくには、あのかたが何を見、何がわかったのか、見当がつかなかったんだ。ぼくは、カウリーが階段を踏みはずしたと思っていたから、それらしいことをいった。そのとき、フレンチさんのいわれた言葉には、ぼくはまさに息をのんだね。「きみが、そんなふうに考えていたのなら、わたしはいっしょにやってきてよかったと思うよ。さもないと、きみはえらいまちがいをしでかすところだったからね。これは、事故死じゃない。これが殺人事件であることは、きみの顔に鼻があるようにはっきりしているんだ。こっちへきて、この跡を見たまえ」

とにかく、おかげでぼくには、からくりがわかった。何が行なわれたか、そしてどうしたら犯人をつかまえることができるか、ということがわかってきたんだ。結局、犯人はオーツと判明し、ぼくが見つけた証拠によって、彼は裁判にかけられて、有罪となった。処刑される前に、彼はいっさいを告白したが、その中には、小さな点ではぼくの気がつかなかったことも出ていた。新聞記者のひとりが、それを記事にしているのだが、オーツがどんな見落としをしたために絞首刑にならなければならなかったか、ということを知るための参考にもなると思うから、ここでひとつそれを読んでみよう。

ディック・オーツがジョン・カウリーを殺す決意をしたときの、彼とルシーとの関係は、もうどうにもならないところまで進んでいた。彼は、はじめて彼女にあったときから彼女に好感をもったのだが、彼が彼女をいかに愛しているかということに気づいたのは、ジョンの酒がいよいよ彼女をみじめにしはじめてからであった。彼女のほうでも、彼を好きだったのだが、その気持を彼女自身認めたのは、ジョンとの生活がとても耐えられないことを、知ってからであった。自由の身になれたら、オーツと結婚してもいいと思っていた、と彼女はのちに語っている。彼らは、計画をたてるというようなことはしなかったが、その理由は、何をどうしていいのかわからない、ということに尽きる。彼女のほうには、離婚の事由がなかったし、またもしオーツが失業をしてしまうと、彼らふたりはおろか、自分の口を養うことさえ不可能になってしまうのだ。

オーツが、ジョンに殺意を抱いたのは、このときだった。もちろんそれは、彼にとって恐ろしいことではあったが、ルシーの不幸を考えると、どうしてもやらねばならないという気持になり、その方法について考えるようになった。最初彼は、もし彼の殺人行為ということがわかってしまうと、ルシーまでがまきぞえをくうのではないかという、とても我慢のできない理由から、思い止まろうとしたほどだった。そのために彼は、やるんならジョンが事故で死んだように見せかけなければならない、という結論に達したのである。もちろん彼は、ジョンが『スリー・スワローズ』から家に帰る道筋をよく知っていたし、酔っ払いの足元がかなり危ないことも、わかっていたのだ。

どうしたら、橋からころげ落ちるか？　やはり、階段に何かつまずくものをおいとくことだ。いいなわでは、しばりつけておかなければならないから不便だが、棒のようなものならば、ジョンがひとりで来た場合にはそのままにしておくし、他の人の場合には引っ込めるようにすることもできる。

そこでまず、オーツに必要なのは、その棒であった。それは、両側の手すりのあいだいっぱいにはまらなければならないから、長さは五フィートはなければならないし、カウリーが踏んだ場合につぶれてしまうようでは、見つかってしまうだけだから、固いものでなければならなかった。オーツの手元にそんな棒はなかったし、買ったりしたら、そこから足がつくことになろう。しばらくはとほうに暮れていたが、ふと、ちょうどいい物のあることに気がついた。

彼の家の廊下のところのカーテンのかかっている棒が、長さもちょうどよかったし、鉄のパイプに真鍮のメッキをしたものだから、丈夫なことはこの上なしであった。しかも、もうかなり古くて、たくさん傷がついていたから、新しく傷がついても、見とがめられる心配はなかった。とにかく、どんな刑事でも、まさか家具に使っているものとしてとりつけてあるものを調べるようなことはしないだろうと、彼は考えたのだ。

その次に必要なものは四フィートほどの手軽な梯子だったが、これも彼の家にあった。しかし、ここで彼はひとつの危険性を考えた。その梯子の跡が残るようなことがあっては危険なので、そのふたつの足にズックの袋をかぶせることにしたのである。

もうひとつ、考えておかなければならぬことが、あった。姉がいたのでは、カーテンをはずしたらわかってしまう。だから、決行の夜には、彼女は家にいないようにしなければならない。それは、そんなにむずかしいことではなかった。というのは、彼女はときどきロンドンまで買い物に出かけたからである。しかし、彼女をせかせてはいかにも不自然になると思っていたところ、六週間ほどたつと彼女が出かけていった。

これでやっと、彼はひとりになれたが、姉が留守になった二晩目に、いよいよ決行することにした。かつてロンドンにいた頃買った、黒いゴム底のズック靴があった。彼は、誰にも見られたことのないその靴をはき、庭いじり用の古いレーンコートを着て、黒いハンティングをかぶった。ゴム手袋は要《い》るまいとは思ったが、用心のためにはめることにした。梯子を出して、その足に袋をかぶせた。例のカーテンをとり払って、棒をはずして、懐中電灯とスパナーとをポケットに入れて、家を出た。

前述のように、大雨が降っていたのが止んではいたが、空はまだどんよりとしていた。しかし、三日月が顔を出していて、懐中電灯を照らさなくてもどうやら道筋はわかった。道に出ると彼はいったん立ち止まって、あたりに誰も見ている者のいないのを確かめると、急いでたんぼ道を鉄道線路のほうへ向かった。尖り杭《くい》の柵をのり越えて、線路わきを人道橋のほうへ歩いていった。偶然にも、列車のくる時間ではなかった。

人道橋の地盤は、線路と同じ高さで、上り下りの双方に二続きずつの階段があった。オーッは、道路に一番近い下のほうの、ひと続きの階段を支えている柱のそばに、梯子を立てかけた。そして、その梯子に乗った彼は、棒を両側の手すりの網の目にひっかけて、それが階段から六インチほど上のところにあるように仕掛けておいた。その柱にくっついてしゃがんでいれば、誰にも見られることはなかったし、必要とあれば、その棒はいつでも引っ込めることができた。

彼は、時計を見た。いまごろは『スリー・スワローズ』のおやじが、お客に閉店を知らせているだろうから、あと十五分も待っていればやってくる。時間のたつのがとてももどかしく、一分が一時間くらいに思えた。すると、そろそろカウリーがやってくるという時間に、遠くのほうから音が聞こえてきた。

オーッは、どきっとした。それは列車の音だった——列車から見られるということはまずあるまいが、その音でやってくるのかどうかも、また彼がひとりでくるかどうかも、わからなくなってしまうおそれがある。もし、列車とカウリーが同じ時にやってきたら、今晩はあきらめて、またの機会を待つことにしよう、オーッはそうきめていた。

列車は貨物で、機関車がいかにも重そうな音を立てながら、ゆっくりと走ってきた。どうなるんだ! こんなことじゃ、通り過ぎるまでに時間がかかる。オーッは、棒を網から引っこ抜いて、息をのんで待った。やっと、機関車が人道橋にさしかかった。そしてそのときに、機関車上の機関助士が火室に石炭を投げこんだとたんに、ぱっと明るくなって、オーッの姿を照らし出した。ほんの一瞬の出来事だったので、オーッはまさか見られはしなかっただろうとは思ったが、しかし絶対に安全とはいえないだろうと考えて、気になった。

ごとりごとりという貨物列車の音が、彼にいつまでも通り過ぎないでいるように感じさせた。だが、やっとのことで列車が通り過ぎて静かになったと思うと、いよいよ彼の待ちこがれていた男の酔っ払った声と、階段をのぼってくるひきずるような足音が聞こえてきた。

オーツは、息を殺して耳を傾けた。確かにカウリーはひとりだ。だが念のために、男が橋の上に現われるまで待ってから、彼は音のしないように棒を元の場所に差し込んだ。

ふらついているような足音が、下りの階段に足を踏み入れたように聞こえてきた。そのとき、棒がおそろしく大きな音を立てたと思うと、しゃがれた叫び声がして、同時にどすんという鈍い音がしたと思うと、そのまま静かになった。

棒を引き抜いて、それを梯子のわきに立てかけたオーツの心臓は、早がねのようだった。やがて彼は、階段の下まで走っていって、ゴム手袋をしてきたことに感謝しながら、手すりによじのぼった。そして、懐中電灯のあかりをかばいながら、道の上にぐったりとなっている姿を見おろした。男がまだ生きていたら、スパナーでなぐり殺さなければならなかったが、しかしその必要はなかった。見るも無惨な頭の格好からして、男の首が完全に折れていることは、はっきりしていた。

とうとうやっつけた！　恐怖心で震えながら、オーツは手すりをつたわっておりて、棒を拾い、梯子を抱えると、もと来た道を通って家に帰ったのである。それまでのところでは、全部うまくいった。あとに残してきたものは何もなかったし、誰にも見られはしなかったはずだ。

家に帰った彼は、まずウイスキーを飲んで元気をつけた。それから、証拠の湮滅《いんめつ》にとりかかった。彼はまず、梯子の足にかぶせた袋をはずし、台所のストーブにくべて焼いてしまった。棒の両端にできた傷は、ごみをこすりつけてごまかした。それから手を洗って、棒をもとのところへはめ込んで、カーテンをさげておいた。ゴム底のズック靴は、小さくきざんで、布の部分は燃し、ゴムの部分は道路わきのみぞに捨てた。地面がしめって柔らかだから、足跡はついただろうが、ゴム底の靴でいったのだから、彼ということはわかるまいと思った。

それがすんでしまうと、彼はもう絶対に大丈夫だという気になった、彼とルシー・カウリーのことで、とかくの噂のあることはわかっていたが、本当のことを知っている者はいやしない。だから、かりに彼に疑いがかけられたところで、彼だということを証明できる者は、いないはずだった。なかなか興奮はしずまらず、かなり気にはなったが、充分の自信をもっていた彼は、やがてベッドにはいった。

(ホートン警部は、その記事を下においた)ところで、どういうふうにしてぼくがホシをあげたかということになるわけだ。ここで、もう少しぼく自身のことをいわせてもらいたい。前にもいったように、フレンチさんは死体の点検をすまされると、ぼくに、これは殺人だといわれて、この跡を見てみたまえといわれた。

ぼくは、まずカウリーのはいていたゴム靴から始めた。たんぼ道を歩いてきたゴム靴には泥がいっぱいについていたが、フレンチさんがここを見ろといわれた跡は、表面を強くこすったためにできた汚点だった。左の靴のくるぶしのあたりから爪先のところまで、水平に長い汚点ができていた。右の靴の上のほうにも、同じように大きな汚点ができていた。

そのわけは、ぼくにもわかったさ。カウリーのまず左足が、そして次に右足が、階段の上に仕掛けてあった何かに、つまずいたんだね。それからぼくは、フレンチさんが手すりの金網のところを調べていたのはなんのためだったんだろうと考えたんだが、同じところを自分で調べてみて、両側の金網に塗ってあるペンキに跡がついているのを見つけたんだが、これはカウリーが棒をけとばしたときにできたものにちがいなかったんだ。ペンキは、ごく最近に塗りかえたものとみえて、その跡もはっきりしていたんだね。

それからぼくは、手すりに登って下の地面を見てみた。そこにあった跡は、すぐにわかった。そこには多くの靴跡が残っていたが、ふたつだけとくに深い跡があったんだ。また、別にぼんやりした跡があって、最初のうちは、いったいなんだろうと思ったんだが、やがてまもなく、それが棒を差し込むときに使った梯子のものであることが、わかったというわけさ。

「どうだ、わかっただろう？」と、フレンチさんはいわれたよ。「さてそこで、カウリーがじゃまになった者は、誰だろうかね？」

もちろん、ぼくだってオーツとルシーの噂は知っていたから、それをフレンチさんにいうと、もうぼくのおやじから聞いて知っておられたんで、それ以上話す必要はなかった。フレンチさんが目をやった道路上には、車が一台とまっていた。「さあきみの応援もやってきたようだから、わたしはホテルにもどるよ。みんなによろしくいってくれたまえ」

ぼくは、あのかたに丁寧に礼を述べてから、応援の部長に挨拶をした。そして、それまでわかったことを彼に話し、フレンチさんに教えてもらったことをいってきかせた。この部長はなかなかいいひとで、ぼくがつまらぬまちがいをしないように見守ってくれながら、ぼくの思うとおりにやらせてくれたんだよ。

「さて、次はどうするつもりかね？」と、彼がたずねた。

「かりにオーツだとするとですね、部長」と、ぼくはいった。「どういう足どりでしょうか？　おそらく彼の家を出てから、線路の向こう側に出て、それからまた、線路にそっていったんだと思うんですがね」

「それで？」

「彼が、通ったとおぼしき道を歩いてみようじゃないですか。同じような足跡が見つかるかどうか」

「夜が明けるまで、待ったらどうかね？」と部長がいったが、それはただぼくの心構えをためしてみようとしたんだと、ぼくは思った。

「それはまずいでしょう、部長」と、ぼくはきっぱりといった。「また雨が降れば、全部消えてしまいますよ」

部長はぼくに賛成で、ぼくらは懐中電灯で地面を調べながら、ゆっくりと歩いていった。枕木と草のあいだの部分は、線路工夫たちが踏みあらしてしまっていたので、何も見つからなかったが、ちょうどオーツの家と反対側のところのはしっこのほうに、足跡がひとつあるのを見つけた。ぼくらはたんぼにはいってみたが、そこには足跡はなかったが、道路のはしの砂地の上に線路のほうへいくのともどるのと、ふたつのはっきりした跡を発見したんだ。

「これなら、われわれが捜しているものに近いね」と、部長がいった。「彼の屋敷の中にひとつもないのがおかしいが。まあいい、もっと調べてみよう」

ぼくらは、道路を越えてオーツの家の門からはいっていった。中の道は砂利をしいてあったが、もうほとんど砂利がなくなって砂が出ているところに、ひとつ跡が出ていた。

ぼくらは、さっそくその型をとったが、それがすむと部長が、ほかに何かフレンチさんがいわれたことはないかとたずねた。本当のところ、それ以上フレンチさんのいわれたことは、なかったのだが、ぼくにひとつ考えがあったので、部長を感心させてやろうと思って、それをフレンチさんの考えとしていってやったんだ。「ホシの靴と、ホシが階段に仕掛けといた棒を、捜す必要がありますよ」

もう午前三時になっていたが、かまわずオーツ家をノックしたんだ。そして、姉さんがロンドンにいって留守だと聞くにおよんで、ぼくの最後の疑問が氷解したんだよ。その晩は何をしていたかとオーツにたずねると、応接間で計算の仕事をしていたというんだ。カウリーのことを話してきかせると、とても驚いていたんだよ。そこでぼくは、彼とカウリー夫人とのことは誰でも知っていることだ、家宅捜索をしたいのだけども令状をもっていないが、いけないかとたずねると、かまいません、どうぞやってくださいというんだね。

とにかく、完全な家宅捜索になってしまったんだよ。それでも、なにひとつ出てこない。靴はオーツがなんとか処分したとしても、棒はできないはずだと思ったんだ。家の中にあったものを使ったとして、それがなくなりでもしようものなら、すぐに姉さんが気がついて、文句をいうだろうからね。そうしているうちに、ちょうど手ごろな長さのカーテン用の棒がぼくの目にはいったのさ。はじめは、別に怪しいとも思わなかったんだが、そこに使われている木の環の中に、きれいなのと汚れているのがあるのに気がつくと、ぼくは部長に合図をした。ぼくらは、丁寧にその棒をはずしてみた。それには、新しい汚点がついており、現場にもっていってためしてみた結果、その汚点は例の手すりの金網のペンキによるものであることがわかったんだ。いまひとつ、これも別の事件のときにフレンチさんから習ったことだが、ぼくはその棒の指紋をとってみた。ぴったりだったんだな。オーツのやつ、まさかぼくらが気がつきはしないと思って油断して、手でべたべたとさわっていたというわけだ。

こうして、オーツはいくつかのミスを犯したわけさ。はいてったゴム底のズック靴を処分してしまいさえすれば、足跡などは問題にならないと思った。棒に気づかれないように、カーテンの木の環の汚れを落としておくことを忘れた。彼は、春の大掃除以来、彼があの棒にさわっていなかったとしたら、彼の指紋がついているはずはないという事実を忘れていたのだ。それが、オーツの命取りになったというわけさ。

四時のお茶

社会正義という点からいって、ある犯罪で処罰を受けた者が、実は道義的には責任はなかったのだ、というような意見を聞かされると、まことに憂欝になってくる。たとえば、最近のクリッペン医師夫妻の場合を考えてみるがいい。果たして犯人は、医師である夫であったのか、それとも妻のほうであったのか、おそらく何人《なんぴと》といえども確言できないことであるにちがいない。

三十年ほど前、西部地方《ウエスト・カントリー》で大いに騒がれたスタレット事件についても、同様のことが問題になったものである。スタレットの死について責任のあったのは、実際はマーガレット・グレーアムだったにもかかわらず、処刑されたのは彼女の夫ロナルドだった。実際に手を下したのは確かにロナルドだった——そして、マーガレットは、現場から二十五マイルも離れたところにいて、何くわぬ顔をしていたのである。だがしかし……ここでもまた、誰が確言できるというのか？

事件は、夫婦で朝食の最中に、ロナルドのところへ電話がかかってきたことから始まるのである。彼は、いつにない元気のない足どりで、席にもどってきた。

「どうしたんですの？」と、彼の顔色を見たマーガレットが、心配そうにたずねた。

夫は、両手で顔をおおって、苦しそうな声を出した。「もうおしまいだ」と、うつろな声で彼がいった。「わたしたちは、これでおしまいだ、だめになっちまったんだよ。もちろんわたしの責任だ」

「ロナルド！　何があったんです？　おっしゃい！」いつもは気丈なマーガレットも、いまやすっかり取り乱していた。「さあ早く！　おっしゃってちょうだい！」と、彼女は低くはあったが、さし迫った調子でくり返した。

彼はしばらくのあいだ答えないでいたが、やがて苦しそうに、一語一語を吐き出すようにいった。「パントン夫人が、ゆうべ亡くなったんだ！」

「あなたのあのお金持の依頼人がですか？」（ロナルドは弁護士であった）「あのかたが亡くなったから、どうだっておっしゃるの？　ご病気なのは、わかってたことじゃありませんか」

「わたしは、あのひとの財産を管理していた——株券も債券も、全部だ」

「だって、そんなこと珍しいことじゃありませんわ」彼女の声が、いっそう鋭くなった。

彼の返事なんか聞きたくない、といった調子だったのだ。「実は、実はその……」と、彼はどもった。「おまえにいっとかなきゃならんのだがね、マーガレット。その、そのうちの二千ポンドほどを、使ってしまったのだよ」

こんどは彼女のほうが、だまったまま夫を睨みつけていたが、やがて「といいますと」と口をひらいて、「あなたが、それを盗んだというんですか？」

彼が、肩をすぼめた。「いいたければ、そういってもいいが」そして、彼はまたためらっていたが、やがて言葉が流れるように出てきた。「いいやちがう。わたしは、借りただけだ！　お返しするつもりだったのだ！　あのニックソンのやつが、いけないんだよ。あいつが、うまい話をもちかけてきたんだ――外電がはいると、あの株が値上がりするなどといってね」

「ところが、値下がりしてしまったというんでしょ」

「下がってくれりゃ、よかったんだ！　それが上がったばっかりに、わたしはかなりもうかった。やさしいじゃないかという気になって、またやった。それでとうとう、わたしたちの金を使い果たしたあげくに、パントン夫人の分に二千ポンドほど手をつけてしまった。それがいま、こんなことになってしまったんだよ」

それからも、みじめな会話はつづいた。銀行から借金をするわけにはいかない――預金は超過引き出しになっているのだ。家を売るわけにもいかないんだ――とっくに抵当にはいっている。彼は、どうしようにも、もう打つ手はないと思った。家は破産、彼は刑務所入り、マーガレットは貧乏暮らしということになろう――といって、養育院にはいるなどということはなおさらいやだ。事実、彼の破滅は、絶対に避けられないことだったのだ。

マーガレットという女は、こんなときにも、決して夫を非難したりはしなかった。彼女はだまって考えていた。そしてやがて、絶対に妥協を許さないという調子で、結論をいった。「お金が要るんでしたら、どうしたらいいか、あなたがご存じのはずよ」

ロナルドは、身震いがした。彼女の言葉が何を意味するかは、彼にはよくわかっていたのだ。彼女の言葉は、彼にいいようのない恐怖感をあたえた。彼は、それによって、最後通告をつきつけられたのも、同じだったのだ。

なるほど、彼は確かにひとの金を使った。しかし彼女のいうのは、殺人をやれということなのだ。殺人！　いやだ、それだけは、なんとしてもできない。考えるだけでもいやだ。しかし、それならほかにどうすればいいのかと考えたとき、彼はぐらついた。彼自身は、刑務所に入れられてもしかたがない――それだけのことをしたんだ。しかし、マーガレットは、どうなる？　彼女は、何も悪いことはしていないのだ。彼がやった悪事の結果から、彼女を救うことができるものなら、そうしてやるのが、彼の義務ではないのか？　手段がいやだからといって、それをやらないというのでは、単なる卑怯ということになりはしないか？

そのうち、だんだん平気になってきた。そして、さらに一歩踏み込んで、その実行方法を考えているうちに、案外かんたんにやれそうだという、妙な自信さえ出てきた。彼が思いついた計画に従って実行しさえすれば、相手の死は事故死ということになってしまって、真実がばれるなどということはありえないと、考えるようになった。

マーガレットの伯父《おじ》のフーゴー・スタレットは、裕福な病身の老人だったが、その死後は、財産の半分はマーガレットのものになることになっていた。財産の半分ということは、かなりの額を意味しており、うんと少なくみても、彼らが目下当面している問題などは、すぐにでも解決できるほどのものであった。グレーアム夫妻はかつて、その遺産のほんの一部を前借したいと頼んでみたことがあったのだが、スタレットは即座に拒否したのであった。彼の理屈は、彼が他人からの援助なぞは全然仰がずに、今日の財産をつくり上げた以上、ロナルドにそれができぬはずがない、というのであった。

スタレットは、グレーアム家から四分の一マイルほどのところに、夫婦者の召使だけおいて、住んでいた。事故をこしらえ上げるには、彼に、彼らの家にきてもらうだけでよかった。だがそれは、午後か、もっとおそい晩でなくてはならない。料理も含めて家のことは、マーガレットがいっさいやってはいたが、掃除婦だけは午前中だけくるようになっていたのである。

計画の内容そのものは、かんたんではあったが、いざ実行するとなると、決してかんたんどころではなかった。事実、マーガレットの協力がなかったら、彼は失敗していたにちがいないのである。

彼らが、最終的に採用した計画は、次の四つの事項を基礎としていた。第一は、マーガレットの姉——だから、やはりスタレットの姪《めい》になるのだが——のエリーナーが、シュリューズベリー近くの自宅で病臥していたということ。第二は、ロナルドは、チェスターに事務所をもって仕事をしていたこと。第三は、三週間ほど先の金曜日に、グロースターで草花品評会が開催されることになっていたこと。そして第四は、グレーアム邸の玄関の階段の両側の壁は、腰掛けにすることができたということである。これらは、いずれも関係のない事柄ではあったが、これを合わせて用いることによって、彼らは計画をつくり上げたのである。

そしてグレーアム夫妻は、ただちにそのための準備に着手した。ロナルドが、ロンドンにいったときに、彼の車につけるために、ちがった番号のついた新しいナンバー・プレートを買ってきた。彼はまた、ふくみわただとか、黒縁のめがねだとか、ちがった衣装だとか、変装用の小道具も買ってきた。ロナルドは、グロースターの草花品評会のある週の月曜日に、仕事でチェスターにいくことにし、一方マーガレットは、そのシュリューズベリー近くに住んでいる姉に手紙を出して、チェスターにいくときに寄ると伝えておいたのである。

それから少ししてから、彼らはスタレットに、仕事で数日旅行をするが、その帰りにエリーナーのところに寄るつもりだということを、知らせておいた。彼らは金曜日の昼食時以後には家に帰っているだろうといい、もちろんスタレットは、彼らからじかに姪の病状を聞きたいだろうから、その日の四時にお茶にきてくれるとつごうがよろしい、といってやった。これに対して、スタレットは喜んで承諾してきた。

グレーアム夫妻は、その旅行の最初の部分を、歴史的なチェスター町で無事に過ごしたが、そのあいだにロナルドは事務所の用事を片づけた。用事というのは、手紙でも充分にまにあったのだが、家族的な理由でどうしてもその土地までいく必要があったし、結局直接に会って話さないとらちがあかないのだといった。

チェスターにいるあいだに、マーガレットはスタレットにはがきで、金曜日の四時のお茶のことを忘れないようにと、念を押しておいて、それから木曜日に夫婦でエリーナーのところにいき、その晩はそこへ泊まったのである。

マーガレットは、エリーナーのところからスタレットにはがきを出して、次のようにいってやった。ロナルドが、グロースターの草花品評会にいったさいに、仕事の関係でぜひ会わなければならないひとたちができたので、金曜日の帰り道にそのひとたちと会うことになったので、家に帰るのは七時頃になる。だから、四時のお茶の代わりに、八時にコーヒーにきてはもらえないだろうか？　マーガレットは、そのはがきの日付は木曜日にしておいたが、投函したのは金曜日の朝だった。

　問題の金曜日の午前十一時頃、グレーアム夫妻は車でグロースター市のエリーナーのところへ出発した。このときから、計画はいよいよ実行に移されたので、まず車を午後一時に市立公園の隅に駐車させることから始まった。

　彼らは、確かにグロースターにきたという証拠をつくっておかなければならなかった。なるべく小さなレストランを選んで、昼食をとった。彼らは、メニューにないものを注文しようとしたりして、むりをいった。そして結局、給仕頭がやってきてどうやらおさまったが、こうしておけば、彼らが来たことはよく覚えられているだろうと考えたのである。

　昼食後の彼らは、べつべつの行動をとった。マーガレットは品評会に出て、婦人用クローク係とか、一部の出品人とか、彼女ひとりの場合に会えるようなひとびとに、彼女が来会したことを印象づけた。ロナルドは、こっそり公園のほうにまわって、係りの者が他の車の整理でいそがしそうにしているあいだに、誰にも見られないように、車に乗って出た。

　人通りのない脇道に車を入れると、そこで彼は、車のナンバーをとりかえ、変装をした。車や家の中の指紋については、心配がなかったので、彼はゴム手袋などを用いることはしなかった。それから、その脇道をまっすぐに、彼の家から一マイルほど離れたところにある、ほったらかしになっている砂掘り場まで急いで走らせた。そして、そこへ車をかくしておくと、彼は野道を通り、森を抜けて、裏のほうからわが家へ近づいていった。時間は四時十五分前だった。

彼の頭は、殺人計画ということでいっぱいではあったが、来ている手紙のことも気になった。パントン夫人の代理の者からの手紙が、まだ来ていなければ、まずひと息つけるというものだった。

玄関のドアをあけると、午後の配達で来たと思われる手紙が二通、床の上にあった。彼はそれを拾って、午前中に掃除婦が前に来た手紙をのせておいてあるテーブルの上にのせた。封筒を見ただけで、すぐにわかったのだが、心配になる手紙は一通もなかったので、彼はほっとした。彼は、そとに出てドアをしめると、人目につかない庭の隅へいって、変装具をとりはずした――スタレットと会うときには、ロナルド自身でなければならない。

老人は、マーガレットの最初のはがきは見ただろうが、二枚目のはまだ見ていないということは、彼にはわかっていた――これは、警察をごまかすトリックだったのだ。従って、不測の事でも起こらない限り、老人は四時にはやってくる。ロナルドは、玄関入口の階段のところへもどった。そして、まもなくスタレット老人が現われたときには、ロナルドは、一所懸命になって鍵をあける格好をしていた。

「おや、いらっしゃい、伯父さん」と、彼は声をかけた。「どうしたのか、鍵があかないんですよ。浴室のほうからはいろうってんで、マーガレットがいま、梯子を借りにいったとこなんですよ。その後は、いかがですか？」

スタレットは、いつも変わらずで、エリーナーは快方に向かっているというが、くわしいことはマーガレットからお聞きなさいというロナルドの言葉に、熱心に聞き入っていた。

「鍵は、このままにしておきましょう」と、ロナルドがいった。「どうにも、この鍵あきません。伯父さん、どうですか、マーガレットがくるまで、ここの壁にかけて待っていましょうよ」

これが、計画の第四の項目であった。入口の階段の両側には、それぞれに壁があって、その笠石のところがひらたくなっていたので、腰をかけるにはもってこいだった。その壁から下は、ずっと傾斜になってつづいていて、岩山のような石でおおわれていた。

スタレットは、いわれたとおりに腰をおろした。さていよいよ恐ろしい瞬間が目前に迫ると、ロナルドはこわくなって、いっそのこと止めようかとさえ思ったが、またもや逮捕、収監、そしてそれにつぐ完全な破滅ということを思い出すと、心を鬼にした。彼は、相手の注意をそらそうとした。

「あれ、あの鳥、タカじゃありませんか?」と、彼が空を指さした。

スタレットが、上を見上げたところを、ロナルドが身をかがめて、素早く老人の両足をすくい上げた。叫び声とともに、スタレットがうしろ向きになって、壁から落ちていった。

そして頭を打ちつけて、そのまま動かなくなってしまった。

その動かなくなった姿を、じっと見つめたロナルドの顔から、たらたらと汗が流れた。やがて、恐怖のなかにも、彼はほっとしたものを感じた。スタレットは、死んだのだ。その首が折れてしまっているのが、ありありと見えた。もうこれ以上、手を下す必要はないのだ。

さてこんどは、うまく逃がれることだ! 家のなかは大丈夫、はいってみる必要はない。そして、彼はふたたび変装をすると、こっそりと裏庭づたいに森に抜け出て、まもなく車のところに出た。そしてそこから、脇道を通ってグロースターにもどった。前と同じ人通りのないところで変装具をとりはずして、ナンバー・プレートも前のにかえると、変装具と新しいナンバー・プレートを、最よりの川に投げ捨てた。グロースター市では、彼は車を品評会場近くの住宅街にとめた。そして、ちょうど五時に品評会場にはいっていって、彼のくるのを待っていたマーガレットといっしょになった。

「すんだよ」と、彼が早口にいった。「予定どおりにいったよ。ここにきたということを、はっきりさせとかなきゃならん」

彼らは、品評会関係のテント張りの喫茶部にはいったが、ここでも昼食時のレストランのときと同じ手を用いて、充分にその存在を印象づけることができた。そして、ゆっくりとお茶を飲んでから、彼らは車のところにもどって、それから本街道を通って家に帰った。

家にはいろうとした彼らは、意外なことにぶつかった。警察が、来ていたのである。実は、ロナルドは、いかにも彼が事故を発見したようなふりをして、彼のほうから警察に電話をしようと思っていたのだ。そうすれば、いざ警察のものがやってきたときに、驚いたふりをしてみせなくてもすむと思ったのである。だが、そんなに心配することは、なかった。彼のほうから大声でたずねていたので、彼もマーガレットも、その態度はいかにも自然に見えたのである。

「死体は、死体仮置場のほうへ移しておきました」と、フレンチ警部という担当の警官がいった。

「故人は、壁に腰かけておられて、心臓マヒを起こされたらしいですな。しかし、なぜここにこられたのか、まだはっきりしておらんのですが」

「そうですね」と、ロナルドは答えて、「わたしたちは、四時にここで彼と会うことになっていたのを、延ばしたんですが。彼のほうで、何か考えちがいをしたんじゃないかな」

「そうらしいですな。おふたりから、一応お話をうかがっておきたいと、思うのですが」

「いいですとも、警部。中にはいってくれませんか」

ロナルドが、玄関のドアをあけて、彼とマーガレット、警部と部長という順で、中にはいっていった。ロナルドは、彼の書斎のほうへいこうとしたが、フレンチは玄関の間のテーブルのところにすわり込んだ。

「ここでけっこうで」と、彼がきっぱりといった。「どうせ、すぐすむことですから。かんたんにうかがっておけば、よろしいんです」

それからロナルドは、彼が仕事で北のほうへいったこと、ついでに彼の妻の姉のところに寄ることになったこと、その姉が病気で、スタレットがその病状を聞きたがっていたこと、それから当初の予定を変更して草花品評会にいったことなどを説明した。「わたしには、こうとしか考えられませんね」と、彼が自分の判断をいった。「つまり、伯父は、四時にではなく八時のコーヒーにきてくださいという二枚目のはがきを見ないで、きてしまったというふうにね」

「大いにありうることですな。ところで、ここであなたがいまおっしゃったことを、書きとらせていただきたいのですが。そして、それにサインをいただければ、今晩のところはそれで終わると思います。わたくしが書いているあいだは、どうぞご自由になさってください」

ロナルドが、ふんとうなずいていこうとしたときに、フレンチがまた話しかけた。「ところで、こんどのご用事のさいに、このかたともお会いになられたでしょうか？　もしお会いになったとしますと、それだけ手数がはぶけると思うのですが」

そういいながら、フレンチは一枚の写真をとり出して、ロナルドに渡した。ロナルドは、けげんそうな顔で、それを眺めた。

「いいや」と、写真を返しながら彼がいった。「こんなひと、会ったことないね」

「失礼をしました。実はそれで、ロックハートさんの証言については、これ以上調べなくてもいいことになるのです」

ロナルドが、いやな顔をした。「証言というのは、わたしのことでかね？」と聞き返したときの彼は、明らかに怒っていた。

「われわれとしましては、みなさん全部のことを調べなければなりませんので」と、フレンチが角《かど》の立たないようにいった。「これは、弁護士ならご存じの、きまりきったことだと思います」

それは、本当だった——ロナルドにもわかっていたのだ。彼は、うなずいた。「書きものがすんだら、呼んでくれたまえ」と、彼はいった。「次の部屋にいるから」
四、五分して呼ばれると、ロナルドは玄関の間へもどっていった。
「まことにすみませんが」と、前よりも真剣な調子でフレンチがいった。「ご夫妻に署までご同道願ったうえで、もっとくわしくおたずねしなければならんことになりました。警視が、おふたりにお目にかかりたいと、申しておるのです」

瞬間、ロナルドの心臓が、とまったような気がした。彼はすぐに、はったりをいおうとも思ったが、おとなしくいわれるとおりにしたほうが、疑われないだろうと思ってやめた。「どうしてもというのなら」と、彼が自信なさそうにいった。「もちろん、おともするよ。だが、あしたじゃいけないのかね？　いまは、ちょっと困るんだがね」

フレンチは、お気の毒だがそういうわけにはいかない、といった。そのフレンチの態度が、ロナルドの心を不安にさせたが、さらに署につくと、その不安は本式なものとなり、いよいよ大きくなっていった。しかしまもなく、まさか大丈夫だと思っていた殺人容疑といわれたときの彼は、その信じられない言葉に、絶望のあまり口もきけなかったのである。

「わたしがやっこさんの家にはいって五、六分とたたないうちに、殺人と睨んだということがだね」と、フレンチ警視はいった。「実はわたしがロンドン警視庁にはいる原因となったわけさ。わたしは、マーガレット・グレーアムの同罪を固く信じたのだが、犯罪事実だけから見て、彼女は従犯ということになり、ごく軽くてすんだんだ。三十年もむかしのことなのに、わたしにはきのうのように思えて、事のはしばしまで全部はっきり覚えていますね。見つかった原因は、きわめてかんたんなことだった。グレーアムが犯したひとつのあやまちを、わたしが見つけたということなんだが、それはこういうことなんだ。

死体は四時半ごろ、慈善事業の寄付集めをしている婦人が発見した。彼女は、すぐに警察に電話をかけてきたので、いってみるとすぐに老人が目についたが、グレーアムの家がしまっていたので、わたしは老人の家のほうにまわってみた。すると、そこのマントルピースの上に、四時のお茶に招待するはがきがのっていた。医者の報告によると、死亡時刻もだいたいそのころだという。午後の郵便集配人を尋問させてみると、彼が二通の手紙をもってグレーアムの家にいった三時半には、まだ死体はなかったというんだ。

ほかにも二、三の事実がわかったんだ——少なくとも警察では、充分な疑いをもった。ご承知のように、警察ではできるだけくわしく管内の住民の一覧表をつくってある。スタレット氏が裕福で、グレーアム夫人は彼の姪であり、いまひとり姪がある以外には血縁関係のものはひとりもいないということは、みんなが知っていることだったわけだ。そのうえ、少し前からグレーアムが財政的に苦しくなっているということも、いわれていた。そしてこのことがあったので、わたしには事件が単なる事故だとは、かんたんにはきめられなかったわけさ。それにグレーアム夫妻が七時に家に帰ったときには、わたしにはだいたいわかっていたんだ。

ニュースを聞いた彼らは、本当に驚いたような顔をした。それから、ほんの少し彼らにたずねてから、わたしが家の中にはいって、話を聞こうといった。グレーアム氏は、玄関のドアをあけて、われわれを案内した。

玄関の間にはいったわたしは、思わず立ち止まって、目を見張ったんだ。グレーアム夫妻がグロースターにいっていたという時間の、三時半と、われわれが駆けつけた四時四十五分のあいだに、誰かが家の中にはいった形跡があったんだね。わたしは、玄関の間にすわって、これはノートしてばかりいないで、グレーアムの指紋をとらなきゃならんと思った。それでわたしは、偶然持っていた写真を出して、それに彼の指紋をつけさせたんだ。それからわたしは、供述書などつくらずに、かんたんなテストをしたんだ。

玄関の間で、わたしが何を見つけたか、もう気がついただろう。郵便集配人は、三時半に手紙を二通配達していったという。ところが、玄関のドアが開かれたときには、床の上には手紙は一通もなかったし、わたしたちがはいったときに、誰も手紙を拾い上げたものがいなかったのは、確かなことだったんだ。テーブルの上には、何通かの手紙がおいてあったので、わたしはそれを調べるために腰をおろしたんだ。一番上の二通は、スタンプで、その日の午後に配達されたものであることがわかった。これでわたしは、グレーアムの指紋をとっておかねばならん、と思ったんだ。ポケットに入れて持っていった道具で調べると、二通とも手のあとがついていた。

それだけで充分ではあったが、念のためにあとで調べると、ガイ者の靴からも同じ指紋が検出されたというわけさ。これまでにも何度かいったことがあると思うが、殺人犯人であやまちを犯さないものは、まずいないね」

新式セメント

旧友マーク・ラッドを訪ねていって、間一髪というところでその生命を救ったときのことを話すフレンチ警視は、いつも『神助によって』という表現を使ったものだ。とにかく、えらい悲劇になりそうだったし、ついにその悲劇を完全に回避することはできなかったが、彼が訪ねていったおかげで、よくもあそこで食い止めたものだ、あれ以上にはできるものではないといわれたほど、災難を最小限度に押えたのである。

その頃フレンチは、一週間の休暇をとって、早春のリース・ヒルのあたりを、徒歩旅行をしていた。その日の彼は、明るい陽光を浴びながら、はるか彼方のサウス・ダウンズ（イングランド南部の丘陵地帯）の紺青の稜線につながってひろがるウィールド地方の雄大な景色を眺めながら、新鮮な空気と土や森のにおいを満喫していた。ラッドは、松林の中にいっぷう変わったバンガローを建てて住んでいた。彼は、彫刻を道楽にしていたので、その片隅には大きなアトリエがあった。なかなかいい仕事をしていたので、一部の芸術家仲間からは買われていた。六十を過ぎた彼は、医者の娘で看護婦をしていたという、かなり年下の若い女と最近結婚したばかりであった。その結婚は、恋愛によるものではなく、彼のほうはハウスキーパーを、そして彼女のほうは家庭を求めていたためという、便宜上から来たものだった。フレンチとしては、新夫人というのはあまりいただけなかったけれども、ふたりのあいだはうまくいっているらしかった。

ベルを押しても答えがないので、フレンチはそのままアトリエのほうへまわった。アトリエにはふたつ入口があって、ひとつは庭へ、いまひとつは母屋のほうへ通じていた。ラッドが、何本かの壜と、水鉢と、ひと山の砂の上にかがみ込んでいるのが、彼の目にはいった。

「いよう、ラッド！　こんどは、化学者に転向したのかね？」

老人がぐるりとうしろを向いた。「これは珍しい！　よくやってきたな。どうした風の吹きまわしかな？」

おしゃべりをしているあいだに、ラッドが酒やタバコをもってきた。「あいにく、ジーンが気分が悪いといってね」とラッドが妻のことをいった。「ロンドンのおやじの医者のところへ二、三日いっていて、帰ってきたばかりなんだが、いま休んでいるんだよ。だが、あとで顔を出すだろうから」

フレンチには、実はそのほうがよかったのだが、適当に挨拶をしてごまかしておいた。彼がやってきたのは、ラッドとおしゃべりをするためなんで夫人が現われると、それがぶちこわしになってしまうのだ。やがてフレンチが、テーブルの上を指さしていった。「この仕掛けは、どうしたことなんだい？」

ラッドが、その壜のほうを振り向いた。「わしのところへ、新しいセメントだといって送ってきたんだがね」と、彼は説明をした。「そいつをためそうとしていたとこなんだよ。だがきみには、興味はないだろう」

「いや、大いにあるね」と、フレンチはやり返して、「とにかく、拝見したいね」

彼の返事に、ラッドも調子づいた。「ペトリフラックスというしろものなんだがね。発明したという男が、ためしてみてくれといって、見本を送ってきたのさ。この二本の壜にはいっているんだが、べつべつにしておけば、ずーっとそのままでいるんだ。ところがそれを混ぜると、二十四時間で固まって珪素になるというのだね」

その壜は、ガラスの栓がしてあって、さらにパーチメント紙で封をしてあるという、なかなか上等のものであった。フレンチが、その一本を取り上げて見ると、タイプした紙にはこう書いてあった。「ペトリフラックス――A。このものには酸が含まれているから、皮膚には触れさせぬよう」それは透明で、褐色をした液体であった。そして、もう一本の壜はもっと口が大きくて、『B』と書いてあり、これには白い粉末がはいっていた。

「どういうふうに用いるのかね?」と、フレンチがたずねた。

「水鉢に粉末をあけて、それに酸をかける。粉末が溶けて、粘着性の液体になる。それに、砂か石粉を加えて、その粒全体が液体にまぶされるようにかきまわす。それから、その混合物を好きな形にこねると、混入した砂の種類に応じて固まって、砂岩か、大理石か、花崗岩になるというんだ」

「おもしろそうだね」

「そうなるというんだがね。まだ、やってみないんだが」

「その酸が水鉢を侵すかもしれんな」そういってフレンチは、エナメルがはげて地金の出ているところを指さした。

「まず、そいつをやってみよう」

ラッドが、『A』の壜の液体を数滴、そのはげたところへたらした。すると、沸騰して煙が出た。

「これはたいへんだよ」と、フレンチがぼやいた。「かなり強力なものだぜ」彼は、その壜をつまんで、渋い顔をして鼻のところへもっていった。「これは、硫酸塩だと思うね」彼は、栓をもとどおりにしてから、さらに別の壜をとり上げて、その中に静かにナイフの刃をさし込んだ。しばらくのあいだ、動かずに見守っていたが、彼は、やがてその態度が変わったと思うと、いままでと違った真顔《まがお》になっていった。「ぼくが、実験をやってみるよ」

ラッドが、ふしぎそうな顔をしたが、フレンチはだまっていた。彼は、粉末のほうを少量皿に入れると、庭の芝生のまんなかにおいた。それから釣り竿の先に、小さな薬を飲むときに使うグラスを結びつけると、酸のほうの壜から六滴ほどを、そのグラスに注いだ。腹ばいになった彼は、そいつを皿のほうに押しやると、注意深く皿にあけた。反応は、ただちに起こった。強力な爆発が起こって、皿を吹きとばしてしまったのである。

「こんなことじゃないかと、思ったよ」とフレンチは深刻なおももちでいった。「粉末のほうは塩素酸カリウムで、これが硫酸塩つまり市販している硫酸と化合すると、爆発するんだ。いいかい、きみはすんでのところで、あの世行きだったんだぜ」

ラッドは、仰天してしまった。そして、しばらくのあいだは、ふしぎがっていたが、ややあってから、それ以外には考えられないという結論を下した。彼はついに、声を震わせていった。

「こいつは誰かが、わしを殺そうとしてやったことにちがいない!」

「きみは、本当にそう思うかい?」と、フレンチがいった。「実はそうなんだよ。誰かが、誰かきみの事情をよく知っている者が、やったんだ。珪素セメントが彫刻屋たちに魅力のあることを、巧みに利用したんだ。こいつは、なかなか考えたものだ——証拠も何も、全部吹っとんでしまうんだからね」

「どうにも、信じられんことだ」

「おそかれ早かれ、はっきりした証拠を見せつけられるような気がするよ」フレンチの声は、ぶすりとしていた。「さあ、ラッド、しっかりするんだよ。これをやったやつをつかまえんことには。とにかく、わかっていることを整理してみよう。まず手始めに、壜といっしょに来た手紙と、荷物の包装材料を見せてくれんかね」

さてその手紙をフレンチが見ると、よくある安物の便箋を使ってあり、使ったタイプライターもごくふつうのもので、その欠点もはっきりしていた。差出人は、バターシー、ヒルサイド・クレッセント、二六のラルフ・スペンスとなっており、みずからの発明と称するものの性能に関する説明と、ぜひラッドのような知名人によって試用していただきたいという希望とが、書きつらねてあった。包装は、とても手のこんだものだった。酸のはいった壜のほうは、円筒形のブリキ罐に、かんな屑をつめて入れてあり、もうひとつの壜は、段ボール紙で包んであり、そのふたつをいっしょにしたものをボール紙で包み、さらにその上を厚い包装紙で包んで、なわをかけてあった。

「きみがだまされたのも、むりはないな」と、フレンチがいった。「と同時に、ありそうなことだとも思ったね」と、彼がきっぱりとした口調でいった。「バターシーには、ヒルサイド・クレッセントなんてところはないよ」彼は、包み紙を拾い上げた。「きのう、チャーリング・クロスで出しているな。ふふん、あんまり見込みはないが。しかし、タイプライターと薬品から、何か手がかりがつかめるかもしれない。よし、そのへんからやって見よう。きみの敵の名前を、教えてくれんかね」

「敵だって？」と、ラッドが目をぱちくりさせた。「わしには、敵なんかおらんよ」

「いない？　少なくとも一人はいるはずだぜ。よく考えてごらんよ」

ラッドが、わからんなというふうに、首を振った。

「つまりだね」といいながら、フレンチがじっと彼を見つめた。

「きみは、金持だ。どのくらい持っているかね？　これは、おもしろがってきいているんじゃないぜ」

「わかっているよ。そうだな、二万ポンドくらいだろうか」

「きみが、この壜の薬を混ぜることで殺《や》られたとしたら、その金は誰のところへいくのかね？」

「一部は家内へ、それから大部分は甥《おい》のジェームズ・ラッドのところへいくことになっている」

「なるほど。その甥御のことを教えてくれないか。やはり、金持なのかね？」

「本当のところ、やつは困っているんだよ。最近わしのところへ無心をいってきたので、知っているんだがね。だが、わしは断わった。だめなんだよ。これまでにも、何度みてやったか知れやしないんだ。同じことなんだよ。みんな競馬で使ってしまうのさ」

「そうかね。で、何をしているんだい？」

「ある大きな、特許権を持っている食品会社で、薬剤師としてやとわれているんだが、どこの会社だったかは覚えていないんだ」

「薬剤師だって？　それだけでもう充分じゃないか、ラッド」

この言葉が、ラッドにはかなりショックだったらしかった。「まさか、きみはあれがこんどのことをやったなどと、いうんじゃないだろうね、フレンチ。あれは、確かに浪費家ではあるさ。だが、殺人をたくらむなんて、とんでもない。そんなばかなことがあってたまるかね」

「彼がやったとは、いってやしない。誰がやったのか、わたしにもわかっちゃいないんだよ。ほかに、心当たりがあるのかね？」

「そりゃあ、ないね」と、しり込みしながら、「しかし、だからといって、わしにはあれがやったなどとは、思えんよ」

「そうだな」フレンチは、いかにもとほうに暮れたといったようすで、部屋の中をいったりきたりしていた。やがて、急にラッドのほうを向いていった。「ロンドン警視庁にいけば、誰が荷物を発送したかはわかると思うんだが、しかし、もっとかんたんに嗅ぎ出せる方法がある。きみの甥御がやったとしたら、彼から聞き出せると思うんだよ」

「もって回ったような言い方だが、わしにはわからんね」

「まあ、いいさ」と、フレンチが笑いながらいった。「とにかく、やってみることにしよう。だが、ぼくが頼むことには、協力してくれたまえよ」

「わしは、殺人の専門家じゃないんでね。わしにどうしろというのかね？」

「いまのぼくには権限がないから、まず土地の警察にいって話してくる。帰ってきてからいろいろと頼むよ」

　フレンチが出ていくと、ラッドはすわったまま、いったいこれはどうしたことだろうと、考え込んでいた。彼はいつでも、困っているひとたちがいたらできるだけ助けてやろうと思っているような、親切な老人だった。そして、友だちや近所のひとたちとも、いつも仲よくしていたから、彼のじゃまをしようとする者がいるなどとは、どうてい考えられなかった。彼の実の甥が――いや、ほかの誰でもが、どんな理由ででも――彼の死を願うなどということもまた、彼には考えられなかった。それでいて、フレンチの立証の仕方は明確であった。まことに困った事態のなかで、ただひとつ希望のもてる点は、フレンチがみずから問題の解決に当たってくれるということだった。

　フレンチが帰ってきたのは、午後もかなりおそくなってからだった。彼は、どんなことをやってきたのかひとこともいわず、ただ地方警視と会って、その晩ひと晩、バンガローを護衛するために、警官をひとり貸してもらいたいと頼んできたということを、話しただけだった。

「おいおい、きみ」と、ラッドが抗議をした。「まさかきみは……」

「いいから、ぼくを信頼してくれたまえ」とフレンチがそれを制した。「まもなく、ぼくが何をねらっているかがわかるよ。ところで、甥御さんのところへ電話をしてもらえるかね？」

「ああ、いいよ。あれの工場のほうへかければいい」

「じゃあ、そうしてくれたまえ。大いに仲よく、おしゃべりをしてもらいたい。実はスペンスという男が、これこれの物をわしのところへ送ってきたんだが、薬剤師としてのおまえは聞いたことがあるかね、といったふうにね。それから、この発明は風化した建物の石を修理するのに、好適だと思うがどうだろうかとか。つごうのいいことには、わしの友人が――といって、誰かきみの知っているえらいやつの名前をいって――あしたここへやってきて、その実験をやることになったとか。かりにこれがうまくいけば、えらいことになるだろうとかいうことをね。そして最後に、えらいおじゃまをしたね、だがわしは、この発明をした男が有名な人なのかどうかを、知りたいと思ったものだからね、くらいのことをいって、電話を切ればいい」

「何か、きみがからくりを考えているとは思うんだがね、フレンチ。それがどうもわしには……」ラッドが、どうしようもないというふうに、肩をすぼめた。

「いいかね、きみ、もしきみの甥御さんがやったんだったら、電話を聞いた彼は、進退きわまるにちがいない。つまり結果は、どこかの知らない人が粉みじんに吹っとんで、きみは大丈夫ということになる。ということは、彼がいちはやくなんらかの手を打たなければ、彼は、彼が考えもしなかった人、殺しても一文の得にもならない人を殺したということで、つかまるということになるわけだ。彼が、どう出るか？　その返事は、きみ自身で考えるんだね」

ラッドが電話を待っているあいだに、廊下で音がして、ラッド夫人が現われた。フレンチが立ち上がって迎えた。彼女は、いかにも病人らしく、青い顔で生気がなく、かすかに両手がけいれんしていた。しかし挨拶はちゃんとしていて、彼をもてなすことができないことを詫びてから、一通の手紙を投函してくれるように彼に頼んだ。それからかんたんな話をし、さらにかんたんな笑顔をすると、彼女はそのまま引きさがっていって、やがて部屋のドアのしまる音が聞こえた。フレンチがラッドに何かいおうとしたときに、電話がかかってきた。甥のジムは、伯父の質問で驚いたらしかったが、しかし、その発明ということには興味を示した。そんな発明者も発明も、彼は全然知らないといった。

別になにごとも起こらずに、時間はたっていったが、夕方になるとひとりの警官が、写真用のフラッシュ電球とカメラとをもってやってきて、それをフレンチに渡した。

「よろしい」というのが、彼の返事だった。「たとえ彼を逃がしたとしても、彼の行動中の写真は、とっておかなきゃならん。さあ、アトリエのほうへ来たまえ。わたしのやってほしいことを説明しよう。ここに二本の壜があるね。この壜に、あとで見てもすぐわかるように、目印をつけといてくれたまえ。だが、取り扱いは注意したまえよ、中味の酸は強力だからね。わたしはわたしで、印をつけておこう。わかったね」彼は二種類の印をつけた壜をそこにおいてから、ドアのほうに向いた。「この外側のドアに鍵をかけて、鍵は内側にさし込み、窓は全部しめて掛け金を掛けておくんだ。それでよろしい。さあ、そとに出ていよう――どこにいてもやれる」

アトリエの窓をあけると、小さな芝生があり、それを横切って、不ぞろいな石の小道が玄関へ通じていた。家の反対側にポーチがあって、その横に入口があった。このポーチの入口から、アトリエの入口と窓が、はっきりと見えた。フレンチはそのへんを歩きまわって、屋敷の設計をすっかり頭の中に入れてから、警官に夜間の命令を下した。警官は裏口で見張っていて、合図があったらすぐに家をまわって出て、訪問客をうしろのアトリエに案内するように命令された。「まだ一時間か二時間は、こうしていてもいいが」と、フレンチがラッドにいった。「それからは、おのおのの位置につかなきゃならんぜ」

「そろそろ、一杯やる時間だ」と、老人が気をきかせていって、先に立って応接間のほうへ歩いていった。

彼らは、そこでしばらくしゃべっていたが、やがてフレンチが行動に移った。彼は、警官を所定の位置につけると、自分はポーチにすわって、ドアを少しあけておいた。

ラッドも、寝ずの番に入れてくれといい張ったが、そのドアについては不服だった。「そのドア、あけとかなきゃならんのかね？」と彼が抗議をした。「そんなことしといたら、寒くてかなわんよ」

「しかたがないね。アトリエにいくところを見張っていたいし、ここだけが唯一の道だからね」

やがて、彼らはおのおのの見張りの位置に落ちついた。フレンチは、あかりをつけることも、タバコも、ささやき以上の話し声も禁じた。夜の足どりは重く、時間が止まってしまったように感じた。とても寒くて、松林を吹き抜ける風が無気味な音をたてていた。その風の音と、ときおりフクロウがほーほーと鳴く以外には、あたりはまったく静かだった。

十二時になり、一時になり、そして二時になった。フレンチは、寒さにからだがかじかんでしまい、だんだん心配になってきた。おれの考えは、まちがっていたのかな？　ラッドの甥というのは、こんどの犯人じゃなかったか、それとも、彼が考えていたよりも、もっと利口だったのかな？

夜の足は、本当にゆっくりしていた。三時になり、それからえらく時間がたったと思ったのに、やっと四時だった。時計が五時を打ち、東の空がかすかに白んでくると、フレンチは本当にくやしかった。彼は、ラッドに詫びをいい、連れてきた警官も家に帰してやった。しかし彼自身は、バンガローがふだんの状態にもどるまで、見張りをつづけていたバスにはいり、顔を剃る前に、彼はアトリエを見まわっておいた。すべては、昨夜のままだった——外側のドアには鍵がかかってあり、窓の掛け金は掛かっており、壜には彼のつけた印がついていたし、水鉢も砂もそのままになっていた。ただ、酸のはいっている壜を見たとき、少し色が薄くなったような気がした。彼は、それをつまみ上げた。確かに薄くなっていた。

ふしぎに思って、それを振ってみた。と、どうだろう。その色素は沈殿しないではないか。彼は、静かに栓をとって、注意深く中味を嗅いでみた。彼は、まったくあっけにとられてしまった。それは、硫酸塩ではなくて、酢だったのである！

ある意味では、彼はこうしたことを予期していた——それが、彼のからくりの基調をなしていたのだ。ラッドの電話を聞いた甥のジムは、『セメント』はどこで爆発するかわからんと思い込んだであろう、そして、かりに彼がやったことだとしたら、あの壜の一本か、あるいは二本とも、中味を無害なものに変えておくことが、彼を救う唯一の道だと考えたにちがいない。なるほど、彼の殺人計画は失敗に終わることにはなるが、しかし、罪をまぬがれることはできるわけだ。

しかし、中味をすり変えたのは、甥のジムではなかった。あのアトリエにはいった者はいなかったのだ。誰も、跡も残さず、しかも誰にも見られずに、あそこのドアや窓をあけることは、できなかったはずだ。

フレンチは、自分がどうしてもたったひとつの結論に引きずり込まれていくのを知って、それからあとのことを考えるのが、いやでしかたがなかった。ラッドは、ひと晩じゅう彼といっしょにすわっていたのだから、アトリエに近寄れるはずがない。掃除婦は、昼間だけ働いて、夜分は帰っていってしまう。そこからアトリエにこっそりはいれるという部屋は、たったひとつしかなかったのだ。

フレンチは、勇を鼓《こ》してその部屋へいってノックをした。返事がなかったので、彼のほうからドアをあけた。部屋にはいって、床のまんなかに立った彼は、壜の中味はないかと見まわした。こんな狭いバンガローの中で、どういうふうにして、こっそりと跡も残さずにあの強力な硫酸塩を抜きとることができたのだろう？　フレンチには、そんなことができるとは、思えなかった。だが、別の壜をもってって、それに入れてきたとしたら……

しばらくのあいだ、彼は立ってあたりを見まわしながら、考えていた。壁の上に、白いエナメル塗りの、薬を入れておくらしい小箱がおいてあった。彼は、それを開いてみた。いくつかの壜があったが、ガラスの栓のついた長目の壜に、透明な褐色の液体がはいっていた。用心をしながら、彼はそれをとった。

その時、彼のうしろで叫び声がした。ジーン・ラッドが、部屋にとび込んできたのである。彼女はいきなり壁炉の火ばしをとるなり、物凄い形相で彼のほうへつめよってきた。しかし、その間の短い時間が、フレンチにチャンスをあたえた。彼女に襲われる前に、彼は手にした壜をもとのところにもどすことができたのだ。そして素早く、彼は彼女の腕を押えた。彼女をしずめるために、彼は全力をふりしぼった。彼女はさかんにわめき立て、ひどい言葉で彼をののしったが、やっとのことで、その腕を押えつけて、おとなしくさせた。彼女は、力が抜けたみたいにがっくりとなってしまった。フレンチが彼女をベッドに寝かせようとしていると、入口にラッドの肝《きも》をつぶしたような顔が現われた。

「奥さんは、頭が少し」と、フレンチがいかにも気の毒だという調子でいった。「医者を呼んだほうがいいよ」

フレンチは、ラッドが電話のあるところへいくあとについていったが、ラッドは電話をかけなかった。いろいろと考えた彼は、フレンチのいうとおりにするふんぎりがつかなかったのだ。フレンチは、少しも急ごうとはせず、やがて寝室にもどっていった。そのときに、悲鳴が聞こえた。ラッドも、フレンチのあとを急いで追った。

「とんだことだ」と、フレンチが力のない声でいった。「落ち着いて聞くんだよ、奥さんが青酸を飲んだんだ」

ラッドが、あえぎながらいった。「どうにかならんかね？」

フレンチが、首を振った。「気の毒だが、あと二、三分だ。もう意識はない」

医者は、すぐに来てくれたが、そのときは彼女はもう死んでいた。

あとでフレンチは、ラッドの立場というものを充分に考えながら、彼の意見を述べた。「あれは、精神の安定を欠く者が、自分の一番愛する者を急に憎み出すという、よくあるケースだったんだよ。あの薬品を送ったときの彼女は、もう頭がおかしかったと思うね。それからの事態は、すべて彼女の予想を裏切った——ぼくという者が現われたし、薬は爆発しなかった。当然彼女は、ぼくがじゃまをしていると思ったにちがいないし、それからは、ぼくたちふたりを見張っていたと思う。そこへ、電話をかけたりしたものだから、なんだろうと思って、かげで電話を聞いていたんだね。ぼくたちが壜の中味を知っているとは思わなかった彼女は、あの電話でそれを知った。そこで、証拠を残しちゃいけないと、そればかりを考えた彼女は、夜のうちに酸を抜きとって、酢に変えておいた。そしてもちろん、彼女はそれを処分してしまおうと思っていたのだが、ぼくがあの壜をもっていたところを見て、ぼくがいっさいを知っていると気がついたんだよ」

この見解は、警察も検死官も、正式に承認したのだが、しかし、当のフレンチは釈然としなかった。彼は、ジーン・ラッドが近所の男と怪しいという噂も聞いていたし、彼女は自由と金をめがけてやったんだという疑念も、彼はもっていた。そこで彼は、自分だけの捜査をしてみたのである。彼女が薬品を買ったロンドンのある薬局にいってたずねてみると、硫酸塩は「うわ薬のはげた流しをきれいにするため」といって買っているし、塩素酸カリウムのほうは「雑草を取り去るため」としてあった。そして、青酸カリの致死量以上のものが、彼女の父の薬局から消えていたこともわかった。かつて父のところで調剤をしていた彼女は、そのありかを知っていたわけである。かりに父に見つかっても、まさか娘の彼女のことをいいはしないだろうと、思っていたらしかった。タイプライターは、友だちのを借りていた。あの計画は、甥の職業というものからヒントをえて考えたものではないかと、フレンチは想像した。彼女はおそらく、甥に嫌疑はかかるだろうが、しかしその証拠は見つかるはずがないのだという、計算をしたのだろう。最後にフレンチは噂の、その近所の男というのは、小荷物が発送されたときには、自宅にいたことを確かめた。こうした事実から、あの事件はジーン・ラッドが単独でやったことだという結論に、彼は到達したのである。だから、必要もないのに泥をかきまわしたところで、親友を傷つけるだけで、法律の目的にはなにひとつ役立たないのだから、そんなばかなことは止めたほうがいいのだ。フレンチの本心は、はっきりしていた。彼の努力によって、親友は助かり、犯人は死んだのだ——それ以上のことは、望むほうがむりなのだ。

最上階

ガイ・キースが、文字どおりあっけにとられたという顔付きで、警部の顔を見つめていた。ぼくが、逮捕されるんだって！　ヴェラ・ピータースン殺しで！　そんなこと、ありっこないじゃないか！

留置場にぶち込まれてひとりになってからも、そんなはっきりした証拠が見つかるわけがないと、思いつづけていた。彼の計画は完璧だったし、それを彼はまちがいなく実行したのだ。警察は、彼をひっかけようとして、かまをかけているんだ。やけ気味の彼は、もう一度自分のやった手順を振り返って考えてみた。そうしているうちに、不安がしだいにおさまってきた。おれがやったという証拠が、あるはずはないじゃないか。まず、動機についてである。

彼は、自分の地位を考えてみた——大した稼ぎではないが、とにかく社会問題をテーマにした小説を書いて原稿料をもらっている作家である。ひとり者の彼は、郊外のちょいとしたホテルにひと部屋もっていた。大工仕事の好きな彼は、ガレージを借りて小さな車をおいとく一方、その隅のほうに小さな大工仕事の場所を設けておいた。

ヴェラ・ピータースンはタイピストで、作家仲間の推選によって、彼の著述をタイプさせるためにやとったものだった。ふたりは、おたがいに好きになり、しげしげと会うようになった。そして、その関係はいよいよ親密の度を増していって、しばしば週末をいっしょに過ごすようになり、二度もフランスへ旅行をしたほどであった。しかし、キースは人目につくのをいやがった。ふたりは、もっぱらヴェラのアパートで会うことにしていて、たまにそのほかのところで会ったとしても、決してキースのホテルにはいかなかった。

そうした関係がずるずるとつづいて何ヵ月かたった頃に、キースの生活に新しい方向をあたえるような事態が起こった。ある日のこと、彼が自分の本の出版社を訪ねると、きれいな若い女性が出迎えた。出版社の主人の娘で、キースはそこで紹介されたあと、彼女といっしょにそこを出た。やがて、このふたりのあいだにも、前のよりももっとありきたりなやり方で、親密度が増していった。彼女の歓心を買おうとするキースの努力は、喜んで迎えられたのである。そこで彼は、思い切ってプロポーズした。そして、意外にもその場で承諾されたのである。

彼のリディア・バックハウスに対する気持が、純粋なものであったことは本当だった。しかし、それだけではなかったのである。彼は、彼女と結婚すれば、彼の仕事のほうもうんと変わってくるものと、考えたのだ。それまでのところ、彼の本の売れ行きはまあまあというところだったが、これが出版社社長が彼の義父ということになれば売れ行きもぐっとふえるにちがいない。ヴェラとの問題を除けば、前途はまさに理想的というべきだった。だが、ヴェラとのことは、そう重大に考えることもなかった。それは、不愉快なことではあるだろうが、深刻な問題とはならないだろうと、彼は考えたのである。彼とヴェラとの仲がそんなに長つづきしないものだということは、誰でもが考えることであって、彼女だってそうした事実を認めないほど、頑固でもないだろう。

だが、その彼は、非常に幻滅を感じたのである。彼が、言葉上手にことの成り行きをヴェラに打ち明けると、彼女はまったく自制力を失って、取り乱してしまった。ひとをいいかげんいじくり回して、いやになったら捨てるなんて、あたしは子供のおもちゃじゃないわと、彼女はまくしたてた。これまでに何度も、きみに対する気持は変わらないと誓ったじゃないか、そのとおりにこれからだって変わりはしないよ、と彼は弁解につとめた。そうして彼女を説き伏せようとしていた彼に対して、彼女がとっておきの言葉をたたきつけた——彼女は妊娠しているというのだ。

その言葉の真偽のほどは、キースにはわからなかったが、少なくともひとつのことははっきりしていた——ヴェラは、何をするかわからんということだった。彼女はやろうと思えば、彼とリディアとの結婚をぶちこわすことができるだろうし、また必ずそれをやるにちがいない。

キースは、むずかしい立場に立たされた。一方では、リディアと結婚すれば、楽しい家庭がもてるし、本も売れて金持になれる。また一方では、ヴェラという女性がおり、このヴェラは、その偏狭な考えから、嫉妬のあまり何をしでかすかわからない。そして彼はいまや、ヴェラという女だけでなく、彼女に関したことすべてがいやになってきた。あんな女と結婚したら、幸福になれないばかりか、双方が一生みじめな生活をしていかなければならないだろう。

ところで、どうしようもない恐ろしいことは、こうした状態から逃がれる道は、ただひとつしかなかったということだった。彼が、さらにむずかしいことに耐えさえすれば、ヴェラのことなど心配しなくてもすむようになる。

そのことを考えていたキースは、動機がわかってしまったら万事休すだが、彼の計画にはスキはないから、罪になるようなことはないとは思った。しかし、裁判沙汰になることはありうるから、そうなったら彼の経歴に傷がつくことになって、やはり不利だ。しかしそこで彼は、覚悟をきめた。動機がわからんように、やればいいのだ。ふたりは、不必要なくらいに慎重にやってきたのだから、動機に関する限りは大丈夫だ。

さて彼は、計画を練りはじめた。

計画の骨子は、ヴェラがアパートからとびおりて自殺をしたと、見せかけることだった。彼女のアパートは、郊外にある大きな建物の最上階にあり、とても高いので、付近の建物からは見えなかった。窓の真下は狭い道になっていたから、彼女のからだがそこで発見されるという仕組みにすればいい。かわいそうに、あの女は窓からとび下り自殺をしたんだよ、ということになるだろう。

このようなことにするために、キースは一所懸命にやった。まず彼はヴェラと会った。そして、いろいろと考えたが、やはりふたりが結婚するのが本当だと思うので、近く彼のほうから訪ねていって、結婚のことで相談をしよう、というふうに持ちかけた。これは、時を稼ぐ手段であった。

それから三日して、計画はできあがった。

次の日の午後五時頃になると、彼は長目のマニラ紙の封筒をくさび型に折った。そして、その封筒と手製の棍棒をポケットに入れ、原稿の束をわきに抱えると、彼女のアパートにいった。

「ミス・ピータースンは、いまいるかしら？」と、エレベーターを待っているあいだに、彼は門衛にたずねた。

「はい、いると思いますよ」と、男が答えた。「あのかたは、六時頃に出かけることはありますが、それより早いことはまずありませんから」

「新しい仕事を、持ってきたんだよ」キースは、エレベーターで上がりながら、原稿を見せた。このかんたんなやりとりは、計画の一部であった——あとで門衛が尋問されることがあったら、そのときの時間を覚えていていうだろうという計算だ。

エレベーターは十階までで、キースは十一階まで歩いていった。彼は、ここの廊下を歩くたびに、なんとみすぼらしいところなんだろうと思うのだ。ヴェラの部屋もまた貧乏くさくて、本当に必要なものしかおいてなかった。こんな苦しい生活をしている彼女のことだから、どんなチャンスでもつかまえて、少しでも楽になろうとするその気持は、彼にはわかる気がした。

彼女の部屋にはいると、彼は原稿を渡した。「これでやって来たんだよ」と、彼はにっこり笑った。

彼女が、それをわきにほおり投げた。「なにもわざわざ、こんなことしなくたっていいじゃないの」と、彼女がはっきりといった。「わたしと結婚する気なら、もっと堂々とやってくればいいでしょ」

「つい、いままでのくせでね」と、彼がいった。そして、彼女のほうを見ないでつづけた。「よくもこんな暑いところにいられるね、ヴェラ。ぼくには、息もつけないくらいだよ」そして彼は、こっそりとハンカチの上から窓の取っ手を握って、窓をあけた。

「暑いんですって？」と、彼女がやり返した。「どうかしてるんじゃない？　こんなに寒いのに」といいながら、彼女がまた窓をしめてしまった。

取っ手に彼女の指紋だけを残しておきたかったキースは、内心しめたと思った。万事がこの調子でいけば、ことはかんたんなのだが。ふたりは窓のところにいたが、彼女が背を向けたときに彼は近寄って、いきなり力をこめてなぐりつけて殺してしまったが、彼女の髪が濃かったために血は出なかった。やった瞬間、とてもこわくなるものと思っていたが、冷静でちゃんとしている自分を意外に思った。ゴム手袋をはめて、衣装簞笥《たんす》をあけると、死体をその中にかつぎ入れた。これは万一、仕事が完了する前に、門衛がはいってきた場合を考えたうえの措置だったのだ。

鏡台の上にあったヴェラのハンドバッグから、アパートの鍵を取ると、ドアのところへいって耳をすましたが、外はまったく静かだった。ドアをあけて外に出て、静かにドアをしめた。

引き上げる前に、もうひとつのことを、やっておかなければならない。短い廊下の端に、非常階段に出る口があった。ここのドアの錠は、あわてているときにもできるように、かんぬきを上にあげて押せばあくようになっており、彼は前に来たときにそれがかんたんにあくものだということを、見届けておいたのである。そのドアを彼はあけて、あいだに例の封筒でこしらえたくさびをはさんで、軽くしめておいた。ここでも彼はついていた、というのは、その日は風の強い日だったのに、お茶の頃には風もやんでしまっていたので、錠をおろしてないドアをばたーんとあけてしまうようなことがなかったからである。

これで、ひとまず終わった。彼は一階歩いておりて、エレベーターを呼んで下におりて、外に出るときにまた門衛に何か話しかけておいて、ホテルにもどった。そして、事務所からガレージにいくときに、「電話があったら、ぼくは仕事場にいっているから」といい残しておいた。

そこで彼は、大工の仕事をしていたが、これはガレージにいたというアリバイをつくるためであった。だが、その仕事は、日が暮れるとやめた。六時になると、計画のもっとむずかしくて危険な部分を、実行しなければならなかった。彼のもっているあらゆる冷静さと勇気が必要だったのである。彼には、必要なことを遂行できるという自信はあったのだが、それにもかかわらず大事をとって、酒のいっぱいはいった壜をポケットにしのばせていった。

彼は、ゴム手袋をはめ、黒っぽいオーバーとハンティングに身を固めて、かねて用意をしておいたかんたんな変装をした。彼は、こっそりとガレージを出て、ホテルの近くを通らないように回り道をして、本道に出た。オーバーの下には短いひもと、かねてつくっておいたふたつの道具をかくしていた。そのひとつは、三フィートほどの長さの鉄の棒の片方の端には鉤《かぎ》をつけ、いま一方には、一フィートごとに固い結び目をつくってある六フィートほどのロープをつけたものであり、いまひとつは、両端を曲げてある、短い丈夫な針金であった。

変装はしているものの、なおかつ見とがめられないように大事をとって、彼は裏通りを選んで彼女のアパートの庭に着いた。そこは、業務用の土地であると同時に居住者の駐車場をも兼ねていたが、非常階段の降り口はここにあった。キースは、こっそりとその降り口までいった。階段の下のほうの部分が引き上げられていて、これは上からしかおろすことができなかったので、そこからのぼっていくわけにはいかなかった。ここで、彼の道具が必要になるのである。彼は背のびをして、例の鉄棒の鉤のほうを階段の手すりの端にひっかけておいて、結び目のつけてあるロープをよじのぼった。そしてのぼりつくと、下から見られないようにつなを引き上げておいて、静かに階段をのぼっていった。街灯や窓のあかりで、付近はかなり明るかったが、黒っぽい服装の彼は見とがめられずにすんで、ほっとした。いまにも雨が降ってきそうではあったが、とにかく静かな晩で、まだ降ってはいなかった。彼の仕事がすむまでは、どうやらもつだろう。彼は、まだついていた。雨が降りだしては、仕事がえらくやりにくくなるからである。

彼はついに、非常階段の最上部に達したが、くさびをはさんでおいたドアは、そのままになっていた。そのドアは外側には取っ手がついていなかったので、道具なしではあかなかったが、その道具を彼は持っていたのだ——例の端を曲げた針金である。その針金をドアの下から差し込んで、曲がった部分を縦にすると鉤になって、ドアはかんたんにあけることができた。彼が耳をすますと、あたりは静かだったので、中にはいってドアを引きよせておいた。

彼は、足音をしのんでヴェラの部屋までいき、彼女からとった鍵で中にはいって、ドアをしめておいた。部屋の電気をつけておくべきか、消しておくべきか、しばらくのあいだ考えた末に、ヴェラだって暗闇の中では自殺はしなかったろうと考えて、つけておくことにした。それから彼は、鍵をヴェラのハンドバッグにもどし、彼女の指紋が消されてしまわぬように、ナイフを使って取っ手を動かして窓をあけた。高さの関係で、彼は見られなかったと思って安心した。

ここまでは、彼は実に落ち着いて行動をしたが、その次の恐ろしい仕事をするときは、全身が震えた。彼は何度か躊躇したが、これをやらなきゃ自分の命が危ないのだと考えると、やらないわけにはいかなかった。彼は、衣装簞笥をあけると、死体を持ち上げて窓のところへ運んでいった。部屋の中が明るいので、思い切って立ち上がるわけにはいかず、彼は窓の下枠のかげにひざまずいた姿勢で、死体を少しずつ下枠の上に押し上げた。まもなく下枠にのった死体は、しばらくそのままでいたが、やがて、暗闇の中に落ち込んでいってしまった。

キースは、びっしょり汗をかいて、震えながら窓辺から離れた。やってしまうと、落ち着いてきて、それからあとは割合に冷静に行動できるようになった。彼は、衣装簞笥の中の服をちゃんと直してから、扉をしめた。それから、もう一度あたりをよく見回してから部屋を出て、ドアをしめた。そして、誰にも会わずに、非常階段のところまで歩いていった。

さて、あとひとつだけ残っていた。彼は、ポケットからひもを取り出すと、それをドアの錠にひっかけて、その両端をドアの下からそとに出しておいた。そうしておいて、彼は外に出てドアをしめてから、錠がかかるように、ひもの両端を引っ張ってかんぬきをおろしてから、こんどは片方の端を引いてひもを引き抜いた。それから彼は、非常階段をおりて、来たときのように階段にロープをひっかけておいて、それを伝わって地面におりてから、ロープをはずして庭を出たのである。

ホテルに帰る途中で、ひとけのない引き舟道のまっ暗な水の中に、鉄棒とロープと、針金とひもを投げ捨てた。そして、いつもの時間にホテルにもどった彼は、いま仕事場から帰ったというような顔をして、夕食をたべた。

警察にたずねられるようなことがあったら、彼はこう説明するつもりだった。五時頃にヴェラに会ったら、なんだか元気がなさそうだった。彼が、どうかしたのかと聞くと、彼女はどうもしていないと答えた。

留置場の中で事件を振り返ってみたキースは、やがて身内に元気がよみがえってくるのを覚えた。人体が落ちてきたのは、彼が彼女のアパートを出てからのことであり、それからは彼は彼女のアパートへはいっていない、ということの証明は、充分にできた。正面玄関からはいったとしたら、門衛がいるからわかるはずだし、それに唯一の入口である非常階段は、外側からは開閉できないので、これも問題にならないはずだ。いいや大丈夫だよ、とキースは自分にいいきかせた——そんな疑いはみんな理屈に合わない、おまえは大丈夫なんだよ。

「ガイ・キースという男は、おれの殺人計画なら、絶対に警察の裏をかいてやれるという自信を持っていたんだがね」と、のちにフレンチ警視が同好の士の集まりで語っている。「ところが実際問題として、あの計画じゃあ、ちょいと頭のいい小学校の生徒をだますこともできないよ。彼は、ふたつのまちがいをやらかしているんだが、そのひとつは、計画の基本的な欠陥であり、いまひとつは、その計画を実行するさいの見落としなんだね。いまここで、しろうと探偵を気取っている諸君にいっておきたいことは、この事件の記事を読んでみると、いまいったふたつのまちがいがとてもよく書かれているので、諸君にもそれがよくわかるだろうということなんだよ。

かわいそうな女の落ちたことには、ちゃんと目撃者がいたんだ——道路上を走ってきた車のまん前に落ちてきたんだからね。ドライバーがうまく車をとめて、もよりの公衆電話から警察と医者と救急車とに電話をした。もよりの警察から、ハント警部が現場に急行した。

それにつづいて警察医がやってきて、一分とたたんうちに、キースの計画における基本的誤謬を発見したというわけさ。ハントが、それを話してくれたんだがね。グレー医師がハントをからかっていったというんだよ、いつもいつも事故死や自殺ということじゃつまらんし、こんどこそは生活のためにも、ぜひなんとかしなきゃならんとね。そこでハントが、どういうわけだとたずねると、医者は死体の傷をさして、これは死んでから落ちて受けた傷だといったんだそうだ。それからなおも調べてみた結果、落ちるかなり前に、少なくとも一時間前には死んでいたといったんだそうだ。

つまり、ここにキースの基本的な誤謬があったんで、これによってはじめっから、殺人ということが証明されていたわけなんだね。土地の警察署員も、総出でかかっているというので、そこの警察長が警視庁に協力を求めてきた。そこでわたしも部下を連れて出かけていって、見てみたんだ。そしてわたしは、キースの第二のまちがいを発見したんだが、それがつまり、計画実行に当たっての見落としだったんだ。これによって、犯罪のやり方がわかったばかりでなく、ホシの指紋が検出されたのさ。

それからは、捜査もかんたんになった——指紋の主を捜せばいいんだからね。女のメモから、彼女はかなりつき合いが広かったことがわかったので、そうなると、その男や女の指紋をいちいち照合してみなければならないわけだ。ところが実際には、そこまでやらずにすんだ。というのは、最初に調べた男がホシだったからなんだ。その日の午後、女のアパートにいったのがガイ・

キースだったので、まず彼からはじめたってわけさ。

キースがホシだということがわかると、こんどは彼の計画に肉づけをしてみた。しかし、事件を裁判所に送るだけの証拠がなかったので、また新たに捜査をしなければならなくなった。技術的にいって、動機を証明することは必要ではないんだが、われわれは、できるものならやることにしているんだ。この点、われわれはついていたんだね。ついていなかったらだめだったろうとはいわんが――ついても、つかんでも、やれたとわたしは確信しているがね――ついていたんで、ほしいものが早く見つかったということだったんだ。偶然にも、彼女のアパートの門衛がある朝、用事があってパディントンにいったときに、キースとヴェラ・ピータースンがいっしょにいたのを見たんだね。そして、彼らのそぶりから見ても、偶然いっしょになったものとは思えなかった、というんだよ。これからヒントをえて、われわれはすぐに、彼らの泊まったホテルを捜し出した。それからさらに調べた結果、最近キースがミス・バックハウスと婚約したことが判明した。そういうわけだったので、ぼくは自信をもって公訴部長に報告をしたというしだいさ。

さて、次は手がかりだが、それは殺人者の指紋を露呈してしまったことによって、犯罪のやり方を示してしまったというキースの第二のまちがいだったんだね。非常階段の上のほうの階段のところで、ぼくは折りたたんだ封筒を見つけた。それにつけられた跡から、ドアのあいだにくさびとしてはさんでおいたことがわかった。ドアをあけたときに落ちたのが、そのままになっていたんだね。これをやったのは、だいたい殺人が行なわれた頃のことだったらしい――それより早ければ、風で吹きとばされてしまっただろうし、十分あとには警官がきていたのだからね。この紙のくさびによって、アパートにはいっていく方法が判明した。だが、それだけではない。キースの指紋が検出されたのも、実にこの封筒だったんだよ。あとでキースが認めたように、彼は自分の部屋でその封筒を折りたたんで、そのままアパートに着くまでゴム手袋をしなかったんだよ。

とるに足らないような手落ちと思うかもしれないが、こいつのために、キースはお手上げになってしまったというわけさ」

フロントガラスこわし

これからお話しすることは、どうぞみなさんが私の二の舞いをされないようにという、私の心からの警告として、聞いていただきたいのです。犯罪に手を出してはいけない、自分ではどんなにいい計画だと思っても、必ずどこかに欠陥があるものだということが、私の忠告です。私の場合にしても、すばらしい計画だと思っていました――いや、まさに完璧だとまで思い込んでいたんです。ところが、そうではなかった。確かに私の計画には見落としがあった、しかし、それはなんとかいい抜けができると思っていたんです。しかし、私が恐れ入ってしまったのは、かりにそんな見落としがなかったとしても、警察は、私が犯行を否定してもむだなようにちゃんと証拠を揃えていたんです。

まじめな執事《バトラー》だった私、ジョン・ロレットを、泥棒からついには人殺しにまで転落させたのは、いうまでもなく金ほしさからのことだったんです、私は、富裕な独身者で下院議員のヴィンセント・プレーフォードさんのところで、なに不足なく使っていただいておりました。邸内の使用人は、私のほかに、家政婦兼コックと、女中のジェニーでした。ときどきお泊まりになるお客や、週末を過ごしにこられるかたがありました。これから私が申し上げる事件当時には、主人の甥のグリムショーさんがみえておりました。このかたは、ときおりみえたのですが、せいぜい一晩か二晩しかお泊まりにはなりませんでした。そのほかにもプレーフォードさんは、よく昼食や夕食にお客をされましたが、別に骨の折れることではなく、私は満足して働いていたのです。ところが、女中のジェニーというのがなかなかの美人で、私はすっかり惚れてしまったのです。彼女は私がパブ（飲み屋）をやれるようになったら、結婚してもいいといったのですが、そこで問題は、いかにしてそのパブを手に入れるかということになったわけです。

　要するに、問題は金です。私にそんな金のあるはずがない。なにしろ計算をしてみると、あと二十六年働かないと、パブを買いとるだけの金はたまらないことになるのです。ジェニーにはハッパをかけられますし、私もなんとかしなければと、思ったんです。

　しかし、いろいろと考えているうちに、つい悪事を思いついたのです。プレーフォード家は、まるで博物館みたいにいろいろな貴金属で――東洋の宝石をちりばめた装飾品などの――いっぱいだったのです。それがみんな、テーブルの上においてあったり、陳列棚にならべてあったりしました。私にもどうもわからなかったのは、プレーフォードさんがそんなものに全然無頓着なんですね。スポーツマンとしては畑ちがいだったのかもしれませんが、それでいて、始終買い足していたんですよ。しかし、それをいじくり回して喜んだり、ならべなおしたり、数を調べてみたり、あるいはお客をよんで見せたりするようなことは、全然なさらなかったんです。

　ここまでお話しすれば、何が起こったかは見当がつくでしょう。ある日のこと、私は金の嗅ぎタバコ入れを棚から盗んで、そのあとを目だたないように、ならべなおしておいたのです。故売者に売ってやろうと思っているうちに、すぐにひとり見つかりました。かなり前におふくろがいただいたものだといつわって、その男に売りつけ、かなりの金が手にはいりました。そして、その金はある銀行に口座を設けて、預金しておいたのです。

一度うまくいくと、その味が忘れられず、嗅ぎタバコ入れにつづいて、小さな品物が次々とプレーフォード邸から姿を消し、反対に私の銀行預金は着実にふえていったというぐあいでした。おりをみてパブの値段を聞いてみた私は、この調子なら、一年以内にはパブの主人公におさまれるなと思いました。ぞくぞくするほどうれしくなった私はいっそう悪事にはげんだというわけです。

やがて二ヵ月ほど前のことです、よく本に書いてあるやつですが、一撃くらったんです。プレーフォードさんが私を呼んでいうには、結婚する姪への祝いに、小型の金細工の**ロケット**にはめこんだ小画像を一ダースそろえてくれてやるんだから、ちゃんと数をそろえて、きれいに磨いておけというんです。これには、まったく不意をくらいました――なにしろそのうちの三つをちょうだいしてしまったんですからね。一応は取りもどそうとやってみましたが、もう時もたっていることだし、先方もどこかへ売ってしまって、ありはしません。

私がどんなにあわてたか、それをここで述べるのはやめましょう。とにかく、このまま見つかれば、失業はする、ジェニーもパブの主人もおじゃんになる、そして刑務所行きということになり、出てきたら貧乏でみじめな暮らしという順序にきまっています――前科者がいい仕事にありつけるはずがありませんからね。それがいやなら、犯罪をやらかすだけですが、こんどは泥棒ではすみません。殺人です！　破滅か殺人か？　考えているうちに、いやになってきましてね。

どっちとも決めかねているうちに、ひとつのことにぶつかりました。プレーフォードさんが死んだら、どうにかなるだろうかということです。プレーフォードさんは、自分の財産がどのくらいあるか知っているものとして、ほかにも誰か、知っている者がいるだろうか？　遺言執行者たちが財産目録を見つけてしまったとしたら、プレーフォードさんを消しても意味がない。

ところで実は私はこのことを見越して、その点を調べておいたのですよ。それより六ヵ月ほど前に、私はプレーフォードさんの机の中を捜してみたら、何かわかるだろうと思ったんです。私は蠟を用意しておいて、さてある朝のこと、主人が風呂にはいったことを確かめてから、その部屋にはいっていって、鍵束を捜し出し、もっていった蠟で、それらしい鍵の型を取ったのです。そして、半加工の鍵を買ってきて、それをその鍵型に合わせて造りなおしました。あとで、プレーフォードさんが外出されたときに、その鍵を使ってみたら、うまく合って、ちゃんと机があいたんです。そして、主人がロンドンにいって泊まられたときに、決行しました。私は、すぐに財産目録を発見しましたが、それの付属覚書によると、その財産目録を使って保険証書を作成したと書いてあるではありませんか。

私は呆然としてしまいました。なぜなら、かりに私がその財産目録を破いてしまったところで、保険会社にいけば、その写しがあることになるからです。しかし、それを読んでいくうちに、また希望が出てきました。その目録はかなり古いもので、内容が現在ある物とはちがっていたからです。たとえば、小型の細工物などは全然はいっておりませんでしたので、プレーフォードさんがそれを買われたのは、そう古くはないということがわかりました。そこでわかったことといえば、四年前にプレーフォードさんと保険会社の間に証書について書簡の交換があったということだけだったので、私は安堵しました。その手紙には、戦後の通貨価値の変動と収集品の員数の増加とにかんがみて、保険金額と保険料もそれに準じて増額するものとする、と書いてあり、財産目録の訂正ができあがるまでは、個々の物件については保険会社は通常の条項に従って保険金を支払うとありました。

前にもいいましたように、これは六ヵ月ほど前のことだったのですが、私はもう一度、真夜中に書斎に忍び込んでいって、机の中を捜したところが、うまいことには、全部が前のとおりだったのです。

私は、もうひとつのことに気がついたのです。滞在しておられたプレーフォードさんの甥御のライオネル・グリムショーさんも、プレーフォードさんの遺言による四人の遺産相続人のひとりだったのです。私は、机の中の遺言書で、それを見ておいたのです。小型の工芸品をもらえるひとは、ほかにも甥御が二人と姪御がひとりおりまして、現金は四人に平等に分けることになっていました。私はグリムショーさんを殺人容疑者にしたくはなかった、というのは、私自身の身のためにプレーフォードさんを消すことはしかたがないとしても、私の犯した罪のために、何もしていないひとに迷惑をかけたくはなかったのです。やがて私は、あのかたがやるのでない以上、証拠が見つかることはありえないじゃないかと自分にいいきかせることによって、そうした心配を忘れることにしました。

こんなことを考えているうちに、私の決心はつきました。問題は、はっきりしている。完全な身の破滅に甘んじるか、それともプレーフォードを……！　両方とも、恐ろしいことであり、いやなことだが、はじめのほうがより恐ろしく、よりいやなことだ。そう考えた私は、さっそく計画をねりはじめたのです。

　計画はかんたんなものでした。もちろん、みなさんはご記憶のことと思いますが、ひところ、例の小球でやたらに車のフロントガラスをこわすという事件がありましたね。あれは、とうとう犯人はわからずじまいだったと思うんですが、少なくとも私は、判明したということを聞いておりません。プレーフォードさんは、その意味では最悪の場所に住んでおられたということになります――イーシャー（ロンドンの南郊外）からほど遠くないポーツマス・ロードなんですが。私は、このアイディアを使えば、やはりあのいたずらだったのか、ということになるかもしれないと思って、そうすることにきめたのです。銃については、むずかしい問題はありません――スポーツ好きのプレーフォードさんは数挺持っていたのですから。私の腕さえしっかりしておればよかったのですが、それがちょうど、私は射撃がうまかったのです。それに、なによりつごうのよかったのは、これを使えば、絶対に安全だったということなんですよ。

＊　フロントガラス破壊事件のこと＝当時イギリス内相サー・デイヴィッド・マックスウェル・ファイフが、ロブスン・ブラウン氏（イーシャー）に送った書面による返答によると、一九五一年一月一日から一九五四年一月十六日までの間に、イーシャー市のポーツマス・ロード上で六十七台の車のフロントガラスが破壊されたと警察に報告されている。そのフロントガラスの大部分は、硬質ガラスでできているものである。警視総監のいうところでは、右破壊行為が悪意から出たものであると信ずべき理由はない。（一九五四年、一月二十七日付、デイリー・テレグラフ紙）

偶然にも翌朝が計画実行には絶好ということになりました。朝食のあと片づけをしながら耳にはさんだところでは、プレーフォードさんはロンドンにいかれて、昼食には帰ってこられる、グリムショーさんは午前中ゴルフをなさるというのです。好機逸すべからず、と私は思ったんです。私は、プレーフォードさんの仕度を手伝ってあげながら、グリムショーさんがクラブをかついで出ていかれるのを見ておりました。約三時間の準備時間が、あったわけです。

まもなく私は、銀器の掃除を始めました――これは私の日課のひとつだったのです。私はわざわざ、私のそういうところをジェニーに見せるために彼女のところへいったのですが、そのときに彼女が二階の掃除にいくので、しばらくのあいだは、私のいる食器室にはやってこないということを確かめたのです。時間をみて、私はプレーフォードさんの銃をおいてある部屋にいって、小型のライフル銃を選びました。あのかたはガン・マニアでして、よくお客に見せておりました。そのために、ケースには入れずに、裸のままで銃架にかけておかれましたから、それを掃除するのは私の役目だったんですが、ほんの少しでもゴミをつけておこうものなら、それこそヴェスヴィアス火山の爆発みたいなお小言をちょうだいしたものでした。ゴム手袋を使おうかとはじめ思いましたが、はめないことにしました。どうせ銃には、私の指紋はやたらについているのですし、それに銃を使うときには、そんなものをしていないほうが、はるかにねらいよかったからです。

この小型ライフル銃――ストーティングのものでしたが――は、とてもすばらしいものでした。プレーフォードさんが猟に使われたものなのか、軍人が使ったものなのか知りませんが、とにかく私の希望どおりの銃だったんです。私は、射撃にかけては自信がありますから、必ず仕止めてみせると思っていました。私は、一挺抜き取ったのをごまかすために、他の銃を掛けなおしておいてから、ライフル銃に弾薬を装塡《そうてん》して、それを園芸用のコートの下にかくして、森の中を道路のほうへ出ていきました。道路の五十ヤードほど手前までがプレーフォードさんの土地で、それから道路までは公有地だったのです。そのへんは典型的なサリーの荒野で、背の低いモミやカバの木の間に、ときおり大きなモミの木が立っていたりしました。何よりよかったことは、森がこんもりしていたということです。おかげで私は、誰にも見られずに、道路から数ヤードのところまで出ることができました。また、ロンドンからの車がひっきりなしに通っていました。私は、イモムシみたいに道のすぐ近くまではっていって、そこのしげみにかくれて、待っていました。まもなく、プレーフォードさんの車がくるのが、見えたんです。ひとりっきりで、道の端のほうを運転してきました。その瞬間、私は何もかもがいやになり、大声で叫びたいような気持になりましたが、しかしすぐに、この機会をはずしては永久にないぞと思ったのです。しっかりと銃をかまえて、車の近づくのを待ちました。そして、放ったのです。実にみごとな感じでした。プレーフォードさんのひたいに、ぽつりと点ができたのが、よく見えましたよ。

車は左にそれて、道の外にとび出して、木にぶつかってひっくり返りました。しげみの中をはって逃げるときに、その付近にたちまち車がたくさんとまって、中からひとがとび出て歩き回っているのが見えましたっけ。ライフル銃を持って帰るわけにはいきません。警察に見つかる心配があります。弾丸が発見されれば、銃がわかってしまうでしょう、そうなっては私にとってまずい。そのうえ、どうせ取調べが始まるでしょうから、銃をきれいにしておく時間などないと思ったんです。そこで私は、そこの木によじのぼって、枝の陰に下から見えないように、銃をかくしたんです。もちろん、一時的の方法です。夜になったらウェー川に投げ捨てようと、思っていたんですよ。それから私は、急いで家に帰って、また銀器の掃除をしていました。そこまでは大丈夫だと思った、なぜなら、行きにも帰りにも、誰にも見られはしなかったという自信が、私にはあったからです。

まもなくグリムショーさんが、ゴルフから帰ってこられましたが、それから十分ほどすると、警官が道路のほうから、ニュースを知らせにやってきました。それからあとのてんやわんやは、みなさんの想像にまかせましょう。まるで黒山のように集まった警官が、そのへんを歩き回ってはたずねる。やがて彼らは、ライフル銃がなくなっていることに気がついて、私にそのことをたずねました。だが、その返事は、ちゃんと準備をしてありました。私はこういったんです。――この前、プレーフォードさんがスコットランドに旅行されたときに持っていかれたが、そのまま持って帰られなかったところを見ると、どなたかにあげたのではないかと。彼らはなおもたずねましたが、私が、その銃をケースに入れて車に積んだことまで、はっきり覚えていることを話しますと、彼らは納得したようでした。

捜査は、だらだらとつづきました。そのあいだ、彼らはだいたい邸内にいたのですが、彼らが何を目がけているのか、私には皆目わかりませんでした。彼らはどうも、グリムショーさんにばかりたずねることがあるらしくて、私のほうはほうっておかれたのです。そして結局、私は事件後、約一週間たってから、もっと知りたいことがあるから捜査本部まで来てもらいたいといわれるまで、ほうっておかれたわけです。

　私は、まいりました、行かざるをえませんですからね。なんでもありゃしないと思いながらいったんですが、向こうにつくと、ようすが変わってしまったんです。なんともいいようのないほど不愉快で、警官から何かたずねられるたびに、いよいよ不愉快になっていったのです。とくに警視――フレンチという男でしたが――とくると、恐ろしいひとでした。

「ところでロレット」と、彼が言い出したんです。「こういう事件では、われわれは事件のときに居合わせたひとたちに、注意をすることにしているんだが」といって彼は、私の返答は証拠になるのだからと、長々と話しはじめたんです。「われわれの捜査のやり方について教えておいたほうが、いいと思うんだよ。そのほうが、きみとしても協力しやすいだろうからね。まず最初に、故人が小画像を贈る約束をした姪という女がいうには、その小画像を調べてみたら、三つだけ足りんというんだね。彼女は、故人からもらったという手紙を見せてくれたが、それには十二個あると確かに書いてあるのに、実際には九個しかないというんだ。なに、きみ、いま何かいったかね？」

　とにかく、いやなスタートでしたが、私は、何もいいさえしなければ、べつに心配することはないと思っていたんです。私は、首を振っていいましたよ。「いいえ、べつに何も」

「とにかく」と、彼がつづけました。「それで、われわれも考えたんだ。そして、財産目録が見つかったのだが、それが古いやつだった。それから、あのへんを捜しているうちに、故人がある大きな会社に、かなりの大金を支払っていることがわかった。さっそくその会社にいってたずねると、その店は、つまりが仲介をしていたんで、何年も前から故人に頼まれて、同じような品物を集めてやっていたんだな。例の小画像を買ってやったのもその店で、十二個あったというんだよ」

そこでまた彼は話をやめて、じっと私の顔を見つめたのですが、こんどは私はひとことも答えませんでした。

「その店と、ほかの二、三の同業の店に協力してもらった結果、われわれは、完全なものとはいえないが、それに近い、新しい財産目録をこしらえてみた。そうすると、それらの店から故人に送ったはずの品物で、なくなっているものがかなりあったんで、われわれとしては、大いに興味をもったのさ。このことで、きみにはいうことはないかね?」

「ありません」と、私は答えました。「はじめて、うかがいました」

「それからわれわれがどうしたか、きみにもわかるだろう。紛失した品目を詳細に説明した書類をこしらえて、それを関係方面に回したのさ。すると、出てきた。質に入れてあったんだね。そして、それに何がついていたと思うかね?」

私は、できるだけ平気を装って、肩をすぼめてみせました。「私にわかるわけが、ないじゃありませんか?」

「わたしには、きみには見当がついていると思えるがね。われわれが発見したのはだね、ロレット」――そして、またもや私をじーっと見つめながら――「きみの指紋だったんだよ」

その瞬間、私はもうだめだと思いましたし、彼のほうでも、そう思っているようでした。そのときに、私にひとつの霊感がわいてきたんです。「でも」と、私はいって、「べつにふしぎはありませんよ。私はいつも、あの品々の掃除をしていたのですから、私の指紋がついていたところでへんじゃありません」

彼は、ちょっと失望したような顔をしましたが――と私には思えたのです――やがて、前と同じ口調でつづけました。「べつにふしぎはないかね？　あるいはそうかもしれない、が、しかし、この事実によって、われわれの注意はきみの上に集められたんだ。すると、いろいろなことが割れてきたんだ。きみの顔写真を回したことによって、きみがロンドンの銀行に口座をもっていることがわかったし、ふしぎなことには、預金したのはいつも質入れの直後だし、その金額もだいたい合っているんだよ。それからわれわれは、きみが結婚するつもりで、パブの値段をたずねて歩いていたことまで、突き止めたんだよ。わけがありそうじゃないかね、ロレット」

私は、物もいえませんし、動くこともできませんでした。冷たいこわいものが、私の上にのしかかってきたんです。これ以上悪いということは、ないような気がしたんですが、それでもまだ、まだこれは情況証拠だと考え、警察が私をつかまえるには、もっと何かを見つけなきゃならないんだと考えたんです。

フレンチ警視が、また話し出しました。「それはそれとしておいて、われわれは、ほかのところを調べてみたんだ。医者が、摘出した弾丸を見せてくれたんだが、しげみのかげに薬莢が落ちていたんだよ。それは、ストーティング・ライフルのものだった。ところで、警察の記録によると、故人も同じ銃を一挺持っていたはずなんだが、それが捜しても見つからないんだよ」

「そのことは、さっき説明しましたが」と私は口を出したんですが、どうもその声は泣き声みたいだったようです。このとき私は、非常に危険だと思ったんです、警察がまだ銃を見つけていないとすると、まだ木の上にあるということになるからです。あの銃は、あとでウェー川にほおり込むつもりだったんですが、警官が大勢いるので、危険でできなかったんです。

「きみは、プレーフォードさんが、あの銃をスコットランドへ持っていったっきり、持ち帰らなかったといったね」

「そう申しましたよ。そのとおりなんですから」

「だが、調べてみても、出てこないんだがね。故人といっしょに狩猟にいった友だちにも、その銃を見た者はいないし、故人がその銃の許可を取り消したということもなければ、誰かが新しくその許可を申請したという事実もない。が、その問題は、しばらくおくとしよう。きみは確か、あの銃をケースに入れて、ほかの銃といっしょに車の中においたといったね？」

「そのとおりです」そのときの私は、さては警察は、あの銃を見つけてしまったなと思ったものだから、もうこわくって、あとの言葉が出なかったんです。

「はっきりと、覚えているのかね」

「もちろんです」

「そのケースは、これかね」フレンチが、椅子のうしろからそいつを出して、たずねました。

私は、ひょっとすると、銃のほうはまだ見つけていないなと思って、やや自信を取りもどしたのです。「そうです」と、私は認めました。「それです」

そのとき突然、からだじゅうの血が凍ってしまったような気がしたんです。ちくしょう、ひっかけやがったな！　そのケースを、こわしておくのを忘れたんだ！　それがあったために、私の弁解は全部うそということに、なってしまったんです。ほかに何も出てこなくても、この私の弁解だけで、陪審員の考えはきまったと思うんですが、まもなく新しい事実が出てきたのです――警察が、ついにその銃を発見してしまい、おまけにその弾倉からは、私の指紋が検出されたのでした。

山上の岩棚

事の起こりは、若いジャックソンのばかが、町の物笑いになって、そのことが校長のウィロービー先生に知れてしまったことに始まる。やつが、どこかの娘を追っかけ回して、両親がかんかんに怒ってしまったのだ。そのこと自体は大したことではなかったんだが、そのままにほうっておくわけにはいかなかったのだ。ジャックソンは、ぼくのところにおいてやってたのだし、ウィロービー先生が処置をする前に、いかにもこれ見よがしに、ぼくに話をもちこんできたからだ。

ウィロービー先生というのは、あまりやさしくはなかったが、正直でてきぱきしたいいひとだったんだ――いうなれば、好きにはなれないが、尊敬はできるといったひとだったんだね。彼は、いつでも自分がこうと思う道をまっすぐに進んでいくひとで、ぼくら教師仲間では、ラバのように強情だという評判だった。もちろん、大きなパブリック・スクールの校長としては、それは決して欠点とはならなかった。

「ストーカー君か、はいりたまえ」と、彼は書斎にはいっていったぼくを、迎えた。五月のお天気のいい午後のことだった。「ジャックソンの件だろう？　まあ掛けて、タバコでも吸いなさい」

ぼくが、ドアをしめて彼の机のほうへいくと、そのとき別の入口のドアがあいて、ウィロービー夫人が彼を呼んだが、いかにも重大な用件のように聞こえた。すると、ウィロービー先生が急に立ち上がって、「いまいくよ」と叫ぶと、もう一度ぼくのほうを向いていった。「すまんが、ちょっと家内が話があるというから失礼する。すぐもどってくるから」そういうと彼は、もう一度ぼくに椅子をすすめて、出ていった。

そのときは、それだけですんだんで、これがまさかあとであの恐ろしいことになろうとは、夢にも思わなかったんだ。そこですわろうとしたぼくの目にはいったのが、机の上においてあった一通の手紙なんだが、ぼくは妙にそれを見ずにはおれなかったんだね。

それだけですんだと、ぼくはいったが、しかし、ぼくはすぐに、これはぼくの生涯を左右するようなことになるかもしれんと感じたんだ。妙な予感から、ぼくはそんなことをしてはいけないと思いながらもつい、その手紙の上にのせてあった紙をとりのけて、読んでしまったんだ。

それは、ハーレー・ストリートに住んでいるある医者からのもので、こんなことが書いてあった。「右のようなわけで、はなはだ申し上げにくいのですが、貴下は現在の職を辞《や》められて、できうればもっと温暖な土地に転地されて、徹底的に休養される必要があるものと愚考します」

ぼくは、手紙をもとのようになおして、腰をおろした。もちろん、ウィロービー先生のことは気の毒に思ったが、しかし、そのときのぼくの考えは、ほかのことに馳《は》せていた。このニュースは、ぼくにとってはショックだったんだ。このニュースからくる結果として、ぼくは自分のことを考えざるをえなかったのだ。幹事会の方針としては、機会があったら後進の教師を昇格させることになっていた。従って、校長をかえるとなると、英語科の主任のタウンゼンドかぼくかということになるということは、ぼくにわかっていた。またそれは、誰でも知っていることだったのだ。ウィロービー先生が就任されたときすでに、やがてはぼくらふたりのうちのどっちかが、あとをつぐということが、幹事会で正式に認められていたのだ。校長が失格ということになった以上は、いつまでもそのままにしておくわけにはいかない。そのうえ、ぼくらふたりの株がかなり上がっていることも、ぼくは知っていた。

そんなことを考えているうちに、ぼくの心に、嫉妬からきた憎悪感が燃え上がってきた。タウンゼンドがなるにちがいない。あいつは、陰謀家と呼んでもいいくらいで、これまでも、ぼくに運が向いてきそうになると、きまってあいつがさらっていってしまったのだ。ひとつひとつの例をあげるまでもなく、こんどもきっとあいつがそういう態度に出るにちがいないと、ぼくは思ったのだ。それはやつのことをいい人間だと思っている者も確かにいたが、誰もがそう思っているのではない。とにかく、ぼくにとっては、容易ならぬ事態となったのだ。

ぼくが校長の地位を望んだのは、ただ出世したいということだけではなかった。ぼくは、何年も前からジョーンと婚約しており、ふたりとも早く結婚がしたかった。しかしぼくには、年をとっているうえに、からだの不自由な母がいたので、とてもぼくの給料では、結婚することなどはできなかった。ぼくが校長になれたら、その両方がうまくやっていけるだろう。そうなれば、ぼくの人生にも、やっと春が訪れるのだ。

ぼくとタウンゼンドは、外見は仲よくやっていた。教師として公然といがみ合うことは、いいことでもなかったし、また許されもしなかった。それに、ぼくらは、ふたりとも登山が好きで、そんなことをする者は、ぼくら以外にはいなかったし、べつべつにではあったがぼくらは、スイスやそのほかの国々への登山遠征隊に加わったこともあった。しかも、二日後の土曜日には、スキッドーに登ることになっていたのである。

スキッドー！

とたんにぼくの頭に、恐ろしい考えがひらめいた。ぼくは、身震いをして、その考えをふり捨てた。だが、また襲ってきた、そして何度も、何度も。スキッドーだ、土曜日だ。

この誘惑と戦うのに、どんなにぼくが苦しんだかということを、ここで述べることはやめておこう。すべては、老母とジョーンのためだと、自分にいいきかせようとしてはいたが、ぼくの本心はやはり、何よりも校長という地位がほしかったのだ。とにかく、詳細な計画ができてしまったことで、事態はきまってしまった。計画は、かんたんで、確実で、そして安全なものであった。ぼくはもう、あれこれと思い悩みはしなかった。

その恐ろしい目的を達成するためには、ふたつの準備行動が必要だった。タウンゼンドとぼくとは、確かアデルボーデンでいっしょに買った同じリュックを持っていた。両方とも、どうやら使えはしたが、もう古くてやぶけていた。ぼくの最初の準備行動は、タウンゼンドのリュックを盗み出すことであった。

これは、決してやさしいことではなかった。タウンゼンドは結婚していて、寄宿寮の一階に住んでいた。ぼくは、何度もいったことがあったから、どこにリュックがおいてあるかも知っていた――玄関の間の、クローク・ルームに下げてあったのだ。問題は、その部屋にはいっていくことだったのだ。昼日中《ひるひなか》にいったら、そのへんに集まっている生徒たちに見られてしまうし、かといって、暗くなってからでは、錠がおりてしまっているにちがいない。

だが、延引は許されなかった。ウィロービー先生の件も、まもなく知れることであろうから、土曜日にはどうしても決行しなければならない。土曜日にやるためには、その日の晩にはリュックを手に入れておかなければならない。

結局ぼくは、ある程度の危険を冒すことにした。夜の予習時間に、ぼくは生徒たちに図書室へいって調べてくるように、ただし騒いだりしたら重い罰をくわせるぞといって、おどかしておいた。それから、急いで部屋にもどったぼくは、前もってきれいに掃除しておいたぼくのリュックをとると、タウンゼンド宅へ走っていった。

まだ薄暗い程度で、完全に暮れてはいなかったが、ことの成否はドアの錠がおりているか否かにかかっていた。ところが、まだぼくはついていたんだ——ドアは、まだあいていたのだ。中にはいって、足音を忍んでクローク・ルームのところへいった。タウンゼンドのリュックがいつもの場所にかけてあった。中には二、三のつまらぬ品がはいっていたのを、急いでぼくのリュックのほうに移してから、リュックを取りかえておいて、クローク・ルームの入口へもどってきた。

そのとき、ぼくの心臓がまさにとまった——玄関の間《ま》に誰かがいるのだ。ぼくは、音の立たないように、またうしろにもどってオーバーの陰に身をひそめた。と、足音がポーチからはいってきたと思うと、そとのドアのしまる音がした。やがてぼくは、それがタウンゼンドの下男のカリモアだとわかって、ほっとした。彼はなんとなく、玄関の間をぶらぶらしていたのだ。オーバーの下にかくれたぼくは、こんなことをしていて予習のほうをどうしようかと、それを考えて、いよいよ心配になってきた。やがて足音が遠のいていって、遠いところでドアのしまる音がした。

ぼくは、すぐさまとび出して、玄関のドアをあけると、そとに目をやった。誰もいない。ぼくは、充分に注意してドアをしめたつもりだったが、それでもがちゃりという音がして錠がおりた。ぼくは、影になっているところを部屋まで歩いていって、タウンゼンドのリュックをかくしておいてから、予習を見にもどっていった。みんなが静かにしていたので、ぼくは本当にほっとしたことだった。

その晩はそれだけにしておいて、翌金曜の晩、ぼくは部屋に錠をかけておいて、第二の準備行動に移った。それは、最初のよりもむずかしかった。わからないように、リュックがかついだ者の肩からすべり落ちるようにする、という仕事だったのである。

そのリュックは、負い皮で右肩に背負って、左脇に下げるようになっていた。はじめぼくは、負い皮の縫い目をほぐしてやろうと考えたが、そんなことでは、すぐには効果が現われないと思って、それはやめにした。

そこでぼくは、負い皮のバックルに目をつけた。負い皮のバックルでしめるところがすれて薄くなっていたうえに、バックルのとめ金を通す穴がひろがって、大きくなっていた。もしも負い皮が、穴がひろがって細くなっているところで切れると、まもなくバックルからはずれてしまうわけだ。

どうしたら、この皮が自然に破けるようになるかということが問題だったのだが、ぼくはそれも解決した。縫い針の先で、縫い合わせてある部分を突き刺して、うんと弱くしておいたのだ。これは、いかにも自然にいたんでしまったように見えた。

これで準備も完了して、土曜日の朝、ぼくはタウンゼンドといっしょになった。ぼくらはリュックを交換してかつぎ合ったが、彼はもちろん、交換の順序などは、考えていなかった。ぼくは例のバックルのとめ金を、傷をつけておいた穴のひとつ手前の穴に通しておいたので、大丈夫だった。弁当などといっしょに、ぼくはでこぼこの固い木の棒を、そっとポケットにしのばせておいたんだ。

やがて正午すぎに、ぼくらは、ぼくが前もって予定していたところまで登りついた。その先の十四、五ヤードが、がけの途中のとても狭い岩棚になっていて、とても危険なところだったのだ。そこから上も下も、ほとんど垂直の岩壁で、下の谷底までは三百フィートもあった。ここでタウンゼンドを落とすのだ、ぼくはそうきめた。しかし、やつのような熟練した登山家は、なまなかなことでは落ちるものではないので、ぼくは例のリュックの細工をしておいたのである。

ぼくの計画は、どんな天候でも成功するはずだったのだ。ここでも、運命はぼくに力を貸してくれたようだった。霧はかかっていなくて、登山には絶好だったと同時に、視界はややかすんでいたので、かりに誰かが下の谷から望遠鏡で見ていたとしても、とてもここまでは見えないという情況だったのだ。

ほんのちっぽけな草の生えた場所にきたときに、ぼくが声をかけた。「このへんで昼食にせんかね？」といってみたんだ。

タウンゼンドのやつは、頂上についてからにしようといって、反対した。もちろん、それはぼくには計算ずみのことだったが、やがて計画は、所期所望の場所で、実行に移された。彼が、進もうとして、くるりと向きをかえたところを、かねて忍ばせていた棒でなぐりつけた。彼は、倒れて動かなくなった。頭蓋骨がくだけたのがわかったが、帽子をかぶっていたので、血はほとんど出ていなかった。

ところでぼくは、かすんだ空というものが、必ずしもぼくの味方ではないことを知ったんだ。計画実施の直前までは、ほかに登山しているひとの有無を、確かめることができるものと計算していたのだが、その日の天候では、そうはいかなかったのさ。だから、死体を処分してしまうまでのぼくは、まったく危険にさらされていたわけだったんだ。従って、できるだけ急いでやることが必要だったし、ぼくは歯をくいしばって、その仕事にかかった。

まず、ふたつのリュックをはずして、草の上においた。それから、岩棚の上を死体を引きずっていった。道は狭かったうえに、がけのほうの側がくずれていた。とにかく、よほど注意してやらないと、一度足をすべらしたら、それでおしまいだったんだ。

うまく死体を投げ落とすためには、六ヤードほど進まなければならなかったが、しくじると自分もいっしょだと思ったときは、冷汗が流れた。いつもは冷静なぼくなんだが、このときだけは、恐ろしさですくんでしまった。急ぐなんてことは、問題のほかだった——そんなことをしたら、みずから危険にとび込むようなものだったんだ。一インチずつじりじりと進んだが、そのときの一分は、一時間にも思えたね。

やっとのことで、充分な距離までいった。しっかりと自分の足を踏んまえておいて、死体をころがした。それは、見るまにもやの中に消えていってしまった。恐怖感で、自分もいっしょに落ちるような気がしたっけ。だがぼくは、一所懸命になって岩にしがみついていた。そして、まるで失神したような状態で、草の生えている場所にもどってきた。

もうそれ以上はとてもだめだという気がしたが、しかし、仕事はまだすっかり終わっておらず、まだまだ危険なことはあったのだ。それから震える手で、できるだけ早くリュックの中身をとりかえて、タウンゼンドのリュックの負い皮についているぼくの指紋を消しておいてから、それをハンカチの上からつかんで、もう一度岩棚の端までもっていって、死体の落ちていったあたりを目がけて、リュックをも突き落とした。

そこでぼくは、気つけにがぶがぶと酒を飲んでから、こんどはぼくのリュックについたタウンゼンドの指紋をこすって消してから、それを背負って急いで山をおりてきたのだが、その途中で例の棒を、やぶの中へ投げ捨てておいた。下界におりたときのぼくは、まったくみじめな格好だったが、ぼくが山ででくわしたことを考えれば、それはむしろあたりまえのことだと思ったから、べつに気にはしなかった。ぼくの話を聞いた者は、いずれもただ驚いただけで、ぼくを疑っているようすは全然見えなかったので、本当に安心したことだった。

あとで警察では、ぼくはこういったのだ。岩棚に着いてからは、タウンゼンドが先に立って進んだといった。道の中ごろまでいったときに、彼がぐいっとからだを動かしたのが見えたが、それはリュックをつかまえようとしたためらしい、なぜなら、そのときにリュックが落ちていくのを見たからだ。そして、そのときの急な動きが彼にバランスを失わせたものと思われる。ふらふらっとなった彼は、夢中で岩にしがみつこうとしたが、手がはずれて、そのまま墜落してしまった。ぼくは、八フィートから十フィートくらい彼のうしろにいたので、彼を助けようとしたのだが、とてもまに合わなかった、等々。

この説明は、一応警察も納得した。あとで警察が、死体とリュックを発見したときに、ぼくにリュックの負い皮が破けていたといって、ぼくがそれに気がついていたかどうかをたずねた。ぼくはもちろん、知らなかったと答えておいた。

それから一日か二日してから、ぼくはいやな気持がした。警察は結局腑《ふ》に落ちないことがあったらしく、ロンドン警視庁に協力を頼んだのだ。フレンチ警視という、中年の快活そうな男が、警部を連れてぼくのところへやってきた。

「わたしも、こんど不幸のあった山に登ったことがあるんだが」と、事件のことを話していたフレンチ警視がいった。「いやなところですね」

「本当にいやなとこですよ」と、ぼくも同意した。「しかし、タウンゼンドのような経験の深い登山者には、そんなに危険ではないんですがね。岩にくっついていけば、大丈夫なんですよ」

「岩棚を通るときに、からだと岩の間にリュックがはさまって、それで押されて落ちたんですかね？」

「いや、そんなこと、ありっこないですよ。彼はどこにもぶっつけないように、充分な注意を払ったはずでしたからね」

彼は、うなずいてぼくに礼をいい、検死裁判でお目にかかりましょう、といって帰っていった。検死裁判は翌日開かれて、死体の身元確認ののち、ぼくが証言台に立った。このときもまたうまくいって、ことは数分間ですむと思っていたときに、フレンチ警視が証言台に立った。「警視、あなたはこの事件で、ある程度の捜査をされたのだが」と、検死官がいった。「その結果、発見されたことを、いってくれませんか?」

このときの彼の答えを聞いたぼくは、まさに自分の耳を疑った。「わたしは、破れた負い皮を調べてみたのですが、ほかの同じような負い皮数本を破るテストをみた結果、あの皮は偶然のことで破れるようなものではないと考えます。あの負い皮の強度は七、つまりあれを破るためには、リュック自体の七倍の重さが必要であることがわかりました。従いまして、それが破れるというのは、リュックがどこかにひっかかるかして、それを負っていたひとが強く引っ張ったといったような場合に限るのであります。ところが、ストーカー氏の言明によりますと、あのような難所では、リュックをどこにもぶっつけないためには、充分の注意が払われたということでありますから、遭難当時、ただいまいいましたような力が作用したということはありえないと思います。また、前から破れていたものとしますれば、それに気がつかなかったということは、ありえないと思います」

一座のものは、あっけにとられてしまったし、検死官までがあわててしまった。「警視、それは容易ならぬ発言ですぞ」と、彼がいった。「ほかに、何かありましたか?」

「はい。破れた個所を顕微鏡で見ましたところ、たくさんの穴があけられていることがわかったのであります。わたしは、それが縫い針で突き刺したものであると判断いたしました」

ぼくは、恐怖におののいてしまった。そして、震えながら警視のいうのを聞いていたんだ。「さらにそれ以外に、わたしが発見しました事実は、ほかのひとたちの証言によるものであります。つづけてもよろしいでしょうか？」

「ええ、どうぞ。いまの場合、要点だけをいってくだされば、こちらで証人からくわしくうかがうことにします」

「かしこまりました。縫い針で負い皮を切るためには、かなりの時間がかかったと思います。ということは、いつもタウンゼンド宅のクローク・ルームに掛けてあったリュックをもってきてやったということになります。木曜日の晩に、タウンゼンド家の下男のカリモアというひとが、用事があっていったん錠をおろした玄関の間にもどっていたのであります。そのとき彼は、ひとつの人影があいていた玄関からはいってきて、静かにドアをしめたのを見ております。ストーカー氏が予習を見てやっております生徒たちから、いつになくストーカー氏が授業時間中に十五分近くも席をはずしたということと、ちょうどその怪しい人影がタウンゼンド宅を出たころには、ストーカー氏はまだ教室にはもどっていなかったということを聞かれると、かなり参考になることと思います」

フレンチ氏がさらにつづけて述べたことを、聞いたときの驚き、いやほかのひとたちも同様だったと思った。「いまひとつあります。校長が変わるようなことがある場合には、ストーカー氏と故人のふたりが競《せ》り合う立場にあったし、その場合、故人のほうがわずかながら有利であったということは、いまや周知の事実であります。この点につきましては、ここに幹事会の議長がみえておられますので、お話があると思います。しかし、まだ知られていないことは――わたしは非常に残念なことと思いますが――現在の校長が、健康上の理由でお辞《や》めになられるということです。校長のウィロービー博士がここにみえておられますので、校長がその知らせを木曜日に受けとったこと、ストーカー氏が校務で校長を訪ねてこられたときに、それを伝えた手紙が校長の机の上に、別の紙でその一部をおおわれておいてあったこと、そして校長が突然の用事で部屋を出ていかれて、やがてもどってきたときには、その手紙の上にのっていた紙の位置が変わっていたことを、直接にお話しくださると思います。さらにその手紙の上にのっておりました紙から、ストーカー氏の指紋が発見されたということもつけ加えさせていただきます」

裁判の手続きが、長々とつづけられていくのを、ぼくは呆然として聞いていた。そして、やっとそれが終わったので、そこを出ようとして立ち上がったぼくの耳に、あの世からの声のように聞こえてきたのは、「ヒューバート・ストーカー、わたしはあなたの逮捕令状を……」という言葉だった。これでぼくは、校長にもなれないし、何にもなれなくなってしまったのだ。

かくれた目撃者

ホレース・ヘップワースという男は、べつに悪いやつではなかったんだが、ぼくは大きらいだったんだ。理由はかんたんで、ぼくが彼の女房のジュリアに惚れており、彼女もまたぼくに惚れていたということだったんだ。ジュリアはかわいい女だったんだ——ちょっといい表わせないくらいいね。いまでもあのにっこりと笑ったところはいかにも正直そうで、それでいてこの世の中が楽しくってしかたがないといったような明るい顔が、目に浮かぶよ。彼女は頭も悪くなかった。どんな話題にものってきたし、いうこともちゃんとしていた。そういう彼女が、なんだってヘップワースみたいなのろまのところへいったのか、ぼくにはわからなかったのさ。

ヘップワースは、ぼくらの関係を知っていたんだ。ジュリアから聞いたところでは、彼はよく彼女とそのことを話し合ったのだが、彼はどうしようという意志もなかったらしい。彼は、そんなことは良心がとがめるといって、離婚に応じようとはしなかったのだが、そんなこと、とんでもないことさ。彼はカソリックじゃなかった——いや本当のところ、彼はどっちでもなかったんだよ。つまりは、ジュリアに自分より好きな男があるということへの腹いせに過ぎなかったんだ。

もちろん、ぼくらの恋ということが、原因のすべてではなかった。ヘップワースがジュリアを幸福にしてさえいたら、ぼくはおとなしく引きさがって、ふたりをそのままにしておいたと思う。ところが、ジュリアはみじめなものだったんだ。ヘップワースってやつが、どうしようもないほど退屈な男で、夜でも、自分だけがゴルフ・クラブに出かけていくだけだったんだ。ジュリアは、もっと楽しい生活がほしかったさ——カクテル・パーティーとか、夕食会とか、ダンス・パーティーとか、あるいは観劇とかね。ところが彼女には、そういう機会は全然なく、ただ家にいて、ヘップワースの世話をしているだけだった。勝手なやつで、自分だけ楽しんでいたというわけだ。ぼくは、聞いただけで、腹が立ってしようがなかった。

ぼくはジュリアに、いっしょに逃げようといったこともあった。ぼくは、少しだが、スペイン語をかじっていたから、ふたりで南アメリカのチリかアルゼンチンにでも行ったら、もっと楽しく暮らせると考えたんだ。「おもしろいとは思うわね」と、彼女ははっきりといった。「でも、あたしたち、どこへいったって同じことよ。イギリスでも上流社会には手が届かないんだもの、外国へなぞいったら、もっとみじめになると思うわ。国内にいれば、なんとかなるけれども、外国へいったらなおだめよ」ぼくには納得できなかったが、それ以上彼女にせがむわけにはいかなかったんだ。

ところで、窮すれば通ずるというやつだったんだね。ひとつの考えが浮かんだんだ。はじめは、そんな大それたことと思ったが、だんだんと慣れてきたんだね。ヘップワースさえおらなければ……、そしてまもなくそれは、やつを消すことができるか？　となり、さらに、どうしたら、それを実行できるか？　となってきたのさ。なかなか、いい方法が見つからなかったのだが、あるとき突然、考えが浮かんだんだ。

ぼくの商売は、ちょっと変わっていたんだ。ぼくは若い頃から、ずーっと気象の研究にこっていたので、できたら気象部員《メット》になりたいと思っていたのが、戦争で召集されると、空軍に入れられてパイロットにされてしまった。やがて、復員でもどってくると、伯父貴が遺産を残していってくれた。働かなくてもどうやら食っていけたので、ぼくは例の道楽で人工雨の研究を始めたんだ。それにはもちろん、飛行機が必要だったので、ぼくは許可をとって、二人乗りのナットを一機買った。エプサム（イングランド、サリー州）郊外のぼくの家には納屋があったので、そこの入口をひろげて格納庫にし、滑走路は地続きの畑を使うことにした。天気のいい日には、ぼくは飛び上がっていって、空から薬品をまいた。それは、なかなかうまくいってたんだよ。

ヘップワースは、ロンドンのボンド・ストリートにある、銀器を売る店の共同経営者だったので、毎日ロンドンに通っていた。ぼくの計画の第一の仕事は、誰にも見つからないように、ぼくの納屋の近くで彼と会うことだった。ふつう彼は、ぼくの家のほうは通らなかったんだが、ゴルフ・クラブにいくときには、ぼくのとこの畑のすぐ近くを通っていたし、夜になるとその道はほとんど人通りがなかったんだ。あすこがいい！

ぼくは、ヘップワースのやつが近いうちにその道を通ることを知っていた。そのわけは、彼の店でゴルフ・クラブの委員会から注文を受けていたものがあったからなんだ。ちょうどその頃、戦争記念という考えがはやっていて、クラブの主将《キャプテン》が前から、クラブでも何か変わった記念物を造らせようという提案をしていたんだ。そして彼の考えたのは、クラブの壁に掛ける銀の盆で、その表にメンバーたちの名前を彫《ほ》らせようというものだった。お盆というのは、サービス精神のシンボルだからといって、彼は自分の案をとても自慢していた。ところが、その案に賛成する者はほとんどなく、といって代案を申し出る者もいなかったので、彼が代金の大部分を持たなきゃならんことになって、困っているということだった。とにかくそのことで、ヘップワースが近く委員会にいくということはわかっていたのだが、さていつということがわからなかった。

計画がきまると、ぼくは道の監視をはじめた。ぼくはひとり者で、妹が家を見てくれていたので、その妹に仕事場にいくといって外に出た。ぼくはよく、夜分に大工仕事をやりに出かけたから、これは決して怪しまれはしなかった。そうして、はじめの四晩ほどは、彼に会わなかったが、五晩目にとうとう出くわした。

「ヘップワースじゃないか」と、ぼくがいったときは、あたりはかなり暗かった。「これから、きみのところへ、いくところだったんだよ」

ヘップワースが、立ち止まった。「なんの用でかね?」と、彼がおもしろくなさそうにたずねた。

「ぼくとジュリアとのこと、なんとか解決できんかと思って、そのことで」と、ぼくは答えた。そういいながらぼくは、彼のうしろに回っていって、持っていた棍棒で、力いっぱいなぐりつけた。不意をつかれた彼は、かちんという金属性の音をさせながら、その場に転倒した。

ぼくは、懐中電灯で、あたりをくまなく調べた。頭蓋骨を砕かれた彼は、まちがいなく死んでいた。しかし、彼が帽子をかぶっていたのと、棍棒が布で包んであったのとで、皮膚は破けず、血は流れていなかった。

金属性の音は、ヘップワースがもっていた大きな銀盃から出たものだった——いうまでもなく、彼の店が記念物としてすすめていた品物だ。これは、ぼくの予期しなかったことだったし、それだけめんどうがふえたというものだった。ぼくはまず、そいつを藪の中にかくしておいた。さてそれから死体を背負って、約四分の一マイルもある納屋まで運ばなきゃならんのはたいへんだと思ったが、やらなきゃこっちの身が危なくなるので、汗だくになりながら、やっとのことで納屋まで持っていって、飛行機の中まで引き上げた。こいつがまた、えらい仕事だったんだ、まったく！　やめようかと思ったが、とにかく、死体につなをつけて引き上げ、用意しておいたおもしを、死体の足くびにくくりつけておいた。

これで、危険なところはだいたいすんだと思っていたら、そうではなかった。例の銀盃の処理が終わらんことには、安心はできなかったのだ。よけいなものを持ってきやがってと、ぼくは腹を立てながら、かくしておいたところまでもどっていった。それは、とても大型の給仕用の盃で、シェッフィールド（イングランド、ヨークシャーの工業都市）のものらしく、かなりの値打ちのものと思えた。表にはりつけた紙には、大勢のひとの名前が書かれてあったが、彼が委員会の意向をきくために持参したことは、明らかだった。こわすには惜しいような気もしたが、そんなことはいっていられない。こわしてしまわなきゃならなかったんだ。そうだ、もちろん、死体といっしょに処分してしまうんだ。これもおもしのたしにはなろう——ぼくはその取っ手のところを、くさりで死体の手首に結びつけた。

もちろん、飛行機は朝にならなければ飛ばせることはできなかったから、ぼくとしては騒ぎのもとにならないように、ヘップワースがいなくなったということを、うまくごまかす必要があった。ぼくは、公衆電話に行って、やつの家を呼んだ。

こっちの思いどおり、出てきたのは年寄りの女中だった。ジュリアだったら、いったん切ってまたかけようと思っていたのだ。ところでぼくは、物真似がとてもうまかったので、さっそく、ヘップワースの声色を使った。

「ヘップワースだが、マーガレットかい？」

「はい。奥様をお呼びしましょうか？」

「いいんだ、彼女《あれ》を呼ぶことはない。ただ、急用ができてギルドフォードへいかなきゃならないんで、たぶん今夜は向こうへ泊まることになると、伝えてくれればいいんだ」

どうにもぎこちなかったけれども、まあ目的だけは達しただろうと思ったさ。次に、彼のいくのを待っているはずの委員会のほうも、ごまかしておかなければならない。クラブに電話すると、門衛が出てきた。このときも、ヘップワースの声色を使って、まことに申しわけないが、思いがけない重大な用件ができてしまって、今晩はお伺いできないので、この次にしてくださるようにということを、伝えておいた。このときも、同様にぎこちなかったが、まずどうやらごまかせたようだった。

次は、アリバイだった。このアリバイというやつが曲者《くせもの》で、あまりうまくこしらえすぎると、かえって怪しまれることもあるんだな。だからぼくは、筋は通ってはいたが、どこもかしこもぴったり合っているというのではないというやつを、考えておいた。ちょうど二日前のことだが、妹がふたをこわしてしまったといって、ぼくのところへ小さな飾り箱をもってきてあった。ぼくは、こいつはこんどの事に役に立つと思って、その晩のうちにそれを修理しておいたのだ。そして、そいつをその晩持ち帰って、実はこの仕事をやっていておそくなったんだよ、ということにした。こうしておけば、何か疑いが起こっても、ぼくに不利な証拠というものは、見つかりっこないはずだった。

それから朝までの時間を過ごすのが、つらかったよ。妹は、くどく聞くような女じゃなかったが、おそろしくカンのいいやつだったので、少しでもへんなところがあると、すぐに気づかれてしまう。ぼくは、ぼくの実験したことについて、ノートしとかなきゃならんことがあるからといって、いつもの雑談の相手はしないことにした。もちろん、彼女と全然口をきかないわけにはいかなかったが、それにしても、ぼくの話し方には不自然なところはまったくなかったと思う。とにかく、彼女には、何かに気づいているといったようすは、全然なかったんだな。

夜が、無限につづくような気がしたよ。最初は全然眠れず、少しうとうとしたと思うと、なんとも言いようのないこわいものにうなされて、びっしょり冷汗をかいて目をさますというありさまだった。しかし、やがて夜があけると不安も薄らぎ、いつものような態度で朝食をとることも、そうむりをしないでもできた。幸いなことに、ぼくたち兄妹は、いつでもあまり物をいわないほうだった。ふたりとも新聞を手にしては、競争のように読みふけるくせがあったのだ。「海岸までいってくる」と、出ていくときにぼくは声をかけといた。「昼食にはもどってくるから」

いままでの心配を埋め合わせてくれるように、こんどはなにごともすらすらと運んだ。飛行機も死体も、ゆうべのとおりになっていた。そして、いつものように離陸したのだが、空に上がると一段と楽しくなったことは、事実だったね。あとで暑くなってきそうな、快晴の朝だった。初夏の緑に包まれた田園の眺めはすばらしかったよ。しかし、そのときのぼくには、そんなことはどうでもよかった。ぼくの頭は、計画の完遂ということで、ただもういっぱいだったんだから。

かなりの高度をとってから、南に機首を向けた。まもなくライギット上空に出たが、右手はリース・ヒルが見えて、サウス・ダウンズ（イングランドの丘陵地帯）の青い稜線がくっきりと地平線の上に浮かび出ていた。陸地が見えなくなると、ぼくはいつもの高度に下げた。海面上は、ややかすんでいて、霧が深いというほどではなかったが、視界はよくなかった。ぼくは、いつも実験をするときは自動操縦装置を使ったが、このときもそうした。眼下の海上を見回して、船影がないとわかると、扉を開いて死体を投下した。ちらりと見えた死体は、頭を下にして、オーバーが、ちょうど大きな鳥の羽のようにひらひらしながら落ちていったが、銀盆が巨大なダイヤのように見えたのが、印象に残った。だが、それらは、ほんの一瞬で見えなくなってしまった。

小さな船の上空にさしかかったときには、飛行機を安定させた。しかし、心配することはなかった。ぼくはちゃんと、そのへんを飛ぶ権利を持っていたのだし、それに何よりもその船は、ぼくが死体を投下したところからはうんと離れていたので、見えるはずがなかった。ぼくは機首を東に転じて、ピーヴンシー近くの川岸に出て、それから少しのあいだ、ジグザグ飛行をやって、化学薬品の投下と湿度の検査をやっておいた。さらに機首を転じて帰途につくまでには、この飛行がいつもの午前中の飛行と同じものだったという証拠は、充分つくることができたのだった。

家に帰ってみても、別に変わったことはなかった。ぼくは、飛行機をおりてから、もう一度そのへんを見回って、納屋などに何かの跡でもついていやしないかを確かめた。妹は、何も聞かなかったような顔をしていたが、このことには大した意味はなかった。というのは、ぼくがいかにも兄貴らしく、彼女に午前中何をしていたかと聞くと、彼女はずーっと家の中にいたうえに、誰も訪ねてきた者はなかったと、答えたからだ。ふたりで話しているうちに、ぼくは自分がいかにも冷静であることに、われながら驚いた。恐ろしくってたまらなくなるものとばかり思っていたのに、ぼくには反対に、計画をやりとげたという満足感だけがあったのだ。

午後になると、警察のひとがやってきたが、これは、ヘップワースの近所の者には一応たずねるという、おきまりのことだと、ぼくは思った。土地の警察の警部といっしょに中年の男がついてきたが、ロンドンの警視庁からきているひとだということだった。この男は、よくしゃべったが、とても愉快な人柄だった。彼はまず、いろいろとたずねるが、これはみんな一応やっとかなければならない形式なんだからと説明してから、ときにあなたは、その前夜の八時以後はどうしていたか、とたずねた。

それは、なんでもないことだった。夕食後はときどきそうするように仕事場へいっていて、妹の箱を修理していた。それが終わってから、翌朝飛行機を引き出すまでは、家にいたんだからね。そしてその朝、例の実験をやった。はじめ海上を飛んだが、陸地の上空のほうが情況がよかったので、サセックス州南方の上空で実験を行なった。ヘップワースについては、ここ数日来彼とは会っていないので、行方不明になったということさえ、知らなかったくらいだ。このぼくの話はうまくいったように思えたのだが、次に彼のいった言葉に、ぼくは呆然としてしまった。「ストリーターさん、まことに申し上げにくいのですが、どうもいまのお話だけでは納得がいきませんので、いま少しうかがうために、本部までご同行願えますまいか……」

「『届け出情報』というのは慣用句になっているが」と、この事件の話を始めたフレンチ警視がいった。「わたしが、ストリーターをヘップワース殺しのホシと睨んだのは、その届け出情報が根拠だったんだ。それは電話で警視庁に知らせてきたもので、その朝の十時四十分にビーチー・ヘッド仲合で、エプサム郊外のウィンスロー居住のホレース・ヘップワースという男が、ナット機から海上に墜落したと思われる節があって、その飛行機の登録記号は写しとってあるということだったんだね。

さて、もちろんわたしは、エプサムの警視に電話を入れて、これこれの情報がはいったと伝えた。この情報がうそとは思えないので、わたしは、すぐにヘップワースの身辺を捜査するように頼んだのだが、しかしかりにそちらで、問題の記号の飛行機のことがわかっていても、そのことはその飛行機の持ち主には、いわんでおいてほしいとつけ加えておいた。

まもなく返事がきた。ヘップワース氏は、その前夜突然に電話で、ギルドフォードにいくといってきたまま、消息を断《た》ってしまった。しかし、彼の家人も、店のほうでも、ギルドフォードの訪ね先で泊まっているのならやがてもどってくるだろうとして、べつに心配はしていないというんだ。飛行機の持ち主は、ストリーターという隣りの人で、この男は申し越しの時間に南方を飛行して、昼食時にはもどってきたが、彼から変わったことがあったという報告は、出ていないというんだ。
わたしは、さっきの情報のぬしを、全面的に信用していたので、これは非常にくさいと思い、すぐにエプサム署に電話を入れて、そちらにいって話をしたいと伝えると同時に、ふたりの男の関係で何かわかったかとたずねたんだ。
わたしはエプサムにいくと、すぐに警視と会った。彼は好意的ではあったが、こっちの話に対してはいささか懐疑的だった。『ヘップワースも、ストリーターも、われわれはよく知っとるんですがね』と、彼がはっきりといった、『しかも、ふたりともまずいことなどは、全然やっておらんのですよ。ヘップワースのほうは、どっちかというと、とくに評判はよくはないが、しかしストリーターにいたっては、とてもいい男で、みんなに好かれているんですよ』
返事の代わりに、わたしは書いたものを彼に手渡した。それを読んだ彼の表情が急に変わった。『こうなると、フレンチさん』と、彼はいった。『話はまったくちがってきますね。これはストリーターが、殺人容疑者であるということだ』
わたしが、それに答えようとしたときに、ドアをノックする音がして、警官がひとりはいってきた。『夕食から帰ってきまして、捜査のことをうかがったのでありますが』
『ああ、ウィルトン。なんだい、いってごらん』
『この前の月曜日のことでありますが、実は、自分の家内の伯母がヘップワース家の手伝いにいっておりますが、家内から、その伯母のところに手紙を届けてくれと頼まれたのであります。それで自分は、午後三時半頃の休憩時間に、ヘップワース邸にまいりました』

警視が、じれったそうにうなずいた。

『自分は、そういうことをしてはいけなかったのでしょうが、そのほうが台所に近かったものでありますから、庭の門のほうからはいっていきました。すると庭には、ヘップワース夫人とストリーターさんとが、おられたのであります。ふたりは、こっちを見てはおりませんでした』

『それで、ふたりはいったい、どうしていたんだ?』

『つまりその、おたがいの腕の中におられたのであります』

警視はうなずいて、『よくわかったよ』とほめておいてから、わたしのほうを向いていった。

『あなたのお望みどおりの話のようですね、フレンチさん』

『でも、これはお宅のほうの管轄ですよ』と、わたしはいった。『われわれはまだ、お宅から協力を要請されては、いませんからね』

『とにかく、ストリーターを尋問せにゃならんです。せっかくいらしったんだから、ごいっしょにどうぞ』

これは、いささか異例ではあったが、しかしわたしたちは、ふたりいっしょに出かけた。ストリーターは、もっぱらシラを切った。警察のひとがくるまでは、ヘップワースが行方不明になったなんて、全然知らなかったとうそぶいた。いかにも本当らしくいうのだが、みんな嘘だったんだね。そこで、彼をぶち込んだんだが、二ヵ月ほどしてから、陪審員はわれわれの判断を認めてくれたってわけだ。

ところで、その届け出というのは、どんなものだったか全文を紹介しといたほうが、いいだろう。それは、海軍省からはいったもので、次のようなものだ。

『イギリス海軍フリゲート艦ヴェンチュアサム号艦長よりの無電。

本日、本艦の士官たちが、ややかすみのかかった海上を監視中、レーダーに写し出された飛行機一機が本艦に近接しつつ、一個の物体を投下したのを目撃した。その後数秒で右飛行機は本艦上を通過し、その際、その登録記号を書きとめておいた。

右物体投下現場に到達すると、水中にごく小さな物体が浮遊しているのを発見、小官の眼鏡で見たところ、それは小型の本であった。事故が発生したものと考えて、小官は艦の停止を命じ、ボートをおろさせて右の本を回収させた。それは一冊の手帳で、誰かのポケットから落ちたものと思われる。持ち主の名前と住所は次のとおり』

こいつは、ストリーターの不運だったわけだね。彼はまさか、こんなところにかくれた目撃者がいようとは、思いもよらなかったわけだ」

ブーメラン

　どんよりと曇って、しめった風が悲しそうな音を立てて木の葉をゆるがすという、暗い晩であった。目的遂行にはぴったりの晩だ、これなら誰も見ている者はいないし、音をたてても聞こえやしない、とジョージ・ブロードは思った。とはいうものの、彼は内心とてもこわかった――彼がこれからやろうとしていた仕事というのは、彼の命をかけたものだったからである。ちょっとでも手ぬかりがあろうものなら、彼は絞首台にのぼらなければならなかったのだ。

　こういう事態になったというのも、みんな彼が悪かったからなのだが、いまさらそんなことをいってみたところで、どうなるというものではない。問題は、一にも二にも、金、金だった！　ある機械製造会社の技術屋だった彼は、決して不足のない給料をもらっていたのだが、それにもかかわらず、金は右から左へと出ていってしまった。その理由については、彼自身よく知っていた。あるとき、彼が海で泳いでいたときに、近くで泳いでいたあるおえらがたが、こむらがえりを起こして、すんでのところ危なかったのを、彼が助けてやったというのが、そもそもの事の起こりだったのだ。その結果として、ブロードは、彼などよりはるかに金持の階級とつき合うようになり、とても彼にはついていけないというありさまだった。こんなところは早くやめるべきだとは思いながらも、ついずるずるべったりで彼にはそのふんぎりがつかなかった——彼は、そうした上流社会が好きだったし、それによって味わうことのできる優越感が、なんともいえずいいものだったからである。これも生活していくうえのひとつの戦術なんだ、この連中とつき合っているうちに、やがてもっといい仕事が見つかるんだ、というのが彼の自己欺瞞の弁だったのである。

彼のその上流社会との交際の結果は、彼に仕事こそあたえなかったが、その代わりに彼の生活にそれまでなかったものを、もたらした。彼の近くにグラディス・シリトーという婦人が越してきて、彼は上流社会のひとたちから、彼女を紹介されたのである。この婦人は、もう若くはなく、きれいでもなければ、とくに教養があるというのでもなかったが、何よりもお金を持っていた。ブロードは、彼女に会ったとたんに感心してしまった。そして、そのときの彼女の態度から、彼はとてつもない考えをもったのである。彼女と結婚するということだった！　だが、うまくできるだろうか？　もし、うまくいけば、彼はそれこそ左うちわの身分になれるにちがいない。なぜなら、いったん結婚してしまえば、彼女の金は彼の思うままになるだろうからだ。

しかし、彼はすぐに、彼の給料だけではとてもグラディスとはつき合っていけないことに気がついた——彼女は彼とは全然ちがっていて、とにかく大げさではでなことが好きだったからだ。そこで彼は、心ならずも、高利貸しのマシュー・フレミングのところへ相談にいった。ブロードの地位と給料とを勘考した老人は、短い期限で貸してくれた。しかし、その利息たるや莫大なものだったし、そのうえ、彼が支払いできないような場合には、彼の会社の重役のところへ請求にいくかもしれんということだったので、そうなったら彼は、何もかもがおしまいだった。

そこへもってきて、いまひとつの天罰が彼に下されようとしていた。グラディスに関する計画がすっかりできあがらないうちに、彼は、主人がよく出張で留守をするという、若い婦人とできてしまっていたのである。さて、ブロードは、その婦人のほうのことは忘れてしまいたかったのだが、相手のほうはそうではなかった。そしてその彼女が、無分別、向こう見ずな手紙を、彼のところへよこしたのである。

しかも、ばかなことをしたもので、その手紙を、彼の会社のほうへよこしたのだ。腹を立てた彼は、あとで読むつもりで、その手紙を紙入れに入れておいた。そして家に帰ってみると、その紙入れがない。落としたものか、盗まれたのかわからなかったが、とにかくそのまま誰にも拾われるようなことがなければいいがと、彼は心配していた。

どうも、彼はついていなかった。夕方、訪ねてきた者があったので、出てみると、細面で目の鋭い男が、人目をはばかるようにして立っていた。

「カーローという者ですが」と、その男が哀れっぽい声でいった――「シドニー・カーローといいます。しがないサラリーマンです」

ブロードは、なかなか丁寧な男だなと思った。「さあ、どうぞ、お掛けください、カーローさん」彼は、安楽椅子をさし示した。「それで、ご用件は」

「実は、紙入れを拾ったのですが。あなた様のではないかと思いまして」

「確かに落としました。もどってきて何よりでしたよ」

「はい。あなた様のは、どんな紙入れか、ご説明を」

ブロードは、あれこれと説明をした。「それじゃあ、これですな」とカーローはいってから、いかにもいいにくそうに、「実は、私は貧乏をしていますんで。礼金を少しいただけないものでしょうか？」

ブロードが、ポケットを探りながらいった。「もちろんですとも。大して値打ちのあるものじゃないが、五ポンドほどしたんです。それじゃ、これでお返し願いましょうか」

カーローは、驚いたような顔をした。「五ポンドですか？」と、彼はあきれたように大声でいった。「ご冗談をおっしゃっちゃ困りますね。この手紙は、二百ポンドの値打ちはありますぜ。これじゃ、安すぎますよ」

これが始まりであった。ブロードは、どなりつけたり、おどかしたりしてみたが、全然効き目はなかった。彼は、力づくでも奪いかえしてやろうとしたが、しかしカーローは、必死になって渡さなかった。あとで、手紙はカーローがいったん持ち帰るが、ブロードが彼の条件をのめば、こんどは大声を出せばすぐに表を通っているひとたちに聞こえるように、玄関の入口でお渡ししようということで、話がついた。そして三十分後に、ふたりはまた会ったが、やがて別れたときには、カーローは金を、ブロードは手紙を手にしていた。

ブロードは、これでどうやら難局は切り抜けたが、しかしかなりの痛手を受けた。ところが、三週間ほどたつと、事態はさらに悪化した。カーローが、またもやってきたのである。

「本当に相すみませんのですが」と、彼がまた哀れな声でいった、「でも私、とても困っておるのです。でなければ、こうしておじゃまなぞしないのですが」

「なんだっていうんだ？」と、ブロードが端的にたずねた。

「私には借金がありまして、それを払いますのに、高利貸しのフレミングさんから借りなければならなかったのです。あなた様も、フレミングさんをご存じでは？」

ブロードは、しかたなくうなずいた。

「フレミングさんからの借金は二百ポンドなんですが、いまの私にはその半分しか払えんのです。それだけしかないのです。私、あの方に手紙を書きまして、あとの百ポンドはしばらく待ってくださるようにお願いしたのですが、きいてはくれんのです。これなんです、どうぞ」そういってカーローは、ポケットから手紙のようなものを取り出して、ブロードに渡した。

それは、フレミングの便箋にタイプしたもので、そのサインは確かに本物だった。

謹啓
先頃貴殿にご用達申し上げました二百ポンドの返済期限が、去る月曜日をもって切れております。貴殿におかれて、ただちにお支払いくだされば幸甚ですが、さもないときには、不本意ながら貴殿の会社に対して請求申し上げることになりますことを、ここにご通知申し上げます。

敬具

マシュー・フレミング

シドニー・カーロー殿

それを読んだブロードは、やがて彼のところへも、同じような手紙がくるだろうと思ったが、彼の場合は、カーローよりも社会的地位も高いのだから、もっと丁重な用語を使ったものだろうと想像した。しかし、そう思いながらも、彼にはこの手紙の文体もわかるような気がした。フレミングという老人は、本当にけちんぼうで、他人に同情をするなどという柄ではなかったからであった。ブロードは、手紙を返した。「本当に気の毒だね」と、彼が冷たくいった。

カーローは、がっかりしたようだった。「実はその」と、彼がゆっくりと切り出した。「ご援助いただけるのではないかと、思ってきたのですが。もしそうしていただけましたら、もう二度とこのようなことはいたすまいと思いまして」

「どうして、わたしがあんたを助けなきゃならんのかね？」

「つまり、私がお売りしたいものを、あなた様はお買いくださると思ってまいったのですが」カーローの話し方は、いかにも丁重そのものだったが、そのずるそうな目はきらきらと光っていた。

「もう支払いは、してあるじゃないか」

「お手紙のほうは確かに。そして私も、お約束どおりお返しいたしました。しかし、まだほかにあるのでして」

「写真にでも撮《と》っといたというのかね？」ブロードの声は、低かったが、どすがきいていた。

「いいえ、とんでもない。そんなことは、私はいたしません。つまりその、ちょっと教えるだけで、あのお手紙と同じような効果があるということでして。無名の手紙を出すだけで、同じことができるということを申しておるのです」

「嘘つきで、恐喝屋なんだな、あんたは?」

「なんといわれましても、かまいません。お金がほしいのですよ。いまここに百ポンドあれば、万事解決するのです、しかも永久に。ここは、よくお考えになられたほうが、よろしいかと思いますが」

結局、ブロードのほうが妥協した。それ以外にやりようがなかったのだ。彼は、金を払うことを約束したが、しかし、いまは金がないから、手持ちの有価証券などを売却しなければならないので、週末にまたくるようにといった。カーローは、この言葉に満足して、引き上げていった。危機は、一応は避けられたが、しかしブロードは、足の下に大きな穴がぽかりとあいたような気持だった。カーローの要求は、いつまでくり返されるかわからない。カーローには持っていないといった百ポンドの現金を、ブロードは実は持ってはいたのだが、しかしいまこれをカーローのやつにやってしまったのでは、さっそく、あすからでもグラディスの機嫌をとる金が、なくなってしまう。それを払うということは、グラディスとの結婚をあきらめることだったのだ。カーローなんてやつに、五十ポンドだってやるもんかと、彼はののしった。

彼が払わなきゃならんのは、カーローの要求に対してだけではなかった。フレミングからも六百ポンド借りており、あと四カ月で期限が切れることになっていた。その支払いの当ても、彼にはなかった——かりにグラディスと婚約することができたとしても、結婚してからでないと、彼女の金に手をつけるわけにはいかないのだ。しかしそれは、それほど差し迫ったことではなかった。彼の計画に対する直接のじゃまは、カーローだったのだ。カーローのやつは、どうにかせにゃならない。

彼の心に殺意が生じたのは、まさにこのときであった。こちらの身が安全で、あの男を消してしまえる方法は、どうしたらいいか？

根が器用なブロードは、まもなく方法を考え出した。そして、その方法を考えれば考えるほど、ますます気に入った。それは一石二鳥というやり方で、カーローの恐喝と、フレミングからの借金の催促の両方を、同時に処理してしまうことができるものだった。そのうえ、彼自身は絶対に大丈夫というものだったのだ。かんたんにいうと、実際にフレミングを殺すのはブロードだが、その証拠は全部カーローがかぶるようになっていて、結局は恐喝者のカーローが罪を背負って処刑される、という仕組みであった。

月曜日の晩にカーローがやってくると、ブロードは上機嫌で迎えた。「金はできたよ」と、彼はいって、「ところで、これを渡す前に、今後は要求しないという保証をしておいてもらいたいんだ」そういいながら彼は、安物の便箋を差し出した。「こう書いてくれんかね。この百ポンドをもって要求の全額は満たされたという声明書だね。そうしておいてもらえば、今後あんたが約束を破った場合には、それを裁判所に出しゃいいんだからね」

カーローが、目を見張った。「声明書ですって？」と、疑わしそうにくり返した。「しかし、そんなことしたって……」

「わたしのいうとおりに、すりゃあいいんだよ」と、ブロードがぴしりといった。「あんたが約束を守っている以上は、あんたは大丈夫なんだよ。さあ、書きなさい」

カーローは、半信半疑という態度で肩をすぼめたが、やがて書き始めた。書き終わると、ブロードがそれを読んだ。すると彼は、それを破ってしまってから、便箋の端のほうをつまんでカーローの前につき出した。「これじゃあ、わたしのいったのとちがう」と、彼はいった。「もう一度、書いてみてくれんか」やがてカーローが書くと、彼はそれをもっともらしい顔をして読んで、こういった。「どうも失礼した。これならけっこう、大丈夫だ」彼は、百ポンドの紙幣を数えて渡し、カーローは、どうもなんのことかわからんなという顔をしながら、金をもらって帰っていった。

ブロードは、ひとりになると作業を開始した。ゴム手袋をはめて便箋を取り上げたが、その紙にはカーローの指紋だけがついていたのだ。それから、カーローの書いた声明書をお手本にして、カーローの筆跡をうまくまねて、次のような手紙を書いた。

謹啓

拝借いたしました百ポンド、このたび調達できましたので、あなた様のご都合がよろしければ右金子持参の上、水曜日の夜九時頃参上いたします。

敬具

シドニー・カーロー拝

フレミング殿

この手紙を紙入れに入れると、ブロードはフレミングに電話をした。老人は、中年のお手伝いとふたりきりで住んでいたので、電話に出たのは彼自身だった。ブロードは、確実な担保を持っているので、いま少し金をつごうしてもらいたいので、ごつごうがよろしければ水曜日の夜九時頃におじゃましたい、ということを伝えた。フレミングからは、お待ちしているという返事があった。ブロードが、とくに水曜日を選んだのは、その日はお手伝いが晩には休みでおらず、フレミングがひとりきりでいることを、知っていたからである。

もうひとりのひとに電話をすれば、それでブロードの準備は完了するのだ。彼は、フレミングの声色を使って、カーローに電話をかけた。彼は、物真似がうまかったのである。

「カーローさんですか。実はあなたに、やっていただきたいことがあるんですよ。もちろんお礼はいたします。いや、実際問題として、あなたへの債権を棒引きにしても、よろしいのですよ。そのことにつきまして、水曜日の夜九時頃にわたしのところへ来てくださいませんか。いらっしゃるときには、わたしの書斎の窓のほうへ回ってくだされば、玄関まで出ていかなくてもすむので、それだけわたしも手がはぶけるんですが」

カーローは、即座に承知したが、彼が少しも疑っているようすがなかったことが、ブロードにはよくわかった。

それからの二日が、ブロードにはとても待ち遠しかったが、やがて水曜日の晩になると、彼はフレミング邸へ出かけていった。ポケットの中には、ゴム手袋と重いスパナーが入れてあった。どんよりとした空には、しめっぽい風が吹いているという闇夜だったので、ブロードは人に見られたり、聞かれたりすることはあるまいと思った。やがて、予定の時間にフレミング邸に着くと、フレミングが自分でドアをあけてくれた。

「さあ、どうぞ、ブロードさん。わたしひとりなんですよ。書斎へいらっしゃい」

やがて、フレミングは自分の机に向かい、ブロードはその向かいの肘掛け椅子に腰をおろした。

「電話で申し上げておきました担保を、持ってきたんですが」と、ブロードがいった。「どうぞ、これをごらんください」

彼は、二、三の書類を手渡してから、立ち上がってフレミングの椅子のうしろに回った。「どうですか」と、彼は言葉をつづけて、「これは、大切なものなんですよ」

フレミングが、書類を開いてみようとしたときに、ブロードはスパナーを思い切り高く振り上げて、老人の脳天に打ちおろした。フレミングは、机の上にうつ伏せになったと思うと、横にすべっていって、床の上にくずおれてしまった。ブロードは、そのからだを調べてみた。老人は、まちがいなく死んでいた。

瞬間、気抜けがしたブロードのひたいからは、汗が流れ出た。恐ろしいことだった——それは、彼が想像していた程度をはるかに上回っていた。彼は、自分の人間感情というものを、考えに入れていなかったのだが、いまその気持にもどって、なんともいえないいやな情けない気持になったのである。

それからの彼は、不安でならなかった。あと三十分足らずで、カーローがやってくる。ゴム手袋をはめると、彼は死体のそばにひざまずいて、ポケットの鍵を捜した。そして、その鍵で金庫をあけた。彼には、だいたい中の見当はついていた。なぜかというと、前によくフレミングを訪ねてきたときに、彼があけるのをちょいちょい見たことがあったからである。フレミングは、債務者別にその書類をまとめてあったので、ブロードは自分の分を取り出して、ポケットにしまった。フレミング老人はまた、アルファベット順に記載してあるルーズリーフ式の元帳をもっていたので、これからも、彼は自分の分を引き抜いた。小型の、要約した元帳は、そのまま取り出した。それから、カーローの分の書類の中に、偽筆の手紙を入れておいた。最後に現金の引出しをあけて、何十ポンドかのポンド紙幣と、シリング紙幣を取ったが、泥棒をやったと思われないようにと、かなりの額をそのまま残しておいた。

金庫をしめて、錠をおろしてしまうと、その鍵を死体にもどしておくという、いやな仕事をしなければならなかった。が彼は、歯をくいしばってそれをやってのけて、それからもう一度、念のためにあたりをよく見回してから、フランス窓をあけて、こっそりと脱け出した。そして窓をしめると、暗闇の中をひときわ黒い影のように通りぬけて、数分後には家にもどっていた。

最もいやなことがすんだとなると、彼にも勇気が出てきた。彼は、われながらなかなかよくやったと思った。手がかりになるものはひとつも残さずに、フレミングを消してしまったのだ。彼の分の書類と、元帳を取ってきてしまった以上、故人と彼との関係を示す証拠といっては、何も残ってはいない。しかし、カーローの分の書類はちゃんと残っているのだから、カーローがフレミングの債務者であることはわかるし、またおいてきた手紙で、犯罪が行なわれた頃に、彼がフレミング宅に行くことになっていたという記録も、ちゃんとあるわけだ。カーローは、尋問されたら、誰かがたくらんだことだと答えることだろうが、おそらく誰もそんなことを信じやしないだろう。そうなんだ、いまこそおれは、全部の敵を処理してしまったのだ。彼は、カーローに払った分は――それよりも少しくらい多かったろう――ちゃんと取りもどしてあったし、そのうえ法律が、今後の恐喝をやめさせてくれることになるだろう。仕事は、なかなか手ぎわよくいった。あとは油断をせずに知らんふりをしていればいいのだ。グラディスと結婚して、なんの苦労もなくなるだろうときのことが、またもや想像された。万事うまくいったのだ。

ブロードに不運なことに（と、フレンチ警視はいったのだった）、事態は彼が考えたようには運ばなかった。まずカーローという男が、意外にも賢明に立ち回ったということだ。フレミングの死体を発見した彼は、その場を逃げ出さずに、すぐに警察に電話を入れたのだ。そのために、ブロードの計画にあったように翌朝まで待つことなく、凶行後一時間とたたぬうちに、捜査が開始されたというわけだ。

この事件は、やっかいだったもののひとつで、わたしはブーメラン事件と名づけているんだ。ブロードは、カーローをおとしいれてやろうとたくらんだのだが、自分のほうが、そのたくらみにひっかかってしまって、有罪が証明されたというわけなんだ。もちろん、この事件をそういうふうに持っていったカーローの行動というものは、積極的にそうしようという意図があってのことではなかったが、しかし、そういう効果があったことは、事実だった。それじゃ、くわしく話そう。

事件を知らされたわたしは、すぐにヒギンズ警部を現場に派遣した。まもなく、彼から報告があった。ホシは、フレミングの鍵を使って金庫をあけて、自分の書類を取っている。金庫からもファイルからも、それと思われるゴム手袋をはめた手の跡が検出された。カーローの分の書類の中には、犯行時間と同じ頃に会う約束をした手紙がはいっていて、帳簿を見るとカーローも債務者のひとりで、支払期限が過ぎていることがわかった。これを聞いたわたしは、自分で尋問をしてみようと思って、カーローを連れてこさせた。

彼にその手紙を見せると、彼は非常に興奮してしまってね。そんな手紙は見たこともないといい、彼は陰謀にひっかかったんだといい張るんだ。そこでわたしは、その手紙についた指紋を検出させてみた。カーローの親指のだけが出たが、そのほかには全然出ていない。

そこで、わたしはすぐに気がついた——おそらく、あなたがたにもおわかりと思うが——この証拠はどうにもこしらえものらしいということにね。なぜかというと、その手紙をフレミングが自分でファイルにしまったとすれば、彼の指紋がついていなければならんはずだからね。しかし、それをカーローに知らせちゃまずかった。「あなたがそれを書いたのではないとしたら」と、わたしはたずねた。どうして、「あなたの指紋がついているのだろうかね?」

最初のうちは、彼は知らないといっていたが、わたしには、それがうそだということがわかった。だから、わたしは警察規則に従って、もっと強く押してみた。

彼ははじめのうちは、大声を出して否定していたが、やがて、吐いてしまった——大きな罪のシロを証明するためには、小さな罪を吐くのはしかたがないといいながらね。彼は、ブロードを恐喝していたので、その詳細がいっさい明らかになった——彼が声明書を書いたことから、ブロードが便箋をつき返したことまでもだ。「しかし、わたしはフレミングに返す二百ポンドは、持っていたんですよ」と、カーローは本気でつけ加えた。「わたしは、それ以上ブロードをむしる必要はなかったんですよ」

「ほほう、あなたは現金を持っていたのかね？　それでなぜ、ブロードに近づいたりしたのかね？」

彼は、肩をすぼめた。「つまり、もっと金がほしかったんですよ、警視。あの男からは二百ポンドはむずかしいかもしれないが、でも百ポンドは取れると思ったんですよ。その要求の裏づけに、あの手紙を出したんです」

まあ、そういうことだったんだね。ブロードがクロだという可能性はかなり濃かったんだが、証拠がなかった、というのは、手紙の親指の指紋についてのカーローのいい分も、ブロードの見落としをもっともらしくするための、彼のつくり話かもしれなかったからだ。

やがてわたしは、自分の見落としに気がついた。ブロードがクロだとすると、これは彼の知恵が足りなかったので、どうしようもなかったことではあるが、彼は根本的な誤りを犯していたということだ。前にもいったとおり、ブロードのわなにカーローがかからずに、逆にカーローがたくまずしてブロードをわなに落としてしまったわけだ。とにかく、ホシはブロードにまちがいない。彼を迎えにやるときの気持は、ちょいとしたものだったね。

「ブロードさん、恐喝のことで、あなたにお目にかかりたかったんですよ」と、わたしは彼にいった。「カーローが、あなたをゆすっていたことがわかったので、そのことでうかがいたい。事件には、ふたつの面があるものですから、とくに発言に注意していただきたいのです」わたしは、形式としてそういっておいてから、尋問をつづけた。「カーローは、あなたに百ポンドを要求したといいましたが、その説明として、フレミングに払うのに百ポンド足りなかったからだといっているんです」

ブロードは、この話なら大丈夫だと考えたらしかった。「そのとおりです」と、なにげなく答えた。

「ところが、それは嘘だったんですよ」とわたしは、はっきりといった。「あの男は、金は充分に持っていたのだが、あなたからもっとしぼってやろうとして、そんな嘘をいったんですよ」

ブロードは、怒りを顔にあらわした。「薄ぎたない嘘つきめ」と、彼はどなった。「そんなことをして、おれをだましたのか」

「そういうことだったらしいですね」と、わたしはいった。「カーローからフレミングにあてた、彼が借金を返しに昨夜フレミング宅へうかがうという手紙が見つかったんです」

「そうですか」と、ブロードがすらすらといった。「それは初耳です」

「そうでしょうとも」と、わたしはおとなしく同意しておいた。「しかし、カーローがそんなことをするはずはないんです。いいですか、その手紙というのは、百ポンドの借金に関するものだったんですよ。ところが、カーローには、そんな借金などなかったことはわかっていたんだし、フレミングも、そんなこと聞いたことがなかった。そして、たったひとりのひとが、その百ポンドの借金というものがあると思い込んでいたればこそ、あの手紙を書いたんです。さてブロードさん、そのたったひとりのひとというのは、誰のことでしょうか?」

ブロードは、何かいおうとしたが、それは声にはならず、何かにおびえたような目をして、じっとしたまま動かなかった。

アスピリン

わたしが手がけた事件の中でも（と、フレンチ警視は話し始めた）、このホックリー殺害事件は、最も悲惨なもののひとつだったね。もうずいぶんむかしのことなのだが、わたしはまるできのうのことのように、こまかいことまで覚えている。ひとを殺人容疑でひっくくるのはいやなもので、とりわけ婦人の場合そうなんだが、このフリント夫人のときだけは、例外だったね。彼女は、実に冷酷な女で、かわいそうな老人アリスター・ホックリーを殺したに至っては、まさに鬼畜のような行為だったといえる。しかし、さすがに追いつめられた彼女は、いっさいを自白したわけだが、これからする話は、その自白に、わたしたちが捜査の途上で知りえたことを加えたものと、ご承知願いたい。

娘時代の彼女、すなわちフローラ・ゴーアは、看護婦となって人生のスタートを切った。骨身を惜しまず働いたうえに、慎重で手ぎわがよかったから、前途有望だったわけだ。ところが、その彼女が、あまり評判がよくなかったんだね――患者たちは、彼女をつけられるのをいやがったし、同僚の看護婦たちも、彼女には気が許せないというぐあいだった。そのために、彼女自身が当然だと思うほどには、昇進もしなかった。そうして彼女の青春は終わり、中年も過ぎてしまった彼女は、地位は上がるには上がったが、重要なポストはみんなひとにとられてしまったので、しだいにみじめな気持になっていったというわけだ。

ところが、その彼女にもいよいよ春が回ってきたかに見えた。フリントという救急車係の、なかなか気のきいた男が、彼女に求婚したので、彼女も承諾したんだね。そして、ふたりは結婚をして、未来は幸福になれそうだった。ところが、またもや彼女は不幸に見舞われたんだ。彼女の夫が、救急車のほうはやめて、医療品の店を出したい、そのほうが収入がいいといい出したんだ。そして、彼女を説き伏せて、自分の金に彼女の貯金も全部引き出して、いわば冒険をやったんだ。と、ある朝のこと、商売で出かけた夫は、それっきり彼女のところへはもどってこなかった。そのうえ、彼女の金も、それっきりになってしまったんだね。あとに残ったものは、彼が借りた家と、買った家具のための借金だけだったんだ。

彼女は、売れるものは全部売り払って、いま一度立ち直ろうとしたのだが、年をとっているうえに仕事はないし、わずかばかりの金もだんだんへっていくというありさま。病院のほうは、とっくにほかの者がはいってしまっていて、彼女はもどれなかった。彼女の立場に同情したかつての上役が、いろいろと心配してくれた結果は、もう一度見習いのひとたちといっしょに、はじめから出直してみないかといわれたのだが、なにぶんにも給料が少なすぎて、とてもやる気にはなれなかった。彼女は、ちゃんと家をもって、生活を安定させたかったんだね。

そういうときに、新聞広告が彼女の目についたんだ。「資格のある看護婦を求む。アンギーナを病む老人の看護と、そのコッツウォルズの小さな家の管理をしていただきたし。家政婦」

新聞社に手紙を出すと、さっそく返事が来て、面談したいから来訪されたしといって、旅費が同封してあった。その小さな家というのは、景勝の地を占めていたうえになかなか趣味のいい、感じのいい、住居であった。家政婦というのも、朗らかな婦人で、その主人というのが庭師で、週に二日、そこの庭の手入れにやってきていた。フリント夫人には、すべてが気に入ったわけだ。

主人のアリスター・ホックリーは、もう七十をこえているうえに病身だった。なかなか礼儀正しいひとではあったが、いかにも気むずかしそうな感じだったので、彼女は、このひとはきっとお天気屋さんで、始終機嫌をとっていなくてはならないわ、と思ったそうだ。彼はいつも、昼ごろまで床の中にいて、午後になると科学雑誌に原稿を書くのだといって、本にうずまって仕事をしていた。

フリント夫人が、何よりもほしかったのは仕事だった。その家も、やっているうちには、だんだん楽しくなるだろうと考えた。彼女は、ホックリー老人に気に入られるようにつとめた。そして実際に、彼女はすっかり老人の心をとらえてしまったんだね。彼女は老人に、非常にほめて書いてある病院の推薦状を見せ、彼女の結婚のことも話したが、夫のフリントは死んだことにしておいた。また、彼女はアンギーナの患者にはしばしばついたことがあるから、その手当ては充分に心得ているからといって、老人をすっかり安心させた。

ホックリー老人は、すっかり気に入ってしまって、すぐにでもやとっておかないと、ほかから取られてしまいやせんかと、心配し始めた。そこで彼は、庭やそのへんを見て来なさいと彼女を外に出しておいて、その間に病院の看護婦長に電話をかけた。そして彼女の見せた推薦状が本物だったことがわかると、最後に残っていた疑いも晴れて、彼女がもどってくるとすぐに、話をきめてしまった。

彼女にとって、この家での生活は、まさに天国だったそうだ。力仕事はみんな、庭師のかみさんがやってくれたし、給料はかなり多かったうえに、いっさいは彼女が切り回したのだ。彼女がやらなければならないことは、そうたくさんはなくて、自由な時間は充分すぎるほどあった。こんなにいいことが、そういつまでもつづくものかしらと、彼女は心配になってきたほどだった。ところが、その彼女の心配が、しだいに現実となってきたのだね。彼女は、自分の権限に満足できなくなってきた。それに、老人は彼女が思っていた以上に意地悪だったうえに、よく彼女をどなりつけた。

もちろん彼女は、何よりも老人をできるだけ慰めてやることが大切だと思ったから、そうすることにつとめたが、しかし彼女は、それだけでは満足できなかった。彼女はもっと自分の立場を安定させたかった、つまり老人を自分のものにしておきたかったんだな。彼女は、老人が彼女と結婚してくれればいいと思い、そのためには二重結婚の危険を冒してもいいとさえ考えたが、しかし彼女の判断では、そういう状勢にはなりそうもなかった。彼女は、しばしばとほうに暮れたが、やがて方法がだんだんわかってきたような気がした。

彼女はまず、老人に暗示をかけることから始めた。あたし、この家がとても気に入っているんだけど、でもほんのしばらくのあいだしかいられない。生活の安定感というものがないから、何かもっと永続的な仕事を、見つけなくてはならないわ。

ホックリーにしてみれば、こんなに楽しくて心の平安の保てる生活というのは、何年ぶりかのことだったので、いまここでフリント夫人に行かれてしまったらたいへんだ、という心配がだんだん大きくなってきた。どうしたら彼女を引きとめておけるか、はじめのうちは見当がつかなかったが、やがてふと思いついた。彼には身内というものがいなかったから、彼女がこれからもつづいてここにいるということを条件に、その家と自分の年金とを彼女にやるといえば、出ていくようなことはないだろう。そして彼は、このことをためしに彼女に切り出してみた。彼女は、はじめのうちはためらっていたが、やがて彼の親切が断わりきれないということで、承知することになった。

老人は、弁護士のとめるのもきかずに、新しい遺言書をつくってしまって、あとでそれを彼女に見せたものだ。彼女は、いかにも冷静な態度で感謝して、彼には相変わらずとても親切にしてあげたので、彼は友だちがやってくると、彼女のことをほめそやしていた。ところが、彼女にとって老人が、だんだんと負担になってきた。彼がとりとめもないことを考えたりしては、世話をやかせることがつづいたので、彼女も我慢ができなくなってきた。

やがて、当然の帰結として、彼女は、ホックリーのようなうるさいひとがいなくて、家と金だけがあったら、どんなにいいだろうかと思うようになった。男は年寄りで、しかも病人だから、いつ死ぬかもわからない。彼の命などは、誰にとっても値打ちなぞあるものではないし、彼自身にとっても同様だろう。それを、なぜいつまでも、生きていなけりゃならないんだ？　そして、まもなく彼女は、どうしたらあの老人を殺せるかということばかり、考えるようになったというわけさ。
まもなく、彼女はひとつの方法を思いついた。ホックリーには、発作が起こったときにいつも用いる錠剤があった。この薬が、いつも彼の発作を救い、彼の命をもたせていたのだった。だが、彼の発作が起きたときに、その薬が彼の手の届くところになかったら、どういうことになるだろうか……？

どういうことになるか、彼女にもはっきりとはわからなかった。彼は確かにかなり弱ってはいる、しかし死ぬだろうか？　死なないという可能性も、絶無ではなかった。そして、もし死ななかったら、それは彼女の最後を意味する。

やがて彼女は、発作が充分に強いものだったら、その結果については疑いはないと考えた。すると、どうすればいいかってことは、すぐにわかった。老人を急に驚かすようなことをすれば、いいのだ。そして、それをやることはきわめてかんたんだった。

だがここに、思わぬ障害があった。老人が、新しい遺言書をつくった直後に悲劇が起こったのでは、怪しまれてめんどうなことになろう。ここのところは、辛抱が第一だ。というわけで、それからの一年間を彼女は朗らかに、よく働いて、いよいよ老人の信頼を高め、彼の友だちの称賛の的となっていたんだね。そうしてついに、彼女はいよいよ、実行することになったわけだ。

ホックリーは夜寝るときに、必要なときにはいつでもとれるように、アンギーナ用の錠剤のはいったガラス管を、いつも枕元のテーブルの上においといたのだ。そして、起きて服を着るときは、なみなみならぬ注意を払って、そのガラス管をチョッキのポケットに入れ、部屋を出るときなどは、何度も確かめてみるというありさまだった。それを彼から取り上げるには、力づくでやるより方法がないわけだが、しかし、かりにそんなことをしてしまったら、彼女の計画はだめになってしまうわけだった。

　この難点を解決するために、彼女は外形のよく似たガラス管にはいったアスピリンを買ってきた。そして、いよいよ計画決行の日の朝、老人がうとうとしているあいだに、彼女はアンギーナ用の錠剤をほかの壜にあけておいて、それと同数のアスピリン錠剤をそのガラス管に入れておいた。この二種類の錠剤は、そんなによく似てはいなかったが、ホックリーがそれを服《の》むときは、とてもよく見てなんかいないので、その点は大丈夫だった。彼女は、そのガラス管を、テーブルの上においた。それが、いじくり回されたとはとても見えなかったし、ホックリーは服を着るときには、いつものようにチョッキのポケットに、大事そうにしまい込んでいた。

　昼食がすむまで、すべてはいつものように進み、それからホックリーは、午後を書斎での仕事で過ごすための準備をしていた。しかし、フリント夫人は、あとで彼女が家の中のことで嘘をいっても、ホックリーにはわからないように、彼に家のそとにいてほしかった。そのために彼女は、前もってお天気を調べておいたのだ。おりから六月の暑からず寒からずという、いいお天気の日であった。彼女は、いかにも何かをたくらんでいるような顔をして、老人のところへいった。

「ホックリーさんは、きょうは声がつぶれていますから、そとにはお出にならんほうがいいですわね。書斎に、火をたきましょうか？」

　彼女は、そういえば彼はきっと怒るだろうということを、計算してやっていたのだ。

「声がつぶれている？」と、彼がくり返した。「わしの声は、つぶれてなんかおらん。もちろん、わしはそとに出るよ。これ以上はないという、お天気じゃないか」

「そうでしょうか」と、彼女はあいまいな言い方をして、「あたしにはわかりませんが、でもあなたがそうしたいと……」

「もちろん、わしはそうするさ。すぐにいくからね」

彼女は、いかにもいやいやながらというふうに同意をして、彼を助けて、その愛用の椅子にのせた。そこは、オークの大木の下で、完全にあたりから切り離されていたので、何をしようが誰からも見られず、またどこへも聞こえないという場所であった。ホックリーのかたわらには、小さなテーブルがあって、その上に彼が仕事に使う書物や原稿用紙がおいてあった。老人が、そこへいったのが三時で、四時には彼女がお茶を持ってくることになっていた。

三時半頃、彼女はいよいよ、その大それた計画の実行に着手した。まず、こっそりと彼のようすをうかがった。彼は、彼女が予想していたとおりの状態にあった。つまり、目をとじてすわってはいたが、その手の動きからみて、決して眠ってはいないということであった。彼女はいったんこっそりと家にもどり、それからけたたましく叫びながら、とび出してきた。「ホックリーさん、ホックリーさん！　たいへんです火事よ！　いま、消防署に電話しときましたわ。とくに持ち出す物ありまして？」

まったく思うツボの効果だった。ホックリーは絶望的な叫び声を上げながら、立ち上がろうとした。そして、家のほうへいくような格好をしたが、そのとき発作が起こって、椅子にくずおれてしまった。彼は、震える手でガラス管をつかみ、やっとのことでそれをあけると、中のアスピリンを口にほうり込んだ。もちろん、きくわけがないから、発作はいよいよ激しくなっていったが、それをかたわらで冷然と眺めていたフリント夫人は、彼の状態がもはやどうしようもないことを知って、にやりとした。

ふつうの神経をもったひとにはとても、このような冷酷な犯罪を、このように冷静に行なうことはできないだろうが、それをあえてやってのけたフリント夫人は、ただ自分のことだけを考えていた。もう一度、彼女は老人を点検した。まだ死んでいないにしても、いずれ彼女がその計画の全部を完了するときまでには死んでいるであろうし、そしてこの恐るべき殺人行為は、不幸な事故ということにされてしまうであろう。ガラス管とそのふたが、ホックリーがおいたままになっていた。彼女は、そのガラス管を拾って、残っていたアスピリンを、全部別の壜にあけた。そしてその壜をポケットにしまうと、こんどは前にはいっていた薬を、ちゃんと数を数えながらガラス管にもどした。あとで当然、医者が点検するだろうから、これは重要なことだと、彼女は考えた。そして、ガラス管についている彼女の指紋をぬぐいとると、こんどはホックリーの手を持ちそえて、その指紋をべたべたとつけてから、そのガラス管をテーブルの近くの地面の上に、ふたをとったまま落としておいたんだね。それから、彼女でさえたじろくようなことをやるときがきたんだ。彼女は、椅子の上の死体を押して、その胸がひざに重なったような格好になって、右腕がガラス管を探るような形で地面の上にあるようにしておいたのだ。こうしておけば、誰の目にもよくわかるだろうと彼女は思った。つまり、発作がきたのでホックリーは薬をとろうとしたが、運悪く落としてしまった、それを彼は拾おうとしたが、それができなかったということが、だ。

さすがに冷酷無比な彼女も、からだが震えてしかたがなかったが、しかしそのことを心配することはなかった。というのは、かりに医者や警官が彼女が震えているのを見たところで、こんな悲劇的な現場を見つけたからには、それは当然のことだと思うだろうからだ。彼女はそう思ったんだな。

ところで彼女は、つとめて自分を落ち着かせるようにして、家の中にもどった。そして、アスピリンを入れた壜を処分してから、なにくわぬ顔でお茶をいれた。四時になると、それを持っていった。そして、彼女がショックを受けたことの証拠として、そこへお茶の道具をひっくり返して、ミルクや水差しをそのへんへころがしておいた。それから、家に駆け込んでいって、医者に電話をしたというわけだ。

トレント医師は、ちょうど午後の往診からもどってきたところだったので、時を移さずやってきた。フリント夫人は、玄関で彼を待っていた。

「こちらへどうぞ、先生。庭にいらっしゃるんです」

彼女は、医者を案内しながら、ひととおりの話をした。昼食のあと、ホックリーは少し休んでいたが、三時頃になると外に出るといったので、彼女が、いつものオークの木の下の椅子まで連れていってやって、原稿用紙なども運んでやった。彼女が家のほうにもどったときの彼は、まったくふだんと変わりがなかったが、彼女がお茶を運んでいくと、椅子の上でぐったりとなっており、彼女は見た瞬間に、死んでいるなと思った。そして、近寄って見ると、やはりそのとおりだったので、あわてて家にもどって、電話をした。

医者はすぐに、彼女の説明を認めた。ホックリーは死んだ、そしてあらゆる徴候からみて、死因はアンギーナである。トレント医師はそう判断すると、あたりを見回した。ただし、彼はなにものにも手は触れなかった。

「どういうことが起こったかは、はっきりしている」と、彼がまもなくいった。「明らかに彼がこぼしたと思われる錠剤は、地面に散っているし、それを拾おうとしたができなかった形跡も明らかだ。これは、えらいことだったね、すぐ近くにいても、どうすることもできなかったんだからね」

「ほんとに悲しいことでしたわ、先生。それに、きょうはとてもいいお天気でしたし。原稿か何かの仕事をなすっていたんですが本当に一所懸命でした。日によって気のりのしないようなときもあったんですが、きょうはとても熱心に」

「なるほど。いや、ときにはこんなことがあるもんです。ところで奥さん、やはり検死裁判を開くことになると思いますので、恐れ入りますが、警察に電話をしていただきたいのですが。誰か来るまで、わたしはここで待っていましょう」

これは当たりまえのことだ、とフリント夫人は思った。この事件には、どうしても警察がやってくるだろうし、そしておそらく検死裁判ということになるだろうとは、彼女も考えていた。彼女は、躊躇することなく電話をかけたが、やがてケネット警部がやってくると、彼女は庭のほうへ案内していった。少しして、警部が家にもどってきた。彼は、やがて検死裁判があることだろうが、その前にこの婦人の話を聞いておこうと思ったのだ。

彼女は、ついさっきトレント先生に話したことを、くり返して話して聞かせた。ケネット警部は、いかにも満足したらしく、礼をいってから、彼女にも検死裁判に出ていただきたいといいおいて、引き上げていった。

大した緊張のひとときだったが、それもいまやすんだ。検死裁判がかりに開かれたところで、大したことはないだろう。彼女の話は、ちゃんと認められているのだし、それをまたくり返せばいいのだ。すべてが、本当にうまくいった。老人の死については、妥当な説明がなされたのだし、その間には、いやしくも彼女が関係しているというような事柄は、ひとつもなかった。彼女の悲しみ方と驚き方は適当であって、オーバーでもなければ少なすぎるということも、なかったはずだ。医師や警部の彼女に対する態度も好意的で、彼女のことを疑っているような気配は全然感じられなかった。すべてはうまくいったのだし、彼女がそれまでにいったことを変えたり、よけいなことをいったりしなければ、このまま通ってしまうだろう。

翌日もまた、なにごともなくすんだが、夜になるとケネット警部が二人の部下をつれてやってきた。そのひとたちの顔を見た彼女は、どきっとした。そんなことがあるものかと思いながらも、すっかりおびえきった彼女の耳に、次のような言葉が聞こえてきた。「フローラ・フリント、わたしはあなたの逮捕令状を……」

これで(と、フレンチはつづけた)わたしは、彼女のやったこと全部を話し、彼女がそのために絞首台に送られることになったまちがいについてくわしく説明をしたつもりだが、よくわかったかね? ところで、結末を話しておこう。

彼女にとって最も不運だった偶然の一致のために、疑いをかけられさえしなかったら、あのまま彼女が逃げきれた可能性は大いにあったと思うんだ。つまり、ホックリーの弁護士が、偶然にも同時に地方検死官でもあったということだ。故人が遺言を書き改めたときに、彼がふと抱いた疑念が、ふたたび思い出されて、その結果、彼は検死裁判の前にトレント医師にもう一度会ってみた。トレントもまた、事件をくさいと感じていた。彼は、ホックリー老人が自分の発作の恐ろしさを充分に知っており、従って彼が例の錠剤の扱いについては、異常なまでに神経質だったことも、よく知っていた。もちろん、故人がガラス管を落としたということは、ありえないことではないだろうが、しかしトレントは、そんなことは実際にはないと考えた。

検死官は、あえて殺人と疑ったわけではなかったが、注意して捜査することは差し支えないだろうと考えたので、結局、わたしのところへおはちが回ってきたというわけだ。わたしはすぐにフリント夫人がいたという病院へいって、彼女の評判を聞いた。気まぐれなホックリー老人が突然彼女を嫌いになって、いったん書き直した遺言書を、無効にしてしまいやしないかという不安が、かなり彼女にのしかかっていたので、これは動機としては、充分なものだったといえただろう。

殺人の疑いがある場合は、死体解剖をやるのがふつうなので、わたしはそれを請求したんだが、その結果ははっきりと出た。死の直前に、ホックリーはアスピリンをのんでいるが、アンギーナ用の薬はのんでいなかったんだ。

それでわかった。フリント夫人が何をしたかは、それ以上考えなくても明らかだったわけだ。わたしは、彼女のクロを確信していたが、ただ、それだけの証拠で陪審員が納得するかどうかを、疑問に思っていたんだ。どうしたら、もっと証拠が見つかるだろうか？　本当のところ、はじめのうちはとほうに暮れたんだ。だがやがて、ふと思いついた。

フリント夫人が、ガラス管の中味を取りかえたものなら、指紋を残しているはずだ。わたしは、アンギーナ用の錠剤を調べてから、彼女にそれを取り出したことがあるかとたずねたところ、彼女は一ぺんもないとはっきりいった。しかし、いままでわたしが説明したことでおわかりだと思うが、その錠剤のほとんどひとつひとつに、彼女の指紋がはっきりと出ていたんだね。

彼女の弁護人が、いろいろと弁じたがむだだった。彼女が、その指紋の説明につまってしまったときに、彼女の無罪を認めないという陪審員の態度はきまったわけだ。

ビング兄弟

ビング殺人事件から、もう二十年になる。事件当時はかなりのセンセーションだったものだが、その理由は、ひとつにはそれがミステリーと劇的要素とのまざり合ったものであったことと、いまひとつは、時をうつさずにそれを解決してしまったという、警察のあっぱれな仕事ぶりにあったものと思う。実際問題としては、フレンチ警視――当時警部――の働きだったのだが、彼は私に、そのくわしい話をしてくれるという約束をしてあったのだ。

ウォルターとビヴァリーのビング兄弟は当時、ロンドンから三十マイルほど離れた町で、小さな宝石商を営んでいた。店といっても狭いところで、使用人は全部合わせても十人そこそこだった。どうやら商売にはなっていたものの、もうけは少なかった。兄弟同士が営業方針で意見が合わず、いつも口論が絶えなかったという。ウォルターのほうは、石橋をたたいて渡るというまことに手固いたちだったし、反対にビヴァリーのほうは、冒険もかえりみないという、荒っぽいやり方だったのである。

ふたりの性格の相違は、店で使っている金庫のことについても、あらわれた。現在使っている金庫は中古品を買ったもので、もう旧式になってしまったし、これでは泥棒を呼びよせるようなものだという点では、ふたりの意見は一致していた。ところが、ウォルターのほうは前例にならって、店舗拡張のための貯金を使って新しいのを買うことを主張したが、ビヴァリーのほうは、前例などというものを、頭から軽蔑していた。そして、商品を安全にしておけて、しかも貯金をおろさずにすむ方法というのを、考えたのである。彼は、そういうことに頭が回ったばかりでなく、実際に手先が器用だったので、ウォルターの電気ストーブの中に、小さな鉄製の箱をはめ込んでおいて、その中に店で一番高価な宝石をかくしておいた。ストーブの火は、それをやる前と同じに見えたので、彼らふたり以外には、そんなところに物をかくしてあるなんて思うものは、ひとりもいなかった。このことは、この事件に関連してなかなか重要なことなのだというのは、あとで話すが、金庫からは盗まれたが、この箱に入れといた宝石は、無事だったからだ。

ふたりの兄弟は、商売にかけてはかなりしっかりしてはいたが、反面甘いところもあった――つまり、ふたりのやり方には、どっちかというと情にもろいところがあったんだね。そのひとつが、サム・ソールターに対する援助だ。サムは彼らのいとこに当たったが、こいつがやくざ者で、何年かアメリカにいっていたのが、また舞いもどってきたのだった。このサムが、彼らを訪ねてきて、いかにも本当らしくつらかったときの話をすると、ふたりはすっかり同情してしまって、めんどうをみてやることになってしまったんだね。もちろん、はじめてやるのだから、その仕事はつまらぬものだった。ほかにあてのなかったサムは、しかたなしにその仕事をやることにしたが、その負け犬的な立場に腹が立ってならなかった。その結果は、自分のいとこたちに感謝しなければならないところを、逆にだんだん憎むようになっていったのだ。とくに彼は、口の悪いビヴァリーのほうを憎んだ。当然の結果として、彼はふたりからもあまり好かれなかったというわけだ。

　そうしてサムが、一年ほど働いているうちに、ある小さな事件が起こって、それが彼の憎悪感をあおり立てることになった。あるときサムが、店の金を少しごまかして、そのしっぽをビヴァリーに握られてしまった。ビヴァリーは、それを他言こそしなかったが、それをたねにサムをおどかしはじめたんだね——といっても、べつに金をせびったのではなく、時間をせびったのだ。つまり彼は、あまり重要でない仕事は、自分でやらずにサムにやらせて、自分はのんびりとしていたというわけだが、おかげでサムは、毎晩おそくまで店に残っていなければならなかった。

　そのうちに、情勢はしだいにサムに不利となってきたので、ついに彼は、そうした事態に終止符を打つことに決心したのだ。つまり、ビヴァリーがこの世にいるあいだは、その事態は終わらないということだ。とはいうものの、殺人ということには、彼も二の足を踏んだ。

　少なくとも、はじめはそうだった。しかし、しだいにいい考えが浮かんでくるに従って、良心のほうが後退していった。ビヴァリーを殺《や》って、店の物を盗んでおいて、いかにもビヴァリーのやつが盗んだように仕組んでおいたら、どうだろう？　それがうまくいけば、彼はもうおどかされもせず、監獄にも入れられず、無事で金持になれるだろう。そこで彼は、その線にそって、計画を練りはじめたのである。

　まもなく、ひとつの計画が浮かんだ。偶然にも、彼がブロンドで、ビヴァリーが黒い髪をしていたということを除けば、ふたりの顔かたちは生き写しだった。彼は、この点を利用しようとした。ところで、これ以上話を進める前に、まず三人の住居について説明しておかなければならない。

兄のウォルターは結婚しており、その町の郊外にある古い家に住んでいた。むかし農場の一部だったという、なかなかいい庭があって、離れもあり、それに温室と古井戸までついていた。ビヴァリーはまだひとり者で、その近くのホテルの二部屋を借りていた。サムは、むかしの邸宅の馬車置場だったのを、下宿屋の別棟として改造したところに、部屋を借りていた。食事はほかの下宿人といっしょだったが、部屋は離れていたので、彼はひとに見られずに出入りすることができた。

この計画を遂行するために、サムが必要としたものといっては、しらが染めとそれを洗いおとす薬だけだった。それを彼は、しろうと芝居をやるのに使うんだといって、ロンドンの店で買い求めた。かすかな月あかりのある週末というのが、計画決行日の条件であった。その日は十日ほどたつとまわって来たので、その三月上旬の日の晩の八時頃に、彼はいよいよ着手した。黒いオーバーに黒帽子をまとって、小さな空《から》のスーツケースを持って、一挺ののみをポケットに入れた彼は、裏通りづたいにウォルターの邸にいき、こっそりと裏を回って古井戸のところへ出た。もちろん、彼は前に何度もウォルター邸にはきていたから、そのへんの地形はちゃんと心得ていた。持ってきたのみで、マンホールのふたをはずした。長いあいだあけたことのないふただったが、ふたといっても、ただ穴にかぶせてあるだけだったから、いともかんたんにあいた。そしてまた、もとどおりにふたをしておいてから、温室のところにあるコックをひねって、罐にいっぱい水を入れたのを、古井戸の近くのしげみの中にかくしておき、その罐のそばにスーツケースをおいといた。それから、こっそりとその場を抜け出ると、もよりの公衆電話から、ビヴァリーに電話をした。

「ビヴァリーかい」と、彼はウォルターの声色を使っていった——彼は、物真似がうまかったんだ。「実は、宝石を少し売りたいというひとがいるんだがね、会っといたほうがいいと思うんだよ。いま、ここへやってこないか？」

ビヴァリーは、すぐにいくといった。

サムは、近いところだから、ビヴァリーは歩いてくるにちがいないと思った。そして、のみをもってウォルター邸の車回し《ドライブ》へいき、門の内側で待っていた。まもなくビヴァリーが来て、ふたりはいっしょになった。

「じゃあ、ウォルターはきみにも電話したんだな」と、サムはビヴァリーにいった。「いったいなんだろうね？」

そして、話しながら歩いていくうちに、サムはビヴァリーのうしろにまわって、なぐりつけた。ビヴァリーは、音も立てずに倒れた。すぐに近よってみると、頭蓋骨がくだけていた。

いまが危ないときだ、そう思いながらサムは、誰かが車回しのほうからきて、彼を見つけやしないかと、びっしょり汗をかいていた。それからやっとのことで、死体を背負って井戸のところまでたどりついた。そして、オーバーを脱がせ、ポケットの中のものを全部とり出した。ビヴァリーは、黒っぽい茶のオーバーを着て、それに合ったソフトをかぶっていたが、サムはそれを脱がしてスーツケースに入れた。それから、死体とのみを井戸に落とした。そしてもとどおりにふたをして、すきまに土をかけ、そのへんの地面に水をかけて跡を消しておいた。それからもとのところへもどしておいて、スーツケーズだけをもって自分の部屋に帰った。それまでのところは、予定どおりにいった。誰にも見られなかったし、跡も残さなかったと思って、彼は安心した。

彼は午前二時までベッドにいて、それから起きて次の仕事にかかった。また黒いオーバーと帽子をまとったが、こんどはゴム手袋を持っていた。そして、懐中電灯とビヴァリーの部屋の鍵を、ポケットに入れた。サムの部屋は一階だったから、誰にも見られずに窓から忍び出ることができた。外は寒くて、小雨が降っていた。彼はほっとした、というのは、古井戸のふたのあたりに水をかけてきたので、あまり濡れていて怪しまれやしないかと、内心気になっていたからだ。

彼は、本道を通らずに町に出た。そして彼らの店に近づくと、立ち止まって角のほうをうかがった。やっぱり巡回の警官がいた。そしてゆっくりとこっちへ歩いてきながら、懐中電灯で一軒ずつウィンドーを照らして見ていた。サムは、あともどりをしてその建物をまわってまた街に出て、警官のうしろにまわった。そして、警官が街角に消えていくのを待って、いそいで店にはいっていった。

中にはいった彼はすぐに、これはいかんと思った。というのは、全部の窓のブラインドがあいていたので閉めたかったのだが、といってそんなことをしたら、あの警官がもどってきたときに気がついて、怪しいと思うにちがいないからだ。しかたがない、彼は懐中電灯を使うよりしかたがなかった――それも、なるべくオーバーでかくすようにして。それから、ビヴァリーの鍵で金庫をあけて、ばらばらになっている宝石を盗んだ――いずれも二級品で、一級品はすべて電気ストーブの箱に入れてあったのだ。しかし、それにしても、かなりの金目だった。それから彼は、そこにあった現金もとった――これからの彼の計画の実行に使って、少しあまるくらいだった。そしてまたビヴァリーの鍵で彼の引出しをあけて、彼の旅券を見つけ出した。それをポケットに収めると、あけたところは全部しめて、街の情況をよく見ておいてから、こっそりと外へ出た。三時半には、彼は自分の部屋にもどっていた。

サムは、本の中をえぐりとったのを一冊準備しておいた。そして、その穴の部分に盗んできた宝石を入れて、それを小包にし、筆跡をごまかして自分あてに送り先を書いた。

まずそれまでのところは、すべてうまくいったが、サムはすっかり疲れていた。なんとかして眠ろうとつとめたが、目がさえてしまってなかなか眠れない。寝すぎたら計画に支障をきたすし、計画どおりにやらないと、警察に見つかってしまうだろう。彼はこわくって横になることもできず、立ったりすわったりしながら、なかなか経たない時間にいらいらしていた。

彼は前もって、日曜日の朝食は早い時間にしてくれるように頼んでおいたので、母家のほうへいってみると、もうできていた。

「きょうは、これで食事はいりませんよ」と、彼は下宿のおかみさんにいった。「帰りはおそくなります。十二時すぎになるでしょう。バーンマス（イングランド、ハンプシャー州）で一日すごして来ますから」

せいぜい楽しんでいらっしゃい、というおかみさんのお世辞を聞きながら、彼は小型のモリスを部屋の近くに持ってきた。それから部屋にはいって、髪の毛を染め、ビヴァリーの茶のオーバーを着、帽子をかぶって、同じくビヴァリーの旅券をポケットに入れた。税関の役人をごまかすために、スーツケースに二晩ほど泊まるための身の回り品を、それから本物の自分になるとき使うために、グレーの帽子とレーンコートをいっしょに入れておいた。それから、中に宝石を入れた本も持った。こうして、すっかりいまは故人となったいとこになりすまして、誰にも見られずに車を走らせていった。

彼の意図は、ごまかしの足どりをこしらえておくことで、九時半までにはヴィクトリア停車場近くのガレージにいっていた。「車をとりにくるのは、八時すぎになるが」と、彼はいった。「その頃まで、ここやってるかね？」

「いつでもあいていますから」と、係りの男がいった。「車はいつでも出せるようにしておきます」

サムは、ヴィクトリア停車場まで歩いていく途中で、例の本を投函した。駅では、彼は、二等と三等の二組の往復切符を買った。行きは十時半のゴールデン・アロー号でいって、二時前にカレーに着いた。ドーヴァー海峡を渡るときは、なるべく乗務員の目につくようにつとめた。旅券と荷物の検査はほんの形式だけで、彼のスーツケースはあけさせられなかった。

カレーでは、発車まぎわのどさくさにまぎれて、こっそりと男便所にはいって、中から錠をかけておいた。そして、ビヴァリーの茶色のオーバーと帽子をとり出して、便所の棚にのせておいた。見つかったらかえって好都合なのである。そして彼は、こんどはスーツケースから、グレーの帽子を出してかぶり、レーンコートを着た。それからの一時間半というものを、彼はそこでじっと辛抱していた。ようやくパリからのゴールデン・アロー号がやってきたので、彼はすぐさま便所から出て、乗客のなかにもぐり込んだ。

彼は、三等で帰っていけば、旅券係も税関も、別の役人から調べられるものと期待していた。旅券のほうは前と同じ係りの役人だったが、しかしすぐに通してくれた。税関の係りと連絡船の乗務員は、別のひとたちだった。すべてが支障なくすんで、彼は二等車に乗り込んで、八時前にヴィクトリア停車場に着いた。

ガレージには、彼の車が待っていた。幸いなことには、係りが交替していたので、彼が服を取りかえたことを、気づかれずにすんだ。それから彼は、車を田舎のほうへ走らせていって、道ばたに駐車したまま二時間ほど眠ってから、真夜中ちょっと過ぎに、いかにもバーンマスにいってきたという格好で、ホテルにもどってきた。髪のしらが染めを洗い落とし、ビヴァリーの旅券を燃してしまった彼は、これで恐ろしい仕事もやっと終わったと思ってうれしかった。もう、誰からもおどされることはない。そして、あの本が配達されれば、彼は金持になって、いつでもいまの店をやめることができるのだ。しかし、それは急ぐことはない。とにかく、いまのところは、ひと目をひくということが、何よりも危険なのだ。

それまでやってきたことを、振り返って考えるほど、彼はますます満足だった。ビヴァリーのやつは処理してしまった、そしてストックの宝石も。金庫は鍵であけたんだし、兄のウォルター以外に鍵をもっている者は、ビヴァリーだけだった。警察ではすぐに、ビヴァリーはドーヴァー海峡をこえてフランスに逃げていったものと見て、カレーで発見されたオーバーと帽子は、ビヴァリーが変装に使ったものと判断するだろう。彼らが、彼がロンドンに引き返したと見ることは、おそらくあるまいと思うし、かりにあっても大したことではない。動機こそはっきりしないが、しかしビヴァリーには、あまりかんばしくない評判もあったくらいだから、色恋沙汰で町にはいたたまれずに逃げ出したとも考えられるし、いま頃は相手の人妻といっしょになっているかもしれないくらいに見られても、ふしぎではあるまい。サムは、もしそのあいだどこにいたとたずねられたら、もちろんバーンマスにいっていたと答えるつもりだった。あのくらい大きな町のことだから、彼に気づいたひとがいなかったとしても、ふしぎではないだろう。

「ビング事件の話をしてやるなんて、とんでもないことを約束してしまったものだ」と、フレンチ警視は話をつづけた。「しかし、約束は約束という文句を、小学生時代に習ったこともあるし、話さないわけにもいくまいな。

そうはいうものの、わたしは、ビング事件はいま思い出しても悪い気持はしないんだよ。なぜっていうと、あれはわたしにとってはおそらく一番ついていた事件だったからだ。事件の捜査に当たった警官が、はじめの供述を聞いただけで、いきなり解決にもっていってしまうというケースは、そうざらにあるものではない。大概は、はじめは五里霧中にあるのがふつうで、それから長ったらしい聞き込みをくり返したり、頭が痛くなるほど考えたりして、やっと見当がついてくるものなんだよ。しかし、ビング事件のホシは、四囲の情況を知らなかったために、えらいまちがいをやらかしたので、おかげでわたしは事件の詳細を聞いただけで、解決できたというわけだ。

わたしがとくに、何をしたというのではない。どの警官だって、わたしの立場におったらできたことだよ。

土地の警察から警視庁への要請があったので、わたしはすぐに現地へいって、ウォルター・ビングを彼の事務所に訪ねた。そのときのウォルターは、実によく協力してくれたんで、この機会にほめておく必要がある——彼は文字どおり、いっさいを話してくれたんだからね。わたしはなにも、いつも証人たちがわざと加減して話すといってるんじゃないんで、非常に大切なことを、関係ないものと思い込んで、いってくれない場合が多いということを、ここでいいたいのだ。ウォルターは、彼らの店のことを説明してから、ビヴァリーの性格などについては、彼には女出入りが多かったことや、なかなか器用な男で、電気ストーブの中に隠し場所をつくることもやってのけたほどだったということなどをあげて、くわしく話してくれた。また彼は、盗難があったことと、ビヴァリーが姿を消したということの詳細に加えて、サムがあわれっぽい身の上話をもって、彼ら兄弟のところへやってきたということまで、教えてくれた。

そして最後に彼は、こういったんだ。『まったく私にはわからないんですよ。そりゃあビヴァリーは、私たちと同じで、欠点もありましたけれど、こんどみたいなことをやるような男では、断じてありませんよ。第一、そんな必要がなかったんです。この店の半分は彼のものなんだし、ちゃんと株を持っているんですからね』

わたしは、そのウォルターの事務所にすわったまま、考えてみた。事件の表面は、きわめて簡単明瞭なんだね——宝石が盗まれて、男が姿を消した。金庫の鍵をもっていたのはその男だけだった。すると、ひとつのことに思い当たったんだ。わたしは、ははあそうかと思った。ウォルターのいったことが正しく、ビヴァリーはシロだと、思ったんだ。従って、ビヴァリーこそ、誰かに殺《や》られたんだとわたしは思ったし、そのときは、証拠といっては何もなかったけれども、その誰かというのがサムであると信ずべき理由は充分にあると思ったのだ。

もちろんわたしは、その考えは自分の胸の中にしまっておいて、当たりまえの捜査をつづけていった。ビヴァリーの人相書が回され、いつものような聞き込みがくり返された。ビヴァリーは、よくアムステルダムに旅行をするので旅券は持っていたが、それが紛失していた。そこで、わたしはヨーロッパのほうへ注意を向けた。捜査の結果、カレーでオーバーが発見され、その商品ネームからビヴァリーのものであることが証明された。

わたしが、ビヴァリーをシロだと思っていなかったとしたら、これにだまされてしまったかもしれないが、しかしそのときのわたしは、そのオーバーは、誰かそれを着てあの旅券で旅行をした別の男が、わざわざおいたものだという気がしたんだね。とすれば、それをやる者は誰だ？サムの体格と容貌を思い出したわたしは、いよいよ彼をくさいと思った。

列車に関しては、以上のような線が出ていたが、ほかのところからは、さらに有望な結果が出ていた。ビヴァリーのホテルを調べたわたしたちは、かなりの示唆に富む事実を発見したのだ。ビヴァリーあてに、彼の兄からかかってきたという電話は、ホテルのボーイが受けて、ビヴァリーに伝えたのだった。ウォルターは、そんな電話はかけてはいないのだから、ふつうならわたしは、ビヴァリーが自分の計画のために打った芝居と取るところなんだが、ビヴァリーのシロがはっきりしている以上は、その電話ははるかに重要なものとなってきたんだね。それは、ビヴァリーを殺そうとした者が、彼をおびき寄せようとした電話だったのだろうか？　どっちともわからないことだったが、しかしそれは無視できないことだった。それから、徹底的に捜した結果、死体が発見されたというわけだ。

サムがホシだという確証はつかんだのだが、裁判所に提出するだけの証拠がなかったので、こんどは捜査をそっちに向けた。そしてまもなく、サムが日曜を丸一日、どこかへ姿を消していたことを突き止めた。彼は、バーンマスでの行動をまことしやかに説明したが、しかし、誰も、彼と彼の車を見たものはいなかった。一方、サムがカレーまでいって、オーバーをおいてきたという前提で、ヴィクトリア停車場近くのガレージを洗ってみたところ、彼がカレーにいってもどってくるまでのあいだに相当する時間、彼の車がそのガレージにおいてあったことがわかった。

証拠は着々と確立されていったが、そのうちにわたしたちが発見したひとつの事実が、彼の有罪を不動のものとしてしまった。サムの部屋を捜索していたわたしたちは、郵送されてきたまま、まだあけてない一冊の本を見つけた。何かと思って調べた結果、それが外見に似合わず値打ちのあるものであることがわかったのだ。そこでわたしたちは、サムを引っ張ってきたんだが、証拠を突きつけられた彼は、口がきけなかったというわけだ。

さあ、これでわたしはわたしの約束を果たしたのだから、こんどはあなたの番だよ。わたしが、どうしてビヴァリーがシロだとわかったか、わかるかね？　え、なんだって？　そう、そのとおりだ、わかりきったことだったんだよ。電気ストーブの中においてあった宝石さ！　もしもこれが、ビヴァリーの泥棒というだけの事件だったとしたら、彼がその宝石を残していくはずはないじゃないか」

かもめ岩《ガル・ロック》

こういう関係は、別に珍しくはないが、それが悲劇のもととなることも、かなりあるんだね。うんと年上の夫と、若い妻と、そして魅力的な男友だち！　典型的な三角関係劇というわけだ。この場合、結婚とはまさに、生活の方便のひとつだったんだね。骨董商のライスには、身のまわりの世話をしてくれる婦人が必要だったし、タイピストで細々と暮らしていたナンシー・コールはまた、安定した生活と家庭がほしくてならなかった。というわけでいっしょになったふたりの関係は、どうやらうまくいっていたんだが、そこへライスが、若いモーリス・ブラックを、彼の部下の共同経営者としてつれてきたんだ。いささか寂しかったナンシーは、この若くて魅力的な男性を迎えて、もちろん喜んだ。そうしているうちに、まずいことになってきた。ふたりとも気がつかないでいるうちに、相思の仲となってしまったのだ。ナンシーにとっては、ライスといっしょの生活が、我慢できなくなってきたし、ブラックにしてみれば、ほしいものが目の前にあるのに、手に取れないということになってきた。

そのうちにだんだんと、ブラックの頭の中で、焦点がひとつのものにしぼられてきた。ライスだ！　ライスさえいなければ、ぼくらは結婚できるんだ。ライスさえいなければ、商売は全部ふたりのものになるし、暮らしもうんとよくなるし、ふたりにとってこの世はまさに天国となるだろう。ライスさえいなければ！　ブラックは、つとめてこの大それた考えを、否定しようとした。がしかし、殺人という考え方は、むしろいよいよ彼の頭を占領しつつあった。

そして、トレジーンというところで家具のせり売りがあると聞いたときに、彼はひとつの計画を思い立った。事故死ということにするんだ！　ライスがひとりでいて事故にあったということになれば、疑いが起こるはずがない。そのやり方はある。そしてブラックは、その詳細な手口を工夫しはじめた……

トレジーンというのは、北コーンウォール地方の海岸にある小さな村で、少年時代をそこで育ったブラックには、隅から隅まで知っているところだった。掘り出しものがあるかもしれないので、ブラックもどうせ行かなければならなかったが、ライスにとっては、お目当てはほかにあったといえるのだ。彼は、鳥類の生態の撮影にこっていた。しかも、それが趣味という程度ではなくて、その写真の売り上げが、かなり有利な副業にもなっていたのである。

トレジーンというところは、鳥類学者の楽天地だった。海岸から百ヤードほどの海上には、有名なかもめ岩《ガル・ロック》があって、何千羽という鳥がそこに巣をかまえていた。せり売りの広告を読んだライスは、前々から一度いってみたいと思っていたところだったから、ふたりでいっしょにいこうじゃないかといった。彼が買う品物を選んどくから、ブラックがせりのほうを受け持つことにして、そのあいだに彼は写真をとりに出かけるんだ、といっていた。

鳥のことを別として、かもめ岩《ガル・ロック》だけとっても、なかなか興味のあるところだった。小さなところ——一平方マイルないくらい——ではあったが、凹凸の多い岩山の線が実に美しくて、イタリアのカプリ島を小型にしたようだとさえいわれていた。上げ潮のときには島になり、潮が引くと砂の出たなわてができて、靴を濡らさずに陸までわたることができた。なわての末端ではゆるやかな上り坂になっていたが、あたりには岩が水面と直角になって屹立《きつりつ》していた。そしてその高さも、大西洋の荒波がぶつかるところなどは、四百フィートもあった。岩に向かい合った陸地には、絶壁のあいだを通っている狭い谷道があって、これがゆるやかに下ってなわてにつながっていた。

ライスがせり売りに出されるむかしの大邸宅で使われたという品々を見るには、まる一日かかるというので、彼らは、二日前にトレジーンにやってきていた。そのときのブラックのスーツケースには、妙なものばかりはいっていた——写真用のフラッシュ電球とその入れ物とバッテリー、短い鉛管、一方の端に鉤《かぎ》をつけて、一フィートおきに結び目をこしらえてある三十フィートほどの細いロープ、といったものだった。そして、小さなホテルには、五、六人の泊まり客が泊まっていたが、ただひとりだけ、フレンチというロンドンから来ていた男を除いては、全部が商売人だなと、ブラックは思った。そして、そのフレンチという男は、何か自分のものを買いに来たんだなと、彼は想像した。十月も終わりごろのことだったから、避暑客などはとっくに引き上げてしまっていた。

夕食のころになると、お客たちもおたがいに慣れてきて、世間話に花が咲いた。そしてその食事時間中に、ブラックは計画の第一歩に着手したのである。彼はライスに、いそがしいあすにそなえて、今晩はゆっくり遊んでおいたらどうかとすすめた。ライスは、それをしおに立ち上がった。彼は、自分の道楽の話となると、全然ブレーキがかからんほうだったので、食卓から立ち上がった一同は、彼がここへやってきた本当の目的が、かもめ岩《ガル・ロック》の鳥の撮影にあることは、よく知っていた。

九時ごろになって、みんなでバーへいったときに、ブラックは第二の行動に移った。適当なおりを見はからって、彼は窓のほうへ歩いていった。「すばらしい月夜じゃないですか」と、彼はライスにいった。「どうです、一日こんな家の中にこもっていたあとは、散歩でもしようじゃありませんか？」

これも、いい線をいっていた。ライスは、年はとっていたが、からだを動かすことが好きだった。「そういやあ、そうだね」と、彼はいってから、みんなにいった。「ちょっと、新鮮な空気を吸いに、いってきますよ」

ブラックは、土地をよく知っていたので、いきおい彼が先導役になった。そして、岩のほうへ案内していった。岩はホテルからすぐのところで、五分も歩いた彼らは、なわてに通じている狭い谷道に出ていた。そのへん一帯に、先史時代の住居の遺跡らしい巨大な丸石がころがっていた。ブラックが、それを指さした。

「これを、本物だというひともいるし、あとでこしらえたんだというひともいるんですよ」と、彼が説明した。「あっちへいくと、お寺みたいなのがありますよ」

ライスは興味が出てきたらしく、右のほうに向いた。ブラックの心がおどった。いまだ！　彼は、自分をはげました。相手の注意をそらすために、何かいいながら、彼はライスのうしろのほ

う へ回っていって、オーバーの下にかくして持ってきた鉛管をとり出して、力まかせに老人の脳天をなぐりつけた。声も立てずに、ライスは倒れて、そのまま動かなくなった。

と、それまでの興奮状態が急に去ったと思うと、冷汗が流れてきて、急に心細くなってきた。これではいかんと、彼はからだをしゃんとさせた。いま自分を悩ましている、この恐ろしさから逃がれるためには、この計画の残りの部分をすぐに、まちがいなくやりとげる以外にはない。

凶器の鉛管を海の中に投げ捨てると、彼は丸石のかげから出て、急いでホテルにもどって、バーにはいっていった。その間十五分とはかかっていなかった。誰かが、彼を見て話しかけた。

「早いじゃないですか」と、ひとりがいった。

「わたしも、こんなに早く帰ろうとは思ってはいなかったんですがね」と、彼がやり返した。彼は、酒のお代わりを注文して、一所懸命に冷静を装いながら、みんなの相手をしていた。

「うちの社長《ボス》は、とにかく熱心でしてね」と、冗談みたいに笑いながら、「いい晩だと思ったら、あのひとはもうなんといってもきかないんですよ。絶対にフラッシュを使ってかもめ岩《ガル・ロック》の巣にいる鳥を撮るんだといいましてね」

彼のこの言葉に、一同が彼のほうを向いた。「なんですって？」と、ひとりが大きな声を出した。「この時間に、あのかたがかもめ岩《ガル・ロック》へいかれたというんですか？」

「そうなんですよ、カメラとフラッシュ電球を持ちましてね。わたしも、とにかくいっしょにいこうと思ったんです。ところが、きかないんですよ。ひとりでいっても、鳥に近づくのはとてもむずかしいんだ、ふたりでいったら全然だめだよ、といいましてね。わたしは、なわての口までいっしょにいって、そこから帰ってきたんですよ」

「よけいなことかも知れませんが」と、前のがまたいった。「しかし、あんな老人が、夜、しかもひとりであんなところへいかれるなんて」

「いや、大丈夫ですよ」と、ブラックがはっきりといった。「あのひとは、寂しいところで鳥にこっそり近づくなんてことは、慣れていますし、それに今夜は月夜で、とても明るいですからね」

一同が解散すると、ブラックはマネジャーを呼んだ。「ぼくの連れが外出しているんだがね」といって、彼は写真の件を説明して聞かせた。「帰りがおそくなるといっていたから、すまないけれど、脇のドアを掛け金だけにしといてくれないか、あのひとがもどってから錠をおろせるように」

部屋にもどると、ブラックはベッドにふらふらとたどりついて、寝そべった。もう一刻も、こんないやな気分ではいられないような気持だった。しかし、もっともっといやなことがあるんだ、と自分にいいきかせて、勇気を出そうとつとめた。やがて、彼はあかりを消して、うつらうつらしながら、次の行動開始時間まで横になっていた。

二時に起きた彼は、ラバーソールの靴をはいて、ポケットにフラッシュ電球と靴の中底をおし込んでおいて、ロープのまいたのを首にかけた。それから、となりのライスの部屋に忍び込んでカメラを取ると、足音を忍んで階段をおりて、脇玄関に出た。そして、そこを出ると静かにドアをしめておいて、闇の中に消えていった。

そとは冷たくて、風が悲しそうな音を立てて吹いていた。暗いほうがいいとは思ったが、しかし月の光があれば仕事はやりいい、といってひとに見られたらたいへんだった。彼は、急いでなわてを見おろせるところまでいって、そこに立ったまま考えた。ここまで来たら、彼はもう急がなかった。なぜなら、彼の計画が成功するかしないかは、これからあとを正確にやれるかどうかに、かかっていたからである。

　なわてに通じる狭い谷道は、水面の高さでは三、四フィートくらいの幅しかなく、その両側は絶壁になっていて、奥にいくにしたがって、それが高くなっていた。ブラックは立ったまま、そこに渦巻く水と、狭い砂の道を見おろしていたが、やがて絶壁から見おろして、下の海面の上の一点に見当をつけた。それから、ロープをほどいて、端の鉤のところを丸石のまわりにひっかけておいて、海のほうに投げおろした。するとロープは、絶壁にそって垂直に垂れさがり、彼が見当をつけておいたあたりの水面に届いた。

　次の仕事は、頭よりも力のいることだった。ライスの死体のところにもどると、ブラックは死人の足から靴をぬがせて、それを自分ではいた。その靴は、彼には大きすぎたので、かねて用意してきた中底を入れた。そして、自分の靴はセーターの中に入れた。それから、死体の手首のところを、跡がつかないように柔らかい布でしばって、そうしてできた腕の輪を自分の首にひっかけて、死体を背負い上げた。

　さてそれからは、疲れたからだと、ともすれば恐怖に打ちひしがれそうな心とにムチをくれながらの、つらい仕事が始まった。重い死体に腰をかがめながら、彼は谷道からなわてにはいり、そのなわてを伝って岩まで歩いていった。なにしろ重かったので、彼は何度も休まなければならなかったが、下が固いために足跡がつく心配がなかったので、いつでも好きなときに休むことができた。

顔からは汗が流れ、心臓が自分にも聞こえるような音を立てていた。しかし彼は、ナンシーのことを考えては、疲れた足を引きずっていった。ついに彼は、最終目標の地点である、鳥の巣のいっぱいある崖の上の斜面に出た。

といきなり、あたりで大きな物音がしたと思うと、いっせいに動き出した。鳥だったのだ！彼が来たので驚いた鳥が、羽ばたきをして飛び立ったのであった。たちまちのうちに、あたりの空は鳥でいっぱいになってしまった。瞬間ブラックは、鳥に襲われやしないかと思ったが、やがてそんなことはないと気を取りなおして、仕事をつづけた。

まず彼は、カメラとフラッシュ電球とその入れ物とバッテリーをよくぬぐって、自分の指紋を消してしまってから、ライスの指を押しつけて指紋をつけさせ、その品々をくぼんだところにおいた。それから、靴のかかとでそのへんをふみにじって、跡をつけておいた。これで、ここでライスが災難に会ったということになるだろう。それからこんどは、ライスの手首をほどき、靴を取りかえて、死体を斜面にころがした。死体は、だんだんはずみがついていって、ついに見えなくなってしまった。死体の落ちた音などは聞こえず、聞こえるのはいかにも陰気な波の音ばかりであった。そんなことは、もうどうでもよかった。スチュワート・ライスの死体が、はるかに下のまっ暗な海面に浮いていることには、まちがいなかったのだ。間もなく潮流が、あの死体を、沖のほうへもっていってしまうだろう。そうなれば、もう絶対に誰の目にもつくことはないのだ。

この恐るべき仕事を終わったブラックは、急いで帰途についた。なわてにきた彼は、ズボンをぬいで、波の寄せている海にはいっていった。岩のかげになって外洋からさえぎられていた海面には、大波は立っていなかった。こうして彼は、水をかぶっているなわての端のところを通ることによって、砂地の上に足跡を残すことなしに、陸地へもどることができた。しかし、彼の目の前には、三十フィートの絶壁が立っていたので、どうしても砂地を通らなければ、谷道に行くことができないわけだった。

ここで使うために、彼は先刻ロープをぶら下げておいたのであった。さっそく彼は、水面すれすれのところまできていたそのロープを使ってよじのぼり、ズボンをはいて、ロープを引き上げた。

さてここで、彼の計画のうちで一番心配になっていた部分であるロープの処分を、やらなければならなくなった。海に捨てるわけにはいかない——そんなことしたら、岩に引っかかるかもしれない。といって、ホテルに持って帰るわけにもいかない。そこで彼は、少年時代によく遊んだことのある岩の割れ目に、落としてしまうことにした。彼に疑いがかからない以上は、そんなところを捜すはずがないし、またこの計画なら、彼に疑いがかかるはずがなかった。

四時ごろに部屋にもどった彼は、まったく昏睡《こんすい》状態といっていいほどだった。彼は酒をあおって、その勢いでやったことを振り返ってみた。すると、自信が出てきた。彼とライスとは、とても仲がよかった——これには、充分な証拠がある。彼は将来も有望だったのだし、ナンシーとの仲は誰も知っていなかったのだから、彼にライスを殺す動機があったとは、誰も思うはずがない。

足跡が証明しているように、ライスはひとりでなかった、そのまま帰らなかったのだ。カメラとフラッシュ電球、岩や草についていた跡が、何が起こったかを証明しているだろう——ああいう場所では、事故が起こることは、充分に考えられる。万が一死体が見つかった場合でも、あの頭の傷は、落ちたときに岩にぶつかってできたものだという説明ができるだろう。それに、ライスがホテルのひとたちに自分で話した言葉が、何よりも彼があすこまで行ったことの証拠となる。そして最後に、足跡による証拠は別としても、ホテルのひとたちはみんな、ブラックがホテルを出ていたあんな短い時間では、とうてい惨事のあった現場までいってくるなんてことはできっこないというにちがいない。翌朝の朝食の席で、ライスの姿が見えないじゃないか、ということになった。ブラックが、二階を見てくるといって上がっていったが、まもなくあわてておりてきて、マネジャーのところへいって、たいへんなことになったと伝えた。

それを聞いたマネジャーのシートンは、首を振って、「あすこの岩は、滑りますからね」と、はっきりといった。「ばかなことをされたものですよ。とにかく捜索しなくては」

ブラックは、そのとおりだと合槌を打った。すべては、彼の思惑どおりに運んでいったのだ。

フレンチ警視にとって、いつまでもふしぎでならなかったのは、一見欠陥が全然ないと思われたほどの精巧な計画を考え出したあのブラックのような利口で器用な男が、どうしてあんな子供でもやらないような見落としをしたのだろうか、ということであった。犯罪とはこうしたものなのだ！

フレンチが、この事件に関係したというのは、まったく偶然のことからであった。彼は当時、にせ札事件に関する重要な捜査を担当していたが、ロンドンのある骨董商に疑いがかかっていた彼は、トレジーンでせり売りがあると聞いたので、そこへいったら、にせ札使いの現行犯をあげることができやしないかとも考えて、やってきていたのであった。そして偶然、その同じホテルに泊まった彼は、ライスの事件を知ったというしだいだった。

　はじめ彼は、べつにこの事件に興味も持たず、殺人事件などとも考えたわけではなかった。しかし、彼の職業を知っていたホテルのマネジャーのシートンから、土地の警官がすぐには来られないので、そのあいだ、非公式に捜査のほうを援助していただきたいと頼まれたので、彼としては断わるわけにはいかなかった。そこでまもなく、小人数の捜索隊が出発することになった——それは、シートンとシートンの友人ということでフレンチと、ブラックと、それにもうひとり協力を買って出たモリスという男だった。

　一行は、まもなくなわてに出たが、見ると岩に通じるそのなわてには、一列の足跡が点々とついていた。やがて彼らは、ばらばらになってほかの手がかりを捜しはじめた。

　フラッシュ電球とカメラを見つけたのは、シートンだった。「ここから滑り落ちたんですよ」と、彼はみんなに指さして見せた。「それから、そこにしがみつこうとしたんですよ、きっと」といって、彼は踏みにじられた草を指さした。

　みんなが、そこで起こったであろう悲劇を想像して身動きもせずにいると、ブラックがとても恐ろしくってたまらないという顔をした。

「もう捜す必要はないと、思うんですがね」と、フレンチがいった。「ずっと下の波打ちぎわまで見ても、死体は見つからんですからな」

「そうですな」と、シートンが答えた。「わたしたちには、どうしようもありませんな」そういいながら、彼はあたりを見回した。「ああ、警官のトレファシスさんがみえました。あのかたにまかせましょう」

警官に事実が知らされて、一同が引き上げてしまうと、フレンチがその警官をかたわらへ連れていった。

「いいかね、きみ、これは、ここだけの話だよ。わたしはせり売りのことでここへ来ている、ロンドン警視庁のフレンチ警視だが、きみに協力をするよ。いっとくが、くれぐれも注意して調べたまえよ。どんな可能性でも、決して捨てちゃいかんよ。たとえ殺人ということでもだ」

警官が、あっけにとられたような顔をして、フレンチを見つめていた。

「いいかね」といってから、フレンチがふたことみことささやいた。「そういうことで調べてごらん。わたしは、これからせり売りのほうへいかなきゃならんが、きみさえよければ、すんでからまた相談にのってもいいよ」彼はそういうと、手を振って、あっけにとられた警官を残して帰っていった。

その晩、フレンチがホテルに帰ると、トレファシスが、警部のレイノルズを連れて待っていた。

「トレファシスに、いいヒントをやってくだすって、ありがとうございました」と、レイノルズが、自己紹介が終わってからいった。「本当に助かりました」

フレンチが、にやりと笑った。「やあ警部、そういわれちゃ、汗顔のいたりだよ。あんたも、わたしの考えに賛成してくれたわけだね。それで、どういう措置をとったか聞かせてくれんかね？」

「はい。まず、なわてに残っていた靴跡の型をとりました。ライスの足型くらいの大きさでありましたが、ブラックのよりは大きかったのであります」

「わたしも、そう思ったよ」と、フレンチが同意した。「それから、どうしたかね？」

「いただいたヒントのとおり、ブラックの話はつくり話でしたので、彼のやったことかどうか考えてみました結果、彼の行為ということに意見が一致したのであります」

「まず、それにまちがいないと思うが、告発するためには、もう少し証拠は要るね」

「証拠も、少し集まりました。われわれは、ブラックが岩《ロック》までいったのだとしたら、彼は砂地の上を歩かずには、もどってこれなかったはずだと考えたのです。靴跡を残さないためには、絶壁をよじのぼらなければならなかったはずですから、それにはロープが必要だったわけであります」

「ロープをか？」と、フレンチがいった。「それで、何か見つかったかね？」

「はい。ちゃんとありました。絶壁の上のそれらしいところに、ひっかけたロープが食い込んだような跡がありました」

「それはよかった！　それじゃあ、こんどはそのロープを捜さなきゃあ」

「それを、やったのであります」警部は得意満面という顔で笑っていた。「全員出動で捜しました。そんなに手間はかかりませんでした。ロープは、そのへんにはひとつしかない岩の割れ目に、捨ててありました。だいぶ土でよごれておりました」

「ますますよろしい。こんどは、ロープとブラックとを結びつけなくちゃならんな」

ここで、レイノルズが気落ちした顔をした。「どうも、それがなかなか容易ではありませんので。まだ、彼を逮捕できるだけのものが、見つからんのであります」

「だろうね」と、フレンチがいった。「わたしにも、それはわかるよ。その証拠は、おそらくロンドンにあると思うが、やがて見つかるだろうよ。だが、やつの正体をつきとめることは、大丈夫できるよ。やつを呼んで、こういうことをたずねてみたまえ」といって、フレンチは警部に何かいった。

聞き終わった警部の顔は、いかにも満足そうだった。小さな声で礼をいうと、彼は部屋を出ていった。


一方、ブラックは、警察がこの事件に興味をもったことに、だんだん不安を感じてきた。すでに何人かの警官がやって来たうえに、レイノルズ警部がかなり長いあいだ、それもかなり鋭く尋問をしていった。もちろんレイノルズには、彼の話を疑っているようなようすはなかったが、そういうことをされたということが、彼を憂欝にした。だから、その日の午後おそく、レイノルズがまたやってきて、もう少したずねさせてもらいたいといったときには、ブラックはいよいよ不安になった。

警部といっしょに、土地の警官と、ホテルに泊まっているフレンチという男がやってきた。この三人目の男が、彼にとっては、おせっかいで一番いやなやつだった。こいつが、けさも自分から進んでいっしょにやってきて、頼まれもしないのに、ほかの警官に知恵をつけていたんだ。ブラックが、そんなことを考えているうちに、レイノルズが次のように彼を尋問して、この事件を解明したのである。

「ブラックさん、どうぞお掛けください。ここにおられるフレンチさんも、われわれ同様、警察官ですから、どうぞそのおつもりで」

この男の聞いているところで、おれは何をいったっけかなと考えて、ブラックはちょっとのあいだどきりとしたが、しかしすぐに思い出して、なにも心配することはないんだと、気を取り直した。彼はフレンチにうなずいてから、どうしてこんどのことにそんなに興味をもたれるのかとたずねたが、以下のやりとりが、その彼の質問に答えてくれたのである。

「ところで、ブラックさん」と、みんなが席につくと、レイノルズが話をつづけた。「あなたは、ライス氏と別れたときには、ライス氏は岩《ロック》のほうへ歩いていったといわれたが、彼とはどこで別れたのですか？」

「なわての陸地側のほうの谷道でです。あのひとは、向こうへいってしまったし、わたしはホテルにもどってきたんです」

「あなたは本当に、ライス氏がなわてを通っていくのを、見たんですか？」

「もちろんですよ。はっきりと、跡がついていたじゃありませんか？」

「彼があの跡をつけたのは、ゆうべの九時頃だったんですね?」

「そのころです、そうです」

もうそれでいいと、思った。警部も、うなずいた。ところが、その警部が、前にのり出してきた。「けさの九時頃、あなたがたが捜しにいった頃は、引き潮だった。上げ潮は、いったい何時頃だったですかね、ブラックさん?」

「それは」と、ブラックはすぐに返事をしようとした。「真夜中……」そこで急に、彼は声をのんだ。潮か! そのときになって、やっと彼には、フレンチがトレファシスに教えておいた『ゆうべ砂地につけた靴跡は、きょうは残っていない』という理屈がわかったのだ。ブラックの顔がまっさおになった。


あとは、それから三週間後に、ライスの死体がロングシップス沖で見つかり、ブラックの殺人容疑による告発が技術的にも可能となったことを、つけ加えれば足りる。陪審員の評決には、問題はなかった。

無人塔

自分の書斎の窓から、大型の黒い車がやってくるのを見たロナルド・ストーンは、どきっとした。もう、車の青い標号や、その車から下り立ったきびきびした動作の男たちを見るまでもなく、わが身に危険が迫ったことはわかった。そして、それからの数分間の彼の行動に、彼の生命そのものがかかっていることも、よく知っていた。

ロナルド・ストーンは、罪を犯したのであった。彼は、しゅうとのジャスティン・ヴェレカーを殺害したのであって、いま彼の供述をとりに警察からやってきたのである。彼の計画は、なかなかよくできていた――彼に不利な証拠などは全然残さないように、できていたはずだった。しかし、尋問をされているうちにはひょっとして……

ストーンと、ジャスティン・ヴェレカーの娘のミルドレッドとは、似合いの夫婦と思われていたが、それは彼が経済的に好調のときのことだったのだ。いまでは、事情がすっかり変わってしまっていた。ストーンは株屋だったが、戦後はどうやらやってきた。しかし、少し前から、かなり資本もへらしてしまって、このままでは店はつぶれてしまうと思うようになった。彼が、最後の手段に訴えたのは、この危機を乗り切るためだったのだ。

しかし、いよいよ決行ときめてからも、彼はずいぶん悩んだ。彼は、性格が弱いほうだったので、いつでもよりかかれるひとが必要だった。ところが、こういうことになると、彼は文字どおりのひとりぼっちになってしまった。誰も信頼できる者はいなかった——妻のミルドレッドでさえ、例外ではなかった。彼女ミルドレッドは、やはり一番の友だったたし、日常の問題では一所懸命に彼を助けてくれた。しかし、彼が犯罪を行なうことを、支持してくれはしない。彼女が、彼のやったことを知ったら、家を出ていってしまうにきまっている。そんなことはよもやないとは思うけれども、場合によっては彼のことを密告してしまうかもしれない。しかし、それにもかかわらず、うまくいったらということを考えると、彼は迷った。

ジャスティン・ヴェレカーは、ロンドンから三十マイルほど離れた町にある土建会社の社長で、ふたりの息子のネヴィルとブラムウェルが重役をしていた。ヴェレカーは、かなりの財産をためていた。彼は、ミルドレッドのためには一千ポンドを残して、あとをふたりの息子と若い妻との三人に等分するように、してあった。ストーンは、結婚したときにその遺言を見ておいたが、かりにヴェレカーがあとで遺言の書きかえをやるとしても、そのときには、関係者一同にはかってやるものと思って安心していた。

ヴェレカー一家の四人——ジャスティンと妻と、ふたりの息子たち——は、ブレイド・ロッジというだだっぴろい別荘に、年配の執事と庭師とをやとって、住んでいた。ふたりの息子たちは、毎日会社に出ていったが、ジャスティンはこのところ健康を害して、休んでいた。病気は貧血症だったが、ストーンが聞いたところでは、そう重いものではなかった。老人は、家にいるようになってからは数週間だが、つづけて二、三日は寝ていた。

金持のくせに、ヴェレカーは看護婦をやとわなかった。彼のめんどうは、妻がみていた。そのうえ彼は、いったん金を払ってあるものを使わぬ法はないといって、健康保険にしてもらっていた。医者のフォラード先生は、週に二回往診にきたが、そのつど薬はあとで取りにくるようにと言いおいていった。そして、その役はいつも、それを口実にそのへんの居酒屋にいっていた、ネヴィルが引き受けていた。

ストーン夫婦は、ブレイド・ロッジから半マイルほどのところにある、こぢんまりした感じのいい家に、住んでいた。反対の方向を半マイルいったところに、フォラード先生の家があった。ストーンは、先生の習慣をよく知っていた。先生は、午後の往診がすんで帰ってくると、調合した薬の瓶を、医院の棚にのせとくことにしており、晩の診察時間は六時から七時までで、それがすむと夕食ということになっていた。

ストーンの計画は、こうした事実に基づいてつくられたが、それを実行するに当たっては、ふたつの要件があった。第一は、犯行はヴェレカー家から、新しい薬を取りにいく日にやらなければならないこと、第二は、その薬を、七時より早く取りにいってはまずいということであった。

そのほかの準備は、ストーンはかんたんにやってのけた。彼は、ブレイド・ロッジの庭隅にある物置きに忍び込んでいって、罐に半分ほど入れておいてあった除草剤を盗んできた。そして、その溶液をこしらえて、ふつうの薬壜の四分の一くらいのところまで入れておいた。

さて、そのふたつの要件について知るために、彼はいままでよりもしげしげとブレイド・ロッジを訪れた。しかし、それを聞き出すのは、なかなか容易ではなかった。しゅうとに物をたずねる場合には、丁寧にしなければならなかったし、いきなり薬を取りにいく日はいつだ、などといい出したら、あとで思い出されるだろう。それから五週間ほどして、ロンドンからの帰りにブレイド・ロッジに寄ってみた彼は、その日の晩に薬を取りにいくことを、知ったのである。

「それじゃあ」と、彼は、そのことを教えてくれた、ヴェレカー夫人にいった。「わざわざそんなものを取りに、フェラード先生のところまでいくんですか？　それで、手配はしたんですか？　なんなら、ぼくがいってあげてもいいですよ」

「ありがとう、でもネヴィルがいってくれるよ。あのひと、今晩商売上のお友だちを夕食にお呼びしているんだけど、そのあと八時十五分の列車でお帰りになるのを、送っていくんで、その帰りに、いただいてくることになっているのよ」

ストーンには、それだけわかれば充分だった。情勢は有利に展開しているのだから、しっかりやればいいのだ。彼は、いつもより十分しかおそくならないで、六時頃には家に帰った。これからまもなく、やらなければならない仕事のことを思うと、本当にいやな気持だったが、しかし、彼はつとめて感情を殺していた。彼は、できるだけ平気を装ってミルドレッドに愛想をいってから、自分の書斎にこもって夕食まで読書ということにしておいた。ミルドレッドは、台所で夕食の仕度にいそがしかったし、その時間に訪ねてくるひとはないし、彼は誰からも妨げられることはなかった。

この、ミルドレッドが台所にいったときが、ストーンの計画決行の時間であった。こっそりと行動を開始していくうちに、だんだんと不安が薄らいでいった。そして、ふたたびいつもの落ち着きと能率を取りもどすと、彼は黒っぽいオーバーを着て、ラバーソールの靴をはき、懐中電灯と例の除草剤の液を入れた壜をポケットに入れて、こっそりと書斎の窓から抜け出した。

晴天だが暗い晩だった。が、そのへんは隅から隅まで知っていた彼は、十分ほどで医者の庭にはいった。そして、しげみにかくれて、ひとりの患者が帰っていくのを、やりすごした。次の患者が出てくるまでには時間があるから、しばらくのあいだは大丈夫だと思った彼は、まるで幽霊のように薬棚に忍び込んでいって、ヴェレカーの壜を抜き取ると、わずか数秒間で出てしまった。

次に彼の計画が要求したことは、懐中電灯を照らしても人目につかないような場所を、捜すことだった。それには、そこから三百ヤードほど離れたところにあった無人塔が、ちょうどいい。内部には、小さな石の部屋があって、こわれた石の階段が二階に通じているようなところだから、あすこならあかりをつけても壁にさえぎられて、絶対に外部にもれるようなことはない。

その塔までは、狭い道を通っていかなければならなかったが、彼は、もし誰かが来たら、生垣《いけがき》にもぐってかくれるつもりで、足音を忍んで歩いていった。だが、運よく誰もこずに、彼はうまく塔まで着いた。

小さな部屋にはいると、彼は点《つ》けた懐中電灯を階段の上においといて、仕事にとりかかった。最初に、薬壜の中のねばねばした茶褐色の液の四分の一をあけて、そのあとを除草剤でいっぱいにして栓をして、丹念に自分の指紋をぬぐっておいた。それから、ハンカチの上からそれをつかむと、誰にも見られないようにして、また医者のところへ急いでもどっていって、前と同じよう

に注意をして、もとどおりに壜をならべておいた。そして十分後には、自分の書斎にもどってい
た。

　夕食前に手を洗いにいったときに、彼は除草剤の残りを排水管にあけ、壜を洗って、前にあった場所にもどしておいた。お食事ができましたよ、というミルドレッドの声に、彼はほっとした。恐ろしい仕事もすんだのだ！　そして、おれは大丈夫だったんだ！　これで、おれの経済的危機の解決も、もうすぐだ。

　これまでのところを振り返ってみて、ストーンはいよいよ安心した。彼が、推理小説で何度も読んだことは、複雑な計画ほど失敗が多いということであった。しかも、彼がやったことほど単純な計画は、ほかにはありえなかった。これなら、絶対に彼がやったとわかるはずはない。

　満足しているはずなのに、その晩の彼は、なかなか眠れなかった。不安と疑惑が、彼の心を圧迫していたのだ。何をやってもいいから、ブレイド・ロッジの情況が知りたかった。彼は運よく朝食のときにつくり顔をしていなくてもすんだ。なぜなら、その前にネヴィルから電話がかかってきたからだ。ヴェレカーが、ゆうべから急に悪くなったということだった。フォラード先生が呼ばれていって、いろいろと手をつくしてみたが、そのかいもなく、老人は夜があけぬうちに死んだのだった。

　ストーンとミルドレッドは、朝食もそうそうにしていってみた。かねて予期したことではあったが、警官がきているのを見たストーンは、驚いた。ネヴィルが驚いたような顔をして、フォラード先生が死亡証明書を書くことを拒否して、警察に電話をしたのだと、彼にいった。ギブスン

警部が、全員から事情を聞いていた。そして、ストーンの話を聞いた彼は、お礼をいってから、こうつけ加えた。「いま少しくわしくうかがいたいことがありますので、のちほどお宅のほうへおじゃまします」それが、きのうの話で、いま彼らは来ているのだ。ストーンが危険だと思ったのはこの訪問で、彼はいま彼らに会うときの覚悟をきめようとしているのだった。

しかし、ギブスン警部は至ってもの静かだった。彼は、丁寧な態度で話し、ストーンに迷惑をかけることを、すまながっているようだった。警部はストーンに、彼が最後にブレイド・ロッジにいったのはいつか、最後に故人に会ったのはいつか、また故人が死んだ前日にはどんなことをしたかをくわしくたずねてから、立ち入ったことをうかがってまことに失礼だがといって、ストーンが故人の遺言書についてどの程度知っていたかとたずねた。ストーンは、いちいちくわしくかつ躊躇することなく、質問に答えた。ただひとつだけ、予期しなかったことをたずねられたが、しかしそれは大した重要なことではなかった。ギブスン警部がストーンに、彼のしゅうとがアスパートンという新しく特許をとった薬のことを話しているのを聞いたことはないかと、たずねたのだ。「故人がもしかして、その薬を用いたのではないかと考えてみたものですから。その薬だとすると、かなり副作用があるらしいんです」

「それじゃあ、自殺の線を?」と、ストーンが内心喜びながらたずねた。

「いや、そこまではいいませんがね」と、ギブスンが答えた。「なにしろ、まだよくわかっていませんのでね。その薬の作用について書いたものを、持ってきたんですが」そういいながら彼は、カバンの中から次から次へとたくさん書類を取り出したので、テーブルの上がいっぱいになってしまった。「ああ、これですよ」と彼はいってから、「皮肉なもので、捜すものはいつでも、一番下になっているものですね」警部は、そのタイプした書類を、ストーンに渡した。それによると、その薬にはアヘンがはいっているので、心気爽快になるのだが、その代わりに副作用が激しいということだった。「なにかそんな作用があったように、見えましたか?」と警部がたずねた。ストーンは、そんなものは見なかったし、第一、そんな薬は聞いたこともないと答えた。ギブスン警部は、丁重に礼をいって、帰っていった。

会見の内容がきわめて満足なものであったにもかかわらず、窓のところまでいって警部の車の出ていくのを見ていたストーンは、額ににじみ出た冷汗をぬぐった。そしてもどってくると、明らかにギブスンの書類の一枚と思われる一枚の書類が、テーブルの下に落ちているのに気がついた。ストーンは、それを拾い上げた。それは、警察用のメモ用紙に書いたものだったが、それを読んだ彼の全身が硬直してしまった。それには、こうあった。

「ヴェレカー事件について

あれから、いまひとつの可能性に思い当たった——それは、ホシはフォラードの薬棚から壜を抜き取り、その中に毒薬を入れてもとにもどしておいたということである。それが事実とすると、医院の近くにあって、中であかりをつけても外から見えないような場所が必要ということになる。貴官が、それをつきとめることができれば——靴跡か、何か落とした物かで——それで事件は解決するだろう。なぜならDだけが、問題のアリバイのない容疑者だからである。
アパートのことわかったかね？　あすは車は要らんと、シモンズに伝言たのむ。

J・フレンチ警視

ギブスン警部へ」

ストーンがそれを読み終わらぬうちに、また車の音がした。のぞいてみると、警察の車が引き返してきたのだった。とっさに彼は、書類を床の下において、次の部屋にかくれた。ミルドレッドが玄関のドアをあける音と、ギブスンの声が聞こえてきた。「書類を一枚落としましてね、奥さん。あの部屋で出したんです。中にはいって、見てみてもよろしいでしょうか？」

こうして、小さな劇中劇は所期の目的どおりに演じられたのだ。ギブスンは書類を拾って、丁寧に礼をいってからドアをしめて、また車で帰っていったのだ。ストーンだけが、じっと考えていた。

彼の最初の心配は、どうやらおさまった。彼は、メモの中の『D』というのは、もちろん自分のことだと思った。なぜなら、警察としては、ブレイド・ロッジの三人の遺産相続人を、まず第一に容疑者のリストに書き入れるだろうからであった。そして事実は、あのメモに書いてあるとおりだったのだ。なぜなら、彼には確かに、あの時間だけアリバイがなかったからだ。だがそれでも、彼は大丈夫だった。なんにも証拠となるものを、残してこなかったからだ。警察では、何も証拠となるものを、握ってはいないのだ。心配することはない。

そこへ最初の衝撃がやってきた。証拠になるものを残してきたことを、彼は思い出したのだ！あの薬だ！　あのとき毒を入れるために薬のほうを少し捨てなければならなかったのだ。彼はそれを、無人塔の石の階段のある部屋の、ふたつの石の間でやったのだった——あすこだけが、安心してあかりをつけていられる場所だったのだ。薬は、どろりとした褐色のものだったが、あの石をのければ、床の上にこぼれているのが見えてしまうはずだ。

いや、そんなばかなことが、あるもんか！　ストーンは、自分をはげました。たしかに、危険はある。が、しかし、その危険はかわすことができるのだ。ギブスン警部の態度から見ても、警察ではまだ証拠を握ってはいないようだったじゃないか。一杯の水と刷毛《はけ》とがあれば、あの薬を洗い流してしまえるし、かりにそれがなくても、砂をかぶせただけでわからなくなるだろう。彼は、窓から外をのぞいてみた。一時間すれば、暗くなる。うまく出られるものなら、ぜひやっとかなきゃならない。

こうしてストーンは、不安を押えつけたのだが、しかしその不安は、まるで射ち損じた虎のように、前に増した勢いで彼におそいかかり、彼を押えつけてしまった。おれが、まちがっているんじゃないか？　警察は、もう知ってるんじゃないのか？　あのメモは、おれをひっかけるワナではないか？

あの書類が、どうして彼の手にはいったかということを考えると、彼はいやな気持になってきた。あれは、確かにワナだったんだ！　あんなことが、偶然に起こるはずがない！　いまおれが無人塔へいって、やつらが網を張っていたら、それでおしまいだ！　しかし、いかなくっても、結果は同じじゃないか！　おれにワナをかけたということは、おれを怪しいと睨んでいる証拠なんだ。

ぐったりと椅子に倒れかかった彼は、なんとかしておそいくる恐怖から逃がれようと、もがいていた。彼の頭の上にぶらさがっていた物が、だんだんはっきりしてきた——それはいやな形をした輪のようなものだった。たそがれから、だんだんと夜になろうとしていた。

ちょうどその頃、ロンドン警視庁では、フレンチ警視が、副総監に報告をしていた。ヴェレカー事件では、警視庁の協力が要請されたので、フレンチが担当を命じられたのであった。この事件は、まさに彼の完勝であった。彼は、報告を聞いてそれを判断しただけで、指令を下したのだが、事件はそれによって解決するものと確信していた。

「事実は、もうご存じと思いますが」と、フレンチはいった。「新しい薬の壜には、ブレイド・ロッジの物置きにある除草薬と同じ砒素化合物が、はいっておりました。その除草薬の罐にかかっていたクモの巣がとれており、ふたに新しい傷があったところから、ごく最近あけられたものとわかりました」

「ああ、覚えている」

「そこで、動機を考えたのであります。ギブスンは、ヴェレカーの遺言書による遺産相続人が四人おることを知りまして、その四人の老人の死後二十四時間の時間表を、つくってみたのであります。その結果、ブレイド・ロッジの三人には、あの晩の八時前に薬を取りにいくことが不可能だったことがわかりました。といいますのは、あの晩あの家にはお客がありまして、ひとりも外に出なかったからであります。四人目の遺産受取人であるストーンは、六時までと七時以後のアリバイはあるのですが、そのあいだのがありません」

副総監は、うなずいた。

「ところで、いつ薬にまぜものをしたかということになるのですが。わたしはすぐに、壜そのものに証拠を見つけました。その壜からは、それを医院からブレイド・ロッジまで持っていったネヴィル・ヴェレカーの指紋と、それを注いだヴェレカー夫人のとが検出されたのですが、薬をつめて棚にのせといたフォラード先生の指紋が出ていなかったのです。従ってそれは、先生が薬をつくり終わった六時と、ネヴィルが取りにいった時間のあいだにぬぐいとられたことになります。これは、かなり暗示的であると思うのでありますが」

「しかし、ネヴィルとヴェレカー夫人が毒を入れたのではないという理由は？」

「きれいに指紋をぬぐってあったことです。かりにネヴィルかヴェレカー夫人がやったとしたら、ふたりとも当然壜にさわらなければならない立場にいたのでありますから、指紋をふき取る必要はなかったはずであります。壜に指紋をつけるはずがないひとが触れた場合にのみ、ぬぐい取る必要が生じるわけでありますから」

「いや、これはりっぱだ、フレンチ！　まさに理路整然だ」

「でありますから、毒薬はネヴィルが医院に現われる前に、盛られたものと思いました。それから、いまひとつ。毒薬を入れるためには、薬のほうをへらさなければなりません。どこへ捨てたのだろうかと、考えたのであります。とにかくその場所は、医院の近くにあって、ひとに見られぬようにあかりをつけておくことのできるところでなければなりません。わたしは、ギブスンによく捜すようにいいつけておきました。彼は、ちょうどつごうのいい無人塔の中で、褐色のしみを発見したのであります」

「すばらしい！　完璧な証明だ！」

「はい。それで、いっさいがはっきりしました。だが、まだ直接の証拠がありませんでした。それを見つけるためにわたしのやったことは、行き過ぎではなかったと思うのですが。わたしは、二枚のにせの書類をつくらせたのであります。一枚はありもしない薬に関するもの、もう一枚は薬をこぼしたしみはぬぐい取っておかなければまずいぞ、ということを示唆したものでありました。ギブスンは、最初のでストーンの注意をよそに向けておいて、二枚目のほうでだましたのです。しかも、最初の書類にはストーンの指紋がついたわけですが、二枚目のほうにも、ギブスンがもどって取ってきたときには、ちゃんと指紋がついておったのであります。そういうわけでして、ギブスンはいまその無人塔を張っているわけでありますから、こうしているうちにも、ストーンをつかまえたという情報がはいると思います。そーら」と、ブザーの音を聞きながらフレンチがいった。「おそらくギブスンでしょう」

確かにギブスンではあったが、しかし、その報告は、フレンチが期待していたのとは、少しちがっていた。「申しわけないのでありますが」と、その声がいった。「ストーンに一杯くわされました。銃声を聞いた家政婦がわれわれに連絡をしたんですが、……はい、残念ながら、もう死んでいると思います」

フレンチは、非常にあわてたが、副総監は少しも騒がなかった。

「いいかね、フレンチ、わたしもどっちかといえば独創的なやり方が好きなんだが、変わった方法というものは、思わぬ障害にぶつかることがあるものなんだよ。まあ、いいじゃないか。きみのやったことは、ちゃんと『殺人をして無事でいるものはいない』というスローガンどおりだったんだから」

収録作品原題

Crime on the Footplate
The Flowing Tide
The Sign Manual
Mushroom Patties
The Suitcase
The Medicine Bottle
Tha Photograph
The 8. 12 from Waterloo
The Icy Torrent
The Footbridge
Tea at Four
The New Cement
The Upper Flat
The Broken Windscreen
The Mountain Ledge
The Unseen Observer

Boomerang
The Aspirins
The Brothers Bing
Gull Rock
The Ruined Tower

検印
廃止

訳者紹介 1908年9月生まれ。東大法学部卒。訳書にブロディー『ウインザー公と共に去りぬ』、クロフツ『海の秘密』等多数。1973年没。

クロフツ短編集1

1965年12月10日 初版
2020年3月6日 40版

著者 F・W・クロフツ

訳者 向《こう》 後《ご》 英《えい》 一《いち》

発行所 (株)東京創元社
代表者 渋谷健太郎

162-0814/東京都新宿区新小川町1-5
電話 03・3268・8231-営業部
03・3268・8204-編集部
URL http://www.tsogen.co.jp
工友会印刷・本間製本

乱丁・落丁本は、ご面倒ですが小社までご送付ください。送料小社負担にてお取替えいたします。

Printed in Japan

ISBN978-4-488-10619-5 C0197

永遠の光輝を放つ奇蹟の探偵小説

THE CASK◆F. W. Crofts

樽

F·W·クロフツ
霜島義明 訳 創元推理文庫

◆

埠頭で荷揚げ中に落下事故が起こり、
珍しい形状の異様に重い樽が破損した。
樽はパリ発ロンドン行き、中身は「彫像」とある。
こぼれたおが屑に交じって金貨が数枚見つかったので
割れ目を広げたところ、とんでもないものが入っていた。
荷の受取人と海運会社間の駆け引きを経て
樽はスコットランドヤードの手に渡り、
中から若い女性の絞殺死体が……。
次々に判明する事実は謎に満ち、事件は
めまぐるしい展開を見せつつ混迷の度を増していく。
真相究明の担い手もまた英仏警察官から弁護士、
私立探偵に移り緊迫の終局へ向かう。
渾身の処女作にして探偵小説史にその名を刻んだ大傑作。

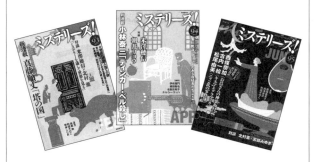